Maya Shepherd

RADIOACTIVE

„Die Verlorenen“

Roman

1. Auflage

Facebook: Maya Shepherd
Blog: www.mayashepherd.blogspot.de
Twitter: MayaShepherd

Ebenfalls von Maya Shepherd:

Schneerose
Die Verstoßenen
Die Vergessenen
Die Bärentöterin

Für meine Mutter,
die für mich wie eine Löwin kämpft

01. Cleo

Trotz der lauten Propeller- und Motorengeräusche hallt mein Schlag durch die Luft. Kaum, dass meine Handfläche A350s Gesicht verlässt, zeichnet sich auch schon ihr Abdruck feuerrot auf ihrer bleichen Haut ab. Fassungslos starrt sie mich an. Ich wette, sie hat in ihrem ganzen Leben noch keine Ohrfeige bekommen. Aber heute hat sie sie mehr denn je verdient.

„Wage es nie wieder, mir gegenüber das Wort ‚Liebe' in den Mund zu nehmen", fauche ich sie an. Dabei bin ich selbst überrascht von dem Klang meiner Stimme. Sie ist so kalt wie Eis und so schneidend wie der scharfe Rand einer Glasscherbe.

„Es ist nicht meine Schuld, dass Finn jetzt nicht hier ist. Ich habe ihm nicht verboten mitzukommen, aber er wollte nicht. Es war seine freie Entscheidung", versucht sich A350 zu verteidigen. Doch meine Wut ist zu groß, um ihr wirklich zuzuhören. Ihre Enthüllung, dass sie meine leibliche Mutter ist, kommt zwar nicht wirklich überraschend, da ich es in den letzten Wochen bereits geahnt oder besser gesagt befürchtet habe, aber es jetzt aus ihrem Mund zu hören, trifft mich dennoch zutiefst. Als Legionsführerin, die zufällig Interesse an mir und meinen Gedanken zeigte, konnte ich sie gut leiden. Aber als Mutter, die mich mein ganzes Leben im Stich gelassen und mich zusätzlich der Unterdrückung und Manipulation durch die Legion ausgesetzt hat, kann ich sie nur hassen.

„Ich habe dir vertraut!", schreie ich ihr entgegen. „Ich wäre niemals ohne Finn gegangen."

„Das wusste er genauso gut wie ich, deshalb haben wir dir nichts gesagt. Wir waren uns einig, dass du unsere einzige Hoffnung bist und es deshalb für dich keinen anderen Ort als die Zentrallegion geben kann. Nur dort kannst du etwas verändern. Nur dort kannst du uns alle retten."

„Wie schön, dass ihr euch einig wart", rufe ich sarkastisch aus. Ich schäume vor Wut. „Und was ist, wenn ich gar nichts verändern will? Ich wollte nie die Menschheit retten. Alles, was ich wollte, war, mit Finn zusammen zu sein." Bei der Erwähnung seines Namens beginne ich erneut laut aufzuschluchzen.

„Du weißt, dass das nicht stimmt. Das Wohl der Bewohner der Legion lag dir sehr wohl am Herzen. Du wolltest ihnen ein besseres Leben schenken…"

Ich falle ihr ungehalten ins Wort: „Und genau DIESE Menschen werden jetzt wie Finn und alle meine Freunde in den Flammen sterben oder von irgendwelchen Wesen zerfleischt werden. Ich bin also katastrophal gescheitert."

„Vielleicht schaffen sie es ja zu fliehen", fügt Iris kleinlaut hinzu, während sie Dumbo gegen ihre Brust presst. Der Wüstenfuchs hat die Ohren angelegt und wirkt genauso verängstigt wie Iris. Sie ist die Einzige, die mir von den Rebellen geblieben ist. Es grenzt ohnehin an ein Wunder, dass A350 Iris und Asha einen Platz in dem Hubschrauber gewährt hat. Wussten die beiden etwa von ihrem Plan oder waren sie genauso ahnungslos wie ich?

Ich kann Iris´ Worten keinen Glauben schenken. Ich verbiete es mir. Es gibt für Finn und die anderen keine Hoffnung. Mit ihrem Tod stirbt auch mein Innerstes. Zurück bleibt nur eine leere Hülle, der alles egal geworden ist. Es gibt nichts mehr, wofür es sich zu kämpfen lohnen würde.

„In der Zentrallegion gibt es auch Menschen, die deine Hilfe brauchen. Du wirst lernen, sie zu lieben."

Vor Wut schlage ich mit meiner Faust gegen die Seitenwand des Hubschraubers. „Du hast doch keine Ahnung! Du verstehst rein gar nichts. Menschen sind nicht austauschbar! Jeder Mensch ist einzigartig. Die Rebellen waren die ersten wahren Freunde in meinem Leben und ich werde nie wieder jemanden so sehr lieben können wie Finn." Inzwischen fließen die Tränen wieder in Strömen über meine Wangen. Am liebsten würde ich mir die Hand aufs bloße Herz pressen, so weh tut es. Ich starre auf den Verband. Blut sickert durch ihn hindurch, doch ich spüre keinen körperlichen Schmerz.

A350 scheint einzusehen, dass sie bei mir mit ihren Lehrbuchweisheiten nicht weiterkommen wird, denn sie wendet sich von mir ab. Sie mag vielleicht alles über die menschliche Gefühlswelt gelesen und studiert haben, aber ihr fehlt es an jeglichem Einfühlungsvermögen. Ihre Beteuerung, dass sie all das nur aus Liebe zu mir getan hätte, kann ich ihr nicht abnehmen. Aus meiner Sicht ist A350 nicht in der Lage, mehr als eine Maschine zu empfinden. Also absolut nichts.

„Hörst du dir eigentlich auch nur einen Moment mal selber zu?", knurrt Asha plötzlich. Ihre Augen senden wütende Blitze in meine Richtung.

Verdattert starre ich sie an. „Wie meinst du das?"

„Du benimmst dich absolut selbstsüchtig und egoistisch. Die Wahrheit ist doch, dass dir die Bewohner der Sicherheitszone im Grunde egal sind. Der Einzige, um den es dir geht, ist Finn. Wenn du könntest, würdest du jeden von uns gegen ihn eintauschen."

„Das ist nicht wahr!", protestiere ich sofort, doch Asha lässt mich nicht mehr zu Wort kommen.

„Natürlich ist es das! Als du den Hubschrauber gesehen hast, muss dir klar gewesen sein, dass wir damit unmöglich alle Bewohner der Sicherheitszone retten können, bevor die Legion in die Luft fliegt. Aber es war dir egal, solange nur du und Loverboy zusammen bleiben."

„Ich dachte, es gäbe noch andere Flugzeuge oder der Hubschrauber würde mehr als einmal fliegen", behaupte ich kleinlaut und blicke zu Boden.

„Dafür ist die Zentrallegion viel zu weit weg, das weiß selbst ich", faucht Asha zurück. „Du kannst vielleicht dich selbst belügen, aber nicht mich!"

Gedemütigt muss ich mir eingestehen, dass sie recht hat. Tatsache ist, dass ich nicht mal einen Moment an das Schicksal der anderen gedacht habe. Sie waren mir egal.

„Du willst alles, was dir einmal wichtig war, für einen Mann hinwerfen, der es gar nicht wert ist. Finn hat dich verlassen und das nicht zum ersten Mal!"

Ich schüttle wütend den Kopf und will, dass sie einfach nur aufhört.

„Du warst für die Rebellen immer nur Mittel zum Zweck. Sie wollten dich als Waffe gegen die Legion, mehr nicht!"

„Das ist nicht wahr", schreit Iris plötzlich aufgebracht. „Die Rebellen lieben Cleo. Wir sind eine Familie."

„Kleinmädchenträume", schnaubt Asha verächtlich, bevor sie sich wieder mir zuwendet. Dieses Mal nicht ganz so wütend, sondern fast einfühlsam. „Vielleicht kann Finn dich ganz gut leiden, aber er liebt die Rebellen mehr als dich, denn sonst wäre er jetzt hier. Und wenn du tief in dich gehst, dann wirst du erkennen, dass, selbst wenn Finn dir die Entscheidung überlassen hätte, du jetzt genau hier wärst. Du bist keine von den Frauen, für die nur ihre angeblich so große Liebe etwas zählt. Du bist mehr als das! Du bist stärker und du…“

Ihre restlichen Worte gehen in einer unglaublichen Explosion unter. Erschrocken pressen wir alle unsere Hände auf die Ohren, um uns gleich darauf haltsuchend an die Griffe der Türen zu klammern, während der Hubschrauber mehrere Meter in die Tiefe stürzt. Als er sich wieder fängt, ist alles um uns herum in ein grelles orangefarbenes Licht getaucht. Obwohl ich es nicht sehen wollte, wende ich mich nun reflexartig zum Fenster und blicke geradewegs in das Inferno. Dort, wo einmal die Legion gewesen ist, leuchtet nun ein gigantischer Feuerball, der schwere Rauchfahnen in den Himmel entsendet. Mir wird heiß und kalt zugleich. Ich habe das Gefühl, mein Herz bleibt stehen.

Neben mir knien Asha und Iris. Beide starren genauso entsetzt wie ich auf das schreckliche Schauspiel. Asha hat die Legion gehasst, und trotzdem war sie genauso ihr Zuhause wie meins. Ich lege meine Hand auf ihre. Sofort schließt sie ihre Finger um meine. Ihre Worte waren hart, aber ehrlich. Vielleicht kennt sie mich besser als ich mich selbst. Denn es stimmt, selbst wenn ich könnte, würde ich nicht tauschen. Die Zentrallegion ist der einzige Ort, an dem ich im Moment etwas ausrichten kann, und ich bin froh, dass ich diesen Kampf nicht alleine ausfechten muss, sondern Asha und Iris an meiner Seite habe.

02. Finn

Finn blickt dem Hubschrauber hinterher, bis er am Horizont verschwindet. Eigentlich hätte er dafür keine Zeit, aber diesen winzigen Moment des Abschiednehmens gönnt er sich. Obwohl er sich schrecklich wegen seines Verrats an Cleo fühlt, bereut er seinen Entschluss nicht. So weiß er zumindest, dass wenigstens sie in Sicherheit ist.

Kaum, dass der Hubschrauber aus seinem Sichtfeld verschwunden ist, lässt er das Chaos um sich herum zu. Die Menschen rennen panisch durcheinander, schreien oder stehen beinahe apathisch da, unfähig sich zu rühren. SO werden sie garantiert alle sterben. Vor allem die ehemaligen Bewohner der Sicherheitszone brauchen jemanden, der ihnen sagt, was sie tun sollen. Sie sind zu sehr an die Führung durch andere gewöhnt, um selbstständig denken und entscheiden zu können. Doch Finn kann es nicht alleine schaffen.

Er blickt neben sich. Ruby ist ihm nicht von der Seite gewichen. Sie hat die Laserwaffe erhoben, bereit, jeden zu erschießen, der ihnen zu, nahe kommt.

„Komm mit“, fordert Finn sie auf und steuert auf einen der Panzer zu. Rund um den Panzer stehen weitere Transportfahrzeuge, bewacht von den ratlosen verbliebenen Kämpfereinheiten der Legion. Als Finn sich ihnen nähert, richten sie sofort ihre Laser auf ihn.

„Bleib stehen oder wir schießen“, droht ihm einer der C-ler.

„Nehmt die Waffen runter. Wir sterben in einigen Minuten ohnehin, wenn wir nichts unternehmen“, versucht Finn ihnen zu erklären, doch es ist, als würde er gegen eine Wand reden. Sie scheinen ihm nicht im Geringsten zuzuhören.

„Er hat recht“, stimmt ihm Ruby zu. Obwohl sie eine Rebellin ist, ist sie gleichzeitig auch ein Mitglied der Kämpfereinheit. Sie hat nicht nur mit ihnen trainiert, sondern auch Seite an Seite mit ihnen gekämpft und die Legion verteidigt.

Ihre Worte verunsichern die Wachen und sie blicken ratlos zu ihr, warten auf eine Erklärung, die sie das ganze Chaos verstehen lässt.

„Die Legionsführer sind alle geflüchtet und uns haben sie einfach zurückgelassen. In wenigen Minuten wird die gesamte Legion in die Luft fliegen und wir direkt mit, wenn wir nichts unternehmen.“

Die Kämpfer wirken nach wie vor unschlüssig, doch sie senken ihre Waffen und das reicht Finn als Zeichen ihres Einverständnisses. Er klettert auf den Panzer und formt seine Hände zu einem Trichter.

„Wir müssen uns auf die verfügbaren Transportfahrzeuge verteilen…“, er bricht ab, denn er erkennt, dass niemand ihm zuhört. Obwohl er aus vollem Halse schreit, ist er zu leise und niemand schenkt ihm Beachtung.

Plötzlich wird ihm von unten ein Megafon angereicht. Er blickt in das Gesicht von Clyde. Neben ihm steht Zoe. „Damit geht es besser.“

Finn räuspert sich. „Bitte verteilt euch auf die vorhandenen Transportfahrzeuge.“

Dieses Mal heben einige zwar die Köpfe und blicken in Finns Richtung, doch sie wirken unschlüssig und machen keine Anstalten, seinen Worten Folge zu leisten.

„Wir müssen hier weg, sonst werden wir alle sterben", versucht Finn zu erklären, doch bei seinen Worten bricht nur erneut das Chaos aus.

Ruby stöhnt genervt auf und klettert neben ihn auf den Panzer.

„Entschuldige bitte, aber so wird das nichts", sagt sie schroff und nimmt ihm das Megafon aus der Hand.

„Alle herhören, das ist ein Befehl! Jeder Bewohner der Legion hat sich sofort in eines der Transportfahrzeuge zu begeben. Ein Nichtbefolgen wird nicht geduldet!"

Es ist wie ein Wunder. Die Bewohner der Sicherheitszone halten sofort in ihrer Panik inne und steuern wie programmiert auf sie zu. Sogar die C-Einheit arrangiert ohne weitere Angaben die Verteilung auf die vorhandenen Fahrzeuge.

Ruby gibt Finn das Megafon zurück. „Merke dir eins im Umgang mit den Sizos. Keine Bitten, sondern Befehle. Anders verstehen sie es nicht!"

Sie springt geschmeidig von dem Panzer und macht den Sizos, wie sie die Bewohner der Sicherheitszone nennt, Feuer unter dem Hintern. Es ärgert Finn zwar insgeheim, dass sie ihn wie einen dummen Schuljungen hat dastehen lassen, aber er vertreibt den Gedanken schleunigst aus seinem Kopf. Wichtig ist nur, dass sie hier so schnell wie möglich verschwinden.

Nach wenigen Sekunden sind die Transportfahrzeuge voll besetzt und Ruby gibt den Befehl zum Start. Mit Vollgas brettern sie in einer Kolonne in Richtung der Höhlen. Nicht alle haben einen Platz auf den Transportfahrzeugen gefunden und rennen deshalb in einer Staubwolke hinterher.

Finn weiß nicht, wie viel Zeit ihnen noch bleibt, aber je weiter sie von der Legion entfernt sind, umso besser. Jede Sekunde zählt.

Sie haben die Höhlen noch nicht erreicht, da erschüttert ein Beben, begleitet von einem lauten Knall, die Erde und zieht ihnen den Boden unter den Füßen weg. Selbst die schweren Panzer werden ein Stück durch die Luft katapultiert. Ein grelles Licht umhüllt sie, so gewaltig, dass ihnen nichts anderes übrig bleibt, als die Augen zusammenzukneifen. Es ist, als würde die Erde stehen bleiben.

Sobald sie hart wieder auf den Boden aufschlagen, scheint die Realität wie eine Welle über ihnen zusammenbrechen. Sie sind eingeschlossen von einem Flammenmeer, während Glas- und Stahlsplitter wie Meteoriten auf sie hinabregnen. Direkt neben ihnen stürzt ein gewaltiger Stahlmast in einen anderen Panzer. Er wird praktisch aufgespießt und kommt sofort zum Stehen.

„Gib Gas!“, fordert Finn die erstarrte Ruby auf, die am Steuer sitzt. Seine Worte reißen sie aus der Bewegungslosigkeit. Mit laut aufheulendem Motor jagen sie durch das Feuer. Obwohl der Panzer jegliche Geräusche von ihnen abschirmt, hat Finn das Gefühl, die Schreie und Qualen der verbrennenden Menschen in seinen Ohren zu hören.

Neben ihm sitzen Clyde, Zoe und vier weitere, ihm unbekannte Kämpfer der Legion. Er kann nur hoffen, dass Paul und die anderen Rebellen es auch geschafft haben.

Als sie die Höhlen erreichen, ist der Feuersturm vorüber. Stattdessen hängt ein grauer, fast pechschwarzer Nebel über ihnen. Asche fällt wie Regen vom Himmel. Niemand spricht ein Wort. Sie wissen nicht, wie viele der anderen überlebt haben. Doch solange die Luft von der grauen Rauchwolke erfüllt ist, ist es zu gefährlich, das Innere des Panzers zu verlassen. Ihnen bleibt nichts anderes übrig, als zu warten und zu hoffen. Denn der winzige Keim Hoffnung ist das Einzige, was ihnen geblieben ist.

03. Cleo

Der graue Rauch breitet sich wie eine Glocke über das ganze hinter uns liegende Gebiet aus. Während bei uns gerade erst die Sonne untergeht, scheint dort bereits finstere Nacht zu herrschen. Jedoch eine Nacht ohne Sterne und Mond.

Ich will den Gedanken nicht zulassen, dennoch frage ich mich, ob es wohl eine winzige Möglichkeit gibt, dass jemand diesen entsetzlichen Feuersturm überlebt hat. Vielleicht konnten sie rechtzeitig irgendwo Zuflucht suchen. Vielleicht konnten sie in die Höhlen fliehen. Würde sie das retten?

Iris scheint meine Gedanken zu lesen, denn sie wendet sich in diesem Moment an A350. „Ist der Rauch giftig?“

A350 zuckt unbeteiligt mit den Schultern, wofür ich am liebsten auf sie losgehen würde. „Wer weiß das schon. Die Legion hat an allen möglichen Waffen gearbeitet. Ich kann nicht ausschließen, dass darunter auch chemische oder biologische waren. Wenn es so ist, wären diese nun in der Luft.“

Ihre Gleichgültigkeit weckt erneut die unbändige Wut in meinem Inneren. „Du warst Legionsführerin! Warum weißt du nicht, was für Waffen in deiner eigenen Legion entwickelt wurden?!“

„Stell dir die Legion wie ein großes Unternehmen vor. Dabei bin ich nur eine leitende Angestellte, aber weder Geschäftsführerin noch Inhaberin. Diese Menschen sitzen in der Zentrallegion. Ihnen kannst du deine Fragen stellen.“

Typisch A350! Natürlich kommt sie mir jetzt mit irgendwelchen Begriffen aus dem Bildungsunterricht, anstatt Klartext zu reden. „Werden sie mir überhaupt antworten?“, frage ich zweifelnd.

„Das kannst du nur rausfinden, indem du sie fragst. Ich würde mich damit jedoch die ersten Tage zurückhalten.“

„Aber vielleicht könnten sie ja einen Suchtrupp losschicken, um nach Überlebenden zu suchen“, wendet Iris hoffnungsvoll ein.

Asha schnaubt. „Mach dich doch nicht lächerlich! Die Zentrallegion ist froh über jeden Rebellen, der bei der Explosion draufgegangen ist. Wenn überhaupt, würden sie einen Suchtrupp losschicken, um die letzten Überlebenden endgültig auszulöschen.“

Obwohl mir ihre herablassende Art nicht behagt, muss ich Asha zustimmen. Am besten ist es wohl in der Tat, die Rebellen vor der Zentrallegion gar nicht erst zu erwähnen, deshalb wechsle ich schnell das Thema.

„Was weißt du über die Zentrallegion?“, frage ich A350 stattdessen, jedoch nicht, ohne meiner Stimme einen rein sachlichen und kalten Ton zu verleihen. Ich werde ihr nie wieder Gefühle entgegenbringen. Aber wahrscheinlich ist ihr das nur recht, denn damit kann sie wenigstens umgehen.

„Die Zentrallegion ist größer als alles, was ihr euch vorstellen könnt. Die Menschen leben dort sowohl unter als auch über der Erde. Jedoch natürlich nicht ohne Schutz. Die gesamte Anlage befindet sich unter einer atmosphärischen Stromkuppel.“

Ich bemerke A350s Begeisterung sofort. Sie schwärmt regelrecht für die Zentrallegion.

„Was ist mit den Legionsführern?“

„Dort gibt es viel mehr als bei uns. Sie setzen sich sowohl aus Vertretern der einzelnen Legionen zusammen als auch aus eigenen Abgesandten. Wir und die anderen werden ebenfalls Teil der Führungsebene werden. Der Status des Legionsführers ist lebenslänglich. Die anderen Legionsführer der westlichen Legion sind wahrscheinlich schon eingetroffen."

„Und was ist mit den Bewohnern der Sicherheitszone?"

„Du wirst dich über diesen Fortschritt wohl am meisten freuen. Denn sie leben in der Zentrallegion viel freier. Sie arbeiten über der Erde, schlafen tun sie jedoch weiterhin darunter. Aber das ist nichts Ungewöhnliches. Dort schlafen alle Menschen unter der Erde. Das Wohngebiet liegt dort praktisch unter der Stadt."

Ich möchte A350 für ihre Begeisterung ohrfeigen. Vielleicht haben die Menschen in der Zentrallegion mehr Freiheiten, dennoch bin ich mir ihrer Unterdrückung sicher.

„Schaut!", ruft Iris plötzlich aus und klebt erneut am Fenster. Neugierig krabbeln Asha und ich über den schwankenden Hubschrauberboden zu ihr. Auch A350 dreht sich in unsere Richtung.

Am Horizont erhebt sich ein hell erleuchteter Punkt. Mittlerweile ist es Nacht geworden, doch die Leuchtkraft dieser entfernten Kuppel ist um ein Vielfaches stärker als die der Sterne. Sie wirft ihr strahlendes Licht auf die gesamte Umgebung. Rund um die Kuppel erhebt sich eine unebene Landschaft voller Hügel, Berge und Schluchten. Ganz anders als die flache Ebene, die ich von der westlichen Legion gewohnt bin.

Langsam lassen sich in den Umrissen hochhausähnliche Gebäude erkennen. Sie ragen in den Himmel und werfen ihre dunklen Schatten wie Riesen auf die gesamte Umgebung hinter sich. Inmitten der gigantischen Gebäude thront ein Mast, der einen Leuchtstrahl aussendet, der die gesamte Stadt in sich einschließt, fast wie ein Leuchtturm.

Aus dem Cockpit ist ein Knistern des Funkgerätes zu hören.

„Hier spricht die Zentrallegion. Geben Sie sich zu erkennen."

A350 eilt sofort zu dem Piloten und reißt das Funkgerät an sich.

„Westliche Legion. A350 und A518 sind an Bord sowie zwei Bewohner der D-Klassifizierung. Ich bitte um Einlass."

Es folgt ein kurzes Knacken, dann kommt auch schon die Antwort:

„Einlass gewährt."

Während A350 persönlich in das Mikrofon spricht, handelt es sich bei der Stimme aus der Zentrallegion eindeutig um einen Computer.

Mittlerweile sind wir der Zentrallegion so nahe, dass ich neben den Hochhäusern und dem Leuchtturm auch einzelne kleinere Bauten erkennen kann. Allesamt sind sie aus Glas und Stahl, so wie die ehemalige Kuppel der Legionsführer.

Als wir den Einlass gewährt bekommen, wird plötzlich ein blauer Film, der über allen Gebäuden liegt, sichtbar. Dieser fährt, angefangen bei dem Leuchtturm, langsam herunter, jedoch gerade so weit, dass wir mit dem Hubschrauber passieren können. Danach fährt der Schutzschild sofort wieder hoch.

Die Stadt ist so hell erleuchtet, dass das Licht beinahe in den Augen brennt. Kein Wunder, dass die Menschen hier unter der Erde schlafen. Bei dieser Helligkeit würden sie sonst kein Auge zubekommen.

Der Hubschrauber landet mit rotierenden Propellern auf einer runden Plattform. Sofort erkenne ich die weißen und blauen Anzüge.

Kaum, dass der Hubschrauber gelandet ist, wird auch schon die Tür der Innenkabine aufgerissen und ein C-ler leuchtet mit seinem Laserstrahl bedrohlich in das Innere. Neben ihm steht ein B-ler, der genau wie der C-ler einen Helm trägt, der gerade einmal einen Blick auf seine Augen freigibt.

Zu ihnen gesellt sich ein Legionsführer, der ebenfalls einen Helm trägt.

„Willkommen in der Zentrallegion“, gibt er beinahe mechanisch von sich. „Bevor ich euch Zutritt gewähren kann, müsst ihr erst in Quarantäne, um jede Verseuchung ausschließen zu können. Ich befehle euch, mir ohne jegliche Gegenwehr zu folgen.“

Selbst A350 wirkt geschockt. Mit so einem Empfang hätte nicht mal sie gerechnet. Doch sie strafft ihre Schultern, hebt den Kopf und folgt dem Befehl. Asha ist die nächste. Ich nehme Iris an die Hand und gemeinsam schließen wir uns ihnen an.

Die Laserwaffen von insgesamt zwölf C-lern sind auf uns gerichtet, so als wären wir Schwerverbrecher. Gleichzeitig halten sich die fremden Legionsführer im Hintergrund und beobachten uns, als wären wir die Gefahr in Person. Niemand spricht mit uns, stattdessen werden wir von dem Flugplatz direkt in ein Gebäude mit weißen Wänden geschleust. Es erinnert mich sofort an die Krankenstation. In der

Luft liegt der strenge Geruch von Desinfektionsmitteln.

Wir passieren mehrere Vakuumschleusen. Der Weg erscheint mir beinahe wie ein Irrgarten und ich bin mir sicher, dass ich hier niemals wieder alleine rausfinden würde.

Nach geschätzten fünfzehn Minuten erreichen wir schließlich unser Ziel. Der Arzt im grünen Anzug öffnet die Tür eines großen Raums, in dem sich bereits die anderen Legionsführer der westlichen Legion befinden. Grob bugsieren sie uns ins Innere, bevor sich wortlos erneut die Türen hinter uns schließen. Der Einzige, der fehlt, ist A566. Ein Umstand, der mich erleichtert aufatmen lassen würde, wenn die Situation nicht auch ohne ihn schlimm genug wäre.

04. Finn

Als Finn die Augen aufschlägt, ist es noch früher Morgen. Er blickt aus den Fenstern des Panzers. Der Himmel ist nach wie vor unter einem grauen Schleier verborgen, durch den selbst die Sonne kaum dringt. Doch mittlerweile ist wenigstens die Umgebung zu erkennen. Sie haben direkt vor den Höhlen geparkt. Eigentlich müsste es sich anfühlen wie nach Hause zu kommen, doch das tut es nicht. Die Höhlen sind verwüstet und die Menschen, die ihnen Leben eingehaucht haben, sind womöglich tot.

Ein Schlag auf die Windschutzscheibe lässt ihn zusammenzucken und Ruby am Steuer aus dem kurzen Schlaf hochfahren. Es ist Raymond. Neben ihm steht Sharon. Sie geben ihnen zu verstehen, das Fahrzeug nun zu verlassen.

Auch Zoe und die anderen sind von dem Schlag erwacht. Nacheinander klettern sie aus der Dachluke des Panzers.

Die Luft ist von einem so starken Rauchgeruch erfüllt, dass sie kaum zu atmen wagen. Vielleicht bringt sie jeder Atemzug dem Tod ein Stückchen näher.

Auf allen Fahrzeugen liegt eine zentimeterhohe Ascheschicht. Neben vier weiteren Panzern haben sich noch sechs LKWs, zwölf Jeeps sowie etwa zwanzig Wüstendrifts eingefunden, wobei neben den Wüstendrifts nur noch die Leichen der Fahrer liegen. Sie sind bereits in der Feuersbrunst gestorben.

Zwischen den Fahrzeugen tummeln sich etwa zweihundert Menschen. Es sind sowohl Rebellen als auch Bewohner der Legion, jedoch nur wenige in den braunen Anzügen der D-Klassifizierung. Sie waren es, die zuletzt auf die Fahrzeuge verteilt wurden. Sie waren es, die in dem Flammensturm als erstes starben.

Finn lässt seinen Blick durch die Reihen schweifen und atmet erleichtert auf, als er seine Freunde unter ihnen findet. Gemeinsam mit Zoe stürmt er auf Paul, Florance, Pep, Grace, Emily und seine Mutter Maggie zu. Besonders die Wiedersehensfreude bei Maggie und Zoe ist groß. Zoe haben die anderen in den letzten zwei Jahren ihrer Gefangenschaft nicht mehr gesehen und Maggie hielten alle für tot.

„Du bist ja eine richtige Dame geworden", flötet Paul Zoe entgegen, wofür er einen eifersüchtigen Blick von Florance erntet. Doch anstatt sich über das Kompliment zu freuen, erstarrt Zoe förmlich. Geistesabwesend legt sie eine Hand auf ihren Bauch. Natürlich ist noch nichts zu spüren, aber es reicht, dass sie weiß, was dort in ihr heranwächst. Ein Kind, das sie weder wollte, noch je lieben können wird. Es ist wie eine Narbe, die die Legion ihr zugefügt hat.

Finn bemerkt Zoes Unbehagen und legt beschützend den Arm um die Schultern seiner jüngeren Schwester.

In dem Moment ertönt Raymonds Stimme durch das Megafon. Er und Sharon sind auf die Höhlen geklettert, um so gut für alle sichtbar zu sein.

„Wir haben es geschafft. Wir haben überlebt."

Niemand applaudiert. Es gibt keinen Grund zur Freude.

„Aber viele von uns sind in den Flammen gestorben."

Es legt sich ein betretenes Schweigen über die gemischte Gruppe. Nicht nur die Rebellen, sondern auch die ehemaligen Bewohner der Legion hören Raymond zu. Sie haben genauso Menschen verloren wie die Rebellen, wenn nicht sogar viel mehr.

„Wir sind als Gegner aufeinandergetroffen, aber nun vereint uns dasselbe Schicksal. Wir wurden verlassen. Wir wurden dem sicheren Tod überlassen. Niemand hat sich um unser Leben geschert. Aber wir waren stärker. Wir haben gekämpft und gewonnen. Doch das ist erst der Anfang."

Sharon übernimmt nun das Wort. „Es ist an der Zeit, dass wir kämpfen. Wir alle sind Menschen. Nicht besser oder schlechter als die Legionsführer, und trotzdem sind sie geflüchtet, während wir sterben sollten. Sie haben ihr Leben über unseres gestellt. Das haben wir nicht verdient. Keiner von uns!"

Sie blickt nun vor allem in die Gesichter der Sizos. „Oder seht ihr das anders?"

Niemand rührt sich.

„Die Legionsführer werden nicht zurückkommen, um uns zu retten. Wenn überhaupt, kommen sie zurück, um uns zu töten. Doch das werden wir uns nicht gefallen lassen. Seid ihr bereit, mit uns zu kämpfen? Seite an Seite für ein besseres Leben? Für ein Leben, frei von Unterdrückung und Lügen? Ein Leben in Freiheit?"

Ihre Stimme hallt von den Felsen wider. Sharon bräuchte kein Megafon, um gehört zu werden. Ihre Stimme ist laut, stark und voller Hass. Ihre Stimmung wirkt ansteckend, denn plötzlich erheben sich tatsächlich einige Stimmen unter den ehemaligen Legionsbewohnern. „Ein Leben in Freiheit", wiederholen sie.

Finn und die anderen Rebellen nehmen diesen Kampfruf direkt mit auf und wiederholen ihn aus vollem Halse: „Ein Leben in Freiheit!“

Bald rufen ihn alle aus. Selbst die Menschen der ehemaligen D-Klassifizierung passen sich der Menge an. „Ein Leben in Freiheit!“

Zwar wird es sicher noch etwas dauern, bis sie wirklich verstehen, was sie rufen, aber das Wichtige ist, sie erst einmal auf ihrer Seite zu haben. Wenn sie erst mal die Freiheit geschmeckt haben, werden sie ihr Leben dafür riskieren, sie nicht mehr zu verlieren. Genauso wie Finn. Er wird kämpfen. Kämpfen für seine Familie, für sein Leben und vor allem für Cleo. Er wird sie wiedersehen und wenn es das Letzte ist, was er tut.

Finn steht in den Trümmern seines ehemaligen Zuhauses, seine Schwester und Clyde neben sich. Den Angriff der Legion hat nicht ein Stuhl überlebt. Sie haben alles kurz und klein geschlagen. Selbst den Inhalt der Schränke haben sie ausgeräumt. Die ganze Küche liegt unter einer weißen Mehlschicht.

„Der Nächste, bitte!“, flötet Florance aus einem der benachbarten Höhlenräume. Finn kann nicht verstehen, wie sie immer noch so fröhlich und unbeschwert sein kann, nachdem sie fast alle gestorben wären. Das ist auch der Grund, warum er ihr lieber aus dem Weg geht. Doch jetzt führt kein Weg an ihr vorbei, denn Florance hat die Verteilung der Kleidung übernommen. Jeder Sizo, der es möchte, darf seinen Legionsanzug gegen Kleidung der Rebellen tauschen, solange noch welche da ist. Viele haben das Angebot überraschenderweise schon angenommen. Auch Finn und Zoe sehnen sich danach, das letzte Überbleibsel der Legion endlich von ihren Körpern zu bekommen. Clyde hat dem wohl eher zugestimmt, um dazuzugehören. Er läuft Zoe wie ein kleiner Schoßhund hinterher. Doch diese scheint es nicht im Geringsten zu stören. Ganz im Gegenteil, sobald sie Clyde einmal nicht sieht, dreht sie sich unruhig nach ihm um. Vielleicht fühlt sie sich für ihn einfach verantwortlich oder genießt es, jemanden zum Rumkommandieren zu haben. Das konnte sie schon immer gut.

Finn tritt als nächster in das Bekleidungszimmer. Florance erstrahlt, als sie ihn erblickt.

„Lass dich nochmal drücken“, ruft sie aus und umarmt ihn zum gefühlten zwanzigsten Mal an diesem Tag. Er erträgt ihre Liebkosung, ohne sie zu erwidern.

„Also, was darf es sein? Wie wäre es mit einem blauen Oberteil? Das würde deine Augen betonen…“, überlegt sie laut, während sie die Kleiderkisten durchwühlt. Finn muss sich schwer zusammenreißen, um ihr seine Meinung nicht direkt entgegenzuschleudern. Wie kann sie sich in so einer Situation nur Gedanken um Kleidung machen?!

„Ist mir egal“, knurrt er beherrscht.

Florance geht darauf gar nicht ein, sondern hält ihm ein marineblaues Shirt vor die Nase. „Ja, das passt.“ Danach reicht sie ihm eine schwarze Cargohose mit einer passenden schwarzen Weste. Die Stiefel von der Legion behält er. Sie haben nicht genug Schuhe für alle, zudem sind es gute Stiefel.

„Nur weil die Welt untergeht, braucht man ja nicht wie ein Müllschlucker rumzulaufen“, zwinkert sie ihm zu. Finn presst seine Lippen fest aufeinander und nickt, bevor er geht. Clyde ist als nächster dran.

Finn will bereits an ihm und Zoe vorbeieilen, als seine Schwester ihn am Arm festhält.

„Sei nicht wütend über ihr Verhalten. Sie weiß nicht, wie sie anders damit umgehen soll. Außerdem ist es wichtig, was sie tut."

Finn schnaubt verächtlich auf. „Es ist völlig egal, ob wir ein blaues oder rotes Shirt tragen. Sie führt sich auf, als wäre nichts geschehen. Sie ignoriert einfach die vielen hundert Menschen, die in der letzten Nacht gestorben sind."

„Das tut sie nicht! Florance drängt ihren Schmerz genauso zurück wie du oder ich. Wenn sie ihn an die Oberfläche lassen würde, wäre sie zu nichts mehr zu gebrauchen. Es hilft keinem, wenn sie in einer Ecke sitzt und sich die Augen aus dem Kopf heult."

„Mit ihrer Stylingberatung hilft sie genauso wenig, sondern ist zusätzlich noch respektlos gegenüber den Verstorbenen", regt sich Finn auf. Mittlerweile ist es ihm auch egal, ob Florance sie hört.

Zoe zischt ihm wütend entgegen, leise zu sein, und zieht ihn von der Kammer weg in Richtung der Küche. „Sei nicht unfair. Für die ehemaligen Bewohner der Sicherheitszone ist ein Kleidungswechsel sehr wichtig. Sie brauchen diesen Schritt, um sich neu zu entdecken. Bisher hatten diese Menschen weder individuelle Kleidung noch eine eigene Meinung oder Persönlichkeit. Ein Aussehen zu haben, das sie von anderen abhebt, wird ihnen helfen, auch ihre eigenen Gedanken zu entwickeln. Zudem ist es wichtig, dass sie jemanden haben, dem sie vertrauen können. Es gibt hier niemanden, der dafür besser geeignet wäre als Florance. Sie hat das größte Herz von uns allen."

Finn muss an die Zeit zurückdenken, in der Cleo neu bei ihnen gewesen war. Florance hatte sich damals um sie gekümmert und war zu Cleos erster Freundin geworden. Ohne Florance hätte Cleo es sicher viel schwerer gehabt, was sie nicht zuletzt ihm zu verdanken hatte. Er hatte keine Chance ausgelassen, sie zu demütigen. Heute tut ihm die Erinnerung daran weh. Er war damals zu feige gewesen, um irgendein Gefühl außer Hass für sie zuzulassen. Er urteilte vorschnell über Menschen, ohne hinter ihre Fassade zu blicken. Und genauso hat er gerade auch bei Florance reagiert. Jedoch war er auch noch nie gut darin gewesen, einen Fehler zuzugeben. Deshalb verzieht er nur das Gesicht und lässt Zoe stehen. Sie wird sein Verhalten schon zu deuten wissen, immerhin ist sie seine Schwester.

Er tritt aus den Höhlen. Außerhalb sieht es auch nicht besser aus als im Inneren. Ihre Felder sind verwüstet, alle Pflanzen niedergetrampelt und unbrauchbar. Er entdeckt seine Mutter, Grace und Emily in einer Gruppe von grüngekleideten Sizos. Es müssen Doktoren oder Forscher sein. Finn steuert auf sie zu.

„Es würde Wochen dauern“, sagt gerade einer von ihnen, als Finn sich dazustellt.

Grace seufzt, als sie ihn sieht „Die Pflanzen sind alle kaputt. Wir konnten noch ein paar Möhren retten, aber das reicht nicht einmal für einen Abend, um alle satt zu bekommen.“

„Und was ist mit den Konserven?“

„Wir waren früher zwanzig Personen, dann kamen die anderen Rebellen mit leeren Taschen und knurrenden Mägen zu uns. Jetzt sind wir zweihundert. Wenn wir Glück haben, schaffen wir es mit den Konserven über die nächsten Tage, aber auf keinen Fall länger."

„Wir könnten jagen", schlägt Finn vor.

Maggie nickt. „Die Idee hatte Paul auch. Hoffen wir, dass er Erfolg hat."

Am Abend haben sie ein großes Lagerfeuer errichtet, um das sich alle drängen. In den Nächten ist es kühl und sie haben bei weitem nicht genug Decken für alle. Deshalb haben sie die wenigen, die es gibt, unter den Kindern aufgeteilt. Florance ist alle Kleider losgeworden. Für manche hat es nicht mal mehr für ein komplettes Outfit gereicht, sie mussten sich mit einem Schal oder einer Mütze zufriedengeben.

Trotzdem ist Florance die Einzige, deren Tag man als halbwegs erfolgreich bezeichnen könnte. Paul hat mit einer Truppe aus Rebellen und Kämpfern der Legion den gesamten Wald durchkämmt, ohne auch nur ein Tier zu finden. Sie mussten alle geflohen sein.

Also gibt es für alle nicht mehr als eine Kelle voll Bohnen in Tomatensoße. Die Sizos betrachten ihr Essen sowohl misstrauisch als auch andächtig. Für viele ist es die erste richtige Mahlzeit in ihrem Leben.

Finn selbst hat sein Essen an eines der Kinder aus der Legion verschenkt. Sie erinnern ihn alle an Iris und Finn weiß, dass Cleo genauso gehandelt hätte. Die Anwesenheit der Sizos macht ihre Abwesenheit nur umso deutlicher. Er vermisst ihren unerschütterlichen Glauben an das Gute im Menschen. Sie hat ihm geholfen, Licht in der Dunkelheit zu sehen.

Ruby lässt sich neben ihm nieder. In den Händen hält sie ihre Nahrungsration. Sie hat natürlich nicht geteilt und sie hat auch nicht ihre Kleidung gewechselt. Sie trägt nach wie vor den blauen Anzug der Legion.

„Warum hast du dein Essen verschenkt?", fragt sie mit vollem Mund.

„Die Kinder brauchen es dringender als ich."

„Blödsinn!", schnaubt sie kauend. „Können die Kinder kämpfen? Wenn einer seine Kräfte braucht, dann du!"

Finn zuckt mit den Schultern. „Zu spät."

Ruby hält ihm ihre Schale hin. „Hier!" Sie hat etwa die Hälfte gegessen. Finn starrt sie überrascht an. Damit hätte er nicht gerechnet, aber er nimmt ihr Angebot an und schaufelt gierig die Bohnen in seinen Mund. Erst jetzt merkt er, wie groß sein Hunger war.

„Warum?", nuschelt er mit vollem Mund.

Ruby stupst ihn mit der Schulter an. „Ich kann doch nicht zulassen, dass du verhungerst."

Finn schluckt den letzten Bissen hinunter. „Verhungern wir nicht früher oder später ohnehin alle?!"

„Darüber wollte ich mit dir reden", sagt sie, wobei ihre Augen ihm herausfordernd entgegenblitzen. „Wir sollten noch einmal zurück zur Legion gehen."

Finn hat nicht das geringste Interesse, über verkohlte Leichen zu steigen. „Wozu?"

„Vielleicht finden wir etwas Nützliches. Waffen, Medikamente oder Nahrungseinheiten."

„Ja, vielleicht", gibt Finn zu. „Hast du schon mit den anderen darüber gesprochen?"

Sie beugt sich verschwörerisch zu ihm vor. „Nein, genau darum geht es ja. Ich halte es nicht für schlau, die Sizos einzuweihen."

„Warum?“, fragt Finn und runzelt verwirrt die Stirn. Neben Ruby hat er immer das Gefühl, völlig unwissend zu sein. Sie scheint ihm immer einen Schritt voraus zu sein.

„Stell dir vor, wir finden tatsächlich Waffen…“ Sie legt eine bedeutungsschwere Pause ein. Doch Finn versteht nach wie vor nicht, worauf sie hinaus will. „Waffen bedeuten Macht. Es reicht, dass die Sizos ihre Laserwaffen haben. Wir müssen sicherstellen, dass wir diejenigen sind, die das Sagen haben.“

Finn versteht ihre Bedenken, dennoch ist ihm unwohl bei dem Gedanken, alleine zurück zur Legion zu gehen. „Wir stehen doch jetzt auf einer Seite…“

Ruby fällt ihm sofort ins Wort: „… weil sie keine andere Wahl haben. Aber glaubst du, den führenden Legionsmitgliedern gefällt es, jetzt nach unserer Pfeife zu tanzen? Wir sind doch in ihren Augen nur ungebildete Rebellen. Wenn sie die Chance hätten, würden sie sofort selbst das Zepter in die Hand nehmen….“

„Um was zu tun?“, unterbricht sie Finn. „Sie sind doch genauso verloren wie wir. Niemand weiß, wie es weitergehen soll, weder sie noch wir.“

„Genau... sie oder wir. Das Essen reicht nicht für alle.“

Finn schüttelt abwehrend den Kopf. „Ich werde niemanden verhungern lassen.“

„Du vielleicht nicht, sie schon.“

Finn zieht sich von ihr zurück. Es sind harte Zeiten, aber nicht so harte, dass er dabei zusehen wird, wie andere Menschen leiden. Früher hätte er nicht anders als Ruby gedacht. Da hätte er gesagt ‚Es sind doch nur Sizos, besser sie als wir‘, aber diese Zeiten sind vorbei und er ist froh drum.

„Nein.“

Ruby kneift verärgert die Augen zusammen. „Du willst mir nicht helfen?“

Finn blickt zu Sharon, die mit ihren Leuten abseits der Sizos sitzt, so als verabscheue sie jeden Kontakt mit ihnen. Er nickt in ihre Richtung.

„Versuch es doch mal bei ihr, da hast du bessere Chancen.“

Ruby blickt ihn einen Moment lang an. Er kann ihren Gesichtsausdruck nicht deuten. Er ist sich zwar sicher, dass sie wütend ist, aber er glaubt, auch eine gewisse Kränkung darin zu lesen. Doch ehe er weiter darüber nachdenken könnte, setzt Ruby wieder ihre harte Maske auf und erhebt sich kühl. „Vielleicht überlegst du es dir ja anders.“

Danach steuert sie tatsächlich auf Sharon zu. Vielleicht war es ein Fehler, Ruby zu ihr zu schicken.

Finn lässt seinen Blick über die Menge wandern. Es haben sich verschiedene Gruppe gebildet. Sharon sitzt mit ihren Rebellen in der einen Ecke, während sich etwa zwei Dutzend ehemaliger Kämpfer der Legion in ihren blauen Anzügen in die andere drängen. Abseits vom Feuer kauern ehemalige D-Klassifizierte. Sie scheinen immer noch vor Angst gelähmt zu sein. Finn wendet seinen Blick bereits ab, doch etwas lässt ihn innehalten. Er schaut genauer hin und erkennt eines der Gesichter. Der Anzug der betreffenden Person wirkt braun wie die der anderen, doch jetzt erkennt er, dass sich unter der Dreckschicht weißer Stoff verbirgt. Der Mann scheint keine Kontrolle über seine Gesichtsmuskeln zu haben, denn Speichel tropft ihm von den feuchten

Lippen und seine Augen starren abwesend in den Himmel. Ohne seine Arroganz und den kühlen Glanz in seinen Augen ist er kaum zu erkennen. Aber Finn ist sich dennoch sicher, dass dort unter den ganzen verängstigten Sizos der ehemalige Legionsführer A566 sitzt.

Heiße Wut flammt in seinem Inneren auf. Dieser Mann ist das Abscheulichste, was die Legion je hervorgebracht hat. Er hat nicht nur beinahe seine Schwester und Cleo vergewaltigt, sondern Asha das Leben zur Hölle auf Erden gemacht. Zudem ist er an Grausamkeit kaum zu übertreffen. Er trägt keinen Funken Mitgefühl in sich.

Finn kann sich nicht länger zurückhalten und rast von Wut getrieben auf A566 zu. Als er ihn an seinem Kragen in die Luft reißt, schreien die anderen Sizos panisch auf und rücken von ihm ab.

„Du widerlicher Mistkerl!“, schreit Finn A566 entgegen und schüttelt ihn heftig. A566s Augen treten aus ihren Höhlen, während er panisch zu röcheln beginnt, offenbar unfähig, auch nur ein Wort hervorzubringen.

Starke Hände legen sich um seine Schultern und reißen ihn von dem wehrlosen A566 los. Es ist Paul. Er packt Finn an beiden Schultern und zwingt ihn so ihn anzusehen, während A566 wie eine Puppe zu Boden sackt.

„Ey Mann, was ist in dich gefahren?“

„Dieser Abschaum ist ein Legionsführer und dazu der Schlimmste von allen“, schreit Finn wütend und versucht sich weiterhin aus Pauls starkem Griff zu befreien. Inzwischen sind auch die anderen Rebellen herbeigeeilt, um zu sehen, was Finn so aus der Haut fahren lässt.

Zoes Gesicht ist beim Anblick von A566 kreidebleich geworden. Ihre Knie zittern und sie krallt sich haltsuchend an den Arm von Clyde.

Auch Pep und Florance starren auf den sabbernden und keuchenden A566, der nicht fähig zu sein scheint, auf eigenen Beinen zu stehen.

„Der?", fragt Pep zweifelnd.

„Das ist doch alles nur eine Masche. Er spielt uns nur etwas vor!", ruft Finn aus und tritt in Richtung von A566, ohne ihn jedoch zu berühren. Lediglich Staub des roten Bodens wirbelt auf und legt sich über A566s Gesicht, das ohnehin schon voller Schmutz und Blut ist.

„Was hat er getan?", will Paul wissen und blickt dabei fragend zwischen Zoe und Finn hin und her.

Finn will bereits zum Sprechen ansetzen, doch da unterbricht ihn Zoe mit fester Stimme. „Nicht! Ich will es ihnen selber sagen…"

Alle Augen richten sich auf sie. Inzwischen sind auch Raymond, Sharon und andere Rebellen dazugekommen. Die anderen Sizos sind von A566 abgerückt, sodass er alleine in dem Kreis der Rebellen sitzt. Er wimmert wie ein Kleinkind.

„Er ist ein Vergewaltiger. Fast hätte er es auch bei mir geschafft…" Sie blickt dankbar zu Clyde auf. „Wenn du nicht gewesen wärst…" Tränen steigen ihr in die Augen, die sie wütend wegblinzelt. Clyde senkt nur bescheiden den Kopf und streichelt Zoe tröstend über den Arm, während Maggie kraftspendend die Hand ihrer Tochter ergreift.

Bei Zoes Worten ist auch die sonst so verständnisvolle Florance erbleicht.

„Wir könnten an ihm ein Exempel statuieren“, schlägt Sharon vor, wobei ihre Augen im Schein des Feuers gefährlich funkeln.

„Für Diebstahl wurde früher den Menschen die Hand abgeschlagen, vielleicht sollten wir ihm für seine Verbrechen ein anderes Körperteil nehmen.“

„Jetzt aber mal langsam!“, ruft Paul erschrocken aus und hebt beruhigend seine Hände. „Wir sind doch keine Barbaren!“

„Auge um Auge, Zahn um Zahn“, zuckt Sharon mit den Schultern.

„Er kann ja nicht einmal sprechen“, wendet Paul ein und blickt fast mitleidig zu dem heulenden A566. „Hast du irgendetwas dazu zu sagen?“

A566 merkt nicht einmal, dass er angesprochen wurde, sondern wiegt sich heulend und schluchzend vor und zurück, wie es manchmal kleine Kinder tun.

„Das ist alles nur Show“, ereifert sich Finn aufgebracht und spuckt direkt vor A566s Füße.

„Was ist mit ihm passiert?“, will nun Pep wissen.

„Er musste gegen Asha in den Paarungskämpfen antreten“, erklärt Zoe, wobei ein zufriedenes Grinsen über ihr Gesicht huscht. „Sie hat ihm seine jahrelange Folter heimgezahlt. Es ist ein Wunder, dass er überhaupt noch lebt.“

„Als Wunder würde ich das nicht gerade bezeichnen, sondern eher als Unglück“, schnaubt Finn.

„Er wirkt auf mich nicht so, als ob er irgendetwas von dem, was wir sagen, auch nur im Ansatz versteht“, sagt Paul und blickt in die Runde. „Wir können doch nicht jemanden bestrafen, der nicht einmal weiß, wer er ist.“

Florance fasst sich wieder und stellt sich neben ihren Freund. „Das sehe ich auch so."

„Was sagst du?", will Sharon wissen und wendet sich an Zoe. „Du bist diejenige, die er verletzt hat. Du solltest deshalb auch über sein Schicksal entscheiden."

Zoe blickt mit Abscheu auf A566 hinunter. „Ich denke, seine Hilflosigkeit ist eine größere Strafe, als es der Tod sein könnte."

Danach wendet sie A566 und den Sizos den Rücken zu und geht in Begleitung von Clyde und ihrer Mutter davon.

„Dann wäre das also geklärt", meint Sharon etwas enttäuscht und räumt ebenfalls das Feld.

Finn stöhnt genervt auf. „Das kann doch nicht euer Ernst sein?!", ruft er frustriert aus. Nur Paul steht noch neben ihm.

„Komm schon, Mann, der ist doch nur noch ein Wrack."

Finn ignoriert Paul und schnellt erneut zu A566 nach vorne, ehe Paul reagieren könnte. Er deutet ihm mit dem Zeigefinger direkt auf die Stirn, so als wolle er ihn erschießen. „Ich behalte dich im Auge, und wenn ich merke, dass das alles nur eines deiner miesen Spielchen ist, bist du dran!"

A566 zittert am ganzen Leib und kreischt wie ein in die Enge getriebenes Tier. Unter seinem Körper bildet sich eine dunkle Pfütze und ein strenger Geruch steigt zu Paul und Finn auf. Es ist Urin.

Paul reißt Finn zurück. „Verdammt, Finn! Jetzt hat er sich vor lauter Angst eingenässt. Sieh es ein, der Mann ist am Ende!"

Finn blickt zweifelnd zu A566, der weinend in seinem eigenen Urin sitzt. Das gibt ihm zu denken.

Selbst A566 würde nicht so tief sinken, sich vor ihm und allen anderen in die Hose zu machen.

„Erwarte nicht von mir, dass ich ihm die Windeln wechsele", knurrt er herablassend, bevor auch er A566 den Rücken kehrt.

A233 läuft uns als Einzige der Legionsführer erleichtert entgegen.

„Endlich seid ihr da! Wir hatten uns schon Sorgen gemacht."

Das bezweifle ich stark, dennoch nicke ich ihr zu. A233 war immer fair zu mir, es gibt keinen Grund, sie zu bestrafen. Sie kann für die Explosion der Legion genauso wenig etwas wie irgendein anderer der Anwesenden. Ihr einziger Fehler war es, nie das Gespräch mit den Rebellen gesucht und sie stattdessen verstoßen zu haben. Vielleicht hätte sie sogar ihren Tod in Kauf genommen, aber niemals hätte sie dafür alle Bewohner der Sicherheitszone geopfert.

„Wie lange seid ihr schon da?", übernimmt A350 das Gespräch.

„Seit etwa zwei Stunden, aber wir wissen auch nicht mehr als ihr. Niemand gibt uns Auskunft."

„Wir können ihnen nicht verübeln, dass sie uns erst untersuchen wollen, bevor sie uns frei durch die Gänge laufen lassen. Es ist wichtig, dass wir zuerst dekontaminiert werden. Im Falle unseres Todes würden unsere Leichen beim Zerfall Radioaktivität freisetzen", ergreift A350 Partei für die Zentrallegion. Sie macht sich immer unbeliebter bei mir.

„Welche Radioaktivität?", rufe ich aufgebracht aus. „Wir wissen doch alle, dass die Verstrahlung bereits seit Jahren nicht mehr im gefährlichen Bereich liegt."

„Das stimmt nicht. Niemand kann die Spätfolgen beurteilen", antwortet mir A233 sachlich.

„Wen willst du damit überzeugen? Dich selbst?!"

A233 wirkt empört. Sie ist es nicht gewohnt, dass man so mit ihr spricht. In der westlichen Legion war sie ranghöchste Legionsführerin und konnte sich somit sicher sein, keine Widerworte zu erhalten. Aber hier ist sie nicht mehr wert als irgendein anderer Legionsführer. Das scheint sie selbst auch zu wissen, denn sie verkneift sich eine Antwort. Vielleicht gehen ihr auch langsam nur die Ausreden aus.

Sie zieht sich mit A350 in eine Ecke des Raums zurück, in dem die anderen Legionsführer auf Sesseln und Sofas wartend Platz genommen haben.

Asha, Iris und ich bleiben in der anderen Ecke und lassen uns erschöpft gegen die Wand sinken.

Iris deutet auf meine Hand. „Es ist gut, dass wir untersucht werden. Jemand muss sich deine Verletzung mal ansehen."

Der Verband ist von Blut und Schmutz durchweicht, doch ich zucke nur mit den Schultern. Der Verlust meines kleinen Fingers ist mir egal. Ich würde alle Finger beider Hände dafür geben, um die Explosion ungeschehen machen zu können.

Iris streichelt Dumbo besorgt über den Kopf und beginnt erneut ein Gespräch. „Denkst du, sie werden mir Dumbo wegnehmen? Bei uns in der Legion waren Haustiere nie erlaubt."

Ich blicke mitleidig zu ihr hinab und streichle ihrem Wüstenfuchs ebenfalls über den Kopf. „Sie können es ja versuchen, aber dafür müssen sie erst an mir vorbei."

Asha streckt ebenfalls ihre Hand nach dem Tier aus. „Und an mir", lächelt sie Iris entgegen. Auch wenn die Situation noch so schrecklich ist, dürfen wir nicht vergessen, dass Iris noch ein halbes Kind ist.

Für sie muss alles noch viel angsteinflößender sein als für uns.

„Wir bleiben doch jetzt zusammen, oder?", fragt sie ängstlich und blickt von Asha zu mir.

Ich nicke.

„Dieses Mal wirklich?"

„Ich verspreche es."

Iris schüttelt den Kopf. „Versprich es mir nicht. Das letzte Mal hast du dein Versprechen gebrochen. Es reicht mir, wenn du mir dein Wort gibst."

Seit mehreren Stunden war nichts mehr geschehen. Ich nahm an, dass die zuständigen Ärzte, Legionsführer und Kämpfer sich zum Schlafen zurückgezogen hatten und es deshalb erst am nächsten Morgen weitergehen würde, womit auch immer. Leider besaß der Raum, in den man uns gepfercht hatte, nicht einmal ein Fenster und das, obwohl er über der Erde lag.

Iris hatte in der Nacht ihren Kopf auf meinen Schoss gelegt und war immer wieder eingenickt, während Asha und ich wach blieben. Wir sprachen kaum miteinander, aber das brauchten wir auch nicht. Mittlerweile verstanden wir uns auch ohne Worte. Es war fast, als könnten wir gegenseitig unsere Emotionen spüren. Ich fühlte mich sicherer dadurch, dass sie neben mir saß.

Von der anderen Seite des Raums hörten wir leise die Legionsführer miteinander tuscheln. Sie schienen sich uneinig darüber zu sein, was sie von der Behandlung der Zentrallegion halten sollten.

Als sich die Tür schließlich öffnet, ist es totenstill in unserem ‚Wartezimmer'. Ein Legionsführer sowie zwei Ärzte und vier Wachen treten ein. Alle tragen

Mundschutz. Fragend blicken wir zu ihm. Es ist etwas beunruhigend, dass er direkt so viele Wachen mitbringt. Fast so, als würde er erwarten, dass eine Gefahr von uns ausgeht.

„Guten Morgen“, grüßt der fremde Legionsführer förmlich. „Meine Bezeichnung lautet ZA2020.“ Offenbar ist die Zentrallegion deutlich größer, als ich annahm, dafür spricht seine hohe Nummerierung.

„Ich hoffe, ihr habt die Nacht gut überstanden und nehmt uns die Quarantäne nicht übel. Es dient nur eurer und unserer Sicherheit. Wir werden euch heute im Laufe des Tages einzeln untersuchen und euch euren Stationen zuweisen.“

Er legt eine Pause ein und richtet seinen Blick auf Iris. „Wir beginnen mit dem Kind. Folge uns!“

Iris schaut panisch zu mir auf, während sich ihr Arm fest um meinen schließt.

Wir erheben uns gemeinsam. „Ist es möglich, dass D560 und ich mit ihr zusammen untersucht werden?“

Misstrauisch mustert ZA2020 mein Gesicht und lässt seinen Blick über meinen Körper wandern, jedoch nicht mit dem lüsternen Blick von A566, sondern eher wie ein Röntgenstrahl, der vermag, mein Innerstes nach außen zu kehren. Mir wird augenblicklich kalt.

„Nein, das ist gegen die Vorschrift. Erst das Kind.“

Ich straffe meine Schultern und schiebe Iris hinter meinen Rücken. „Tut mir leid, aber das kann ich nicht zulassen.“

Fassungslos starrt mir ZA2020 entgegen, während die Kämpfer sich bereits an seinen Seiten aufbauen.

A489 stöhnt genervt auf. „Verdammt, jetzt gib ihnen das Kind. Wir haben nicht den ganzen Tag Zeit.“

„Wenn sie nicht untersucht wird, können wir sie nicht aus der Quarantäne entlassen“, gibt ZA2020 kalt an mich gewandt zurück.

„Dann bleiben wir eben in Quarantäne. Wir lassen uns nur gemeinsam untersuchen.“

ZA2020 nickt einem seiner Wachen zu, der mit erhobenem Laserstrahl in unsere Richtung zielt. „Ich kann euch auch zwingen.“

A350 ergreift das Wort und tritt vor uns. „Das wäre eine Überreaktion. Wir sind keine Gefahr für die Zentrallegion. Die Mädchen haben viel durchgemacht und sind verängstigt. Warum untersucht ihr sie nicht als letztes?“

ZA2020 mustert sie nun ebenfalls mit wütendem Gesicht. „Wir haben euch aufgenommen, obwohl wir das nicht gemusst hätten. In eurer Lage sollte man keine Forderungen stellen.“

A350 nickt ihm demütig zu. „Es ist keine Forderung, sondern lediglich eine Bitte.“

ZA2020s Mundwinkel zucken, bereit zu einer Erwiderung. Doch dann atmet er einmal tief durch und wendet den Blick von uns ab. „Nun gut, dann fangen wir eben bei der Ältesten an. WA233 als erstes.“

A233, die nun offenbar den Zusatz ‚W‘ für westliche Legion erhalten hat, erhebt sich steif und folgt den Zentrallegionären aus dem Raum.

Kaum, dass sie weg ist, dreht sich A350 wütend zu mir herum. „Musste das sein?“, zischt sie scharf.

„Ja, das musste es“, erwidere ich schlicht.

„Du machst dir hier kein leichtes Leben, wenn du dich direkt mit den Legionsführern anlegst."

„Das ist mir egal. Wir lassen uns nicht trennen."

A350 presst ihre Lippen fest aufeinander, ohne ein weiteres Wort zu erwidern. Ich genieße es, gegen ihren Willen zu handeln.

Am Ende des Tages sind nur noch A350, Asha, Iris und ich übrig. Als sich die Tür wieder öffnet, tritt nicht der uns bekannte Legionsführer herein, sondern stattdessen vier Fremde. Es sind zwei Frauen und zwei Männer. Ihnen folgen die beiden behandelnden Ärzte, sowie drei weitere Männer in grünen Anzügen und etwa zehn Kämpfer.

Einer der Legionsführer tritt vor. „Wir sind die Führungsebene der Zentrallegion, gebildet aus vier Vertretern der Legionen. Ich bin W300 und ich war zutiefst entsetzt, als ich hörte, dass ausgerechnet meine Legion für Probleme sorgt."

Seine Stimmlage und Wortwahl drückt nicht nur seine Wut aus, sondern auch, dass er uns allesamt für seine Untergebenen hält.

„S300", stellt sich die Frau neben ihm vor. Sie ist die Vertreterin der südlichen Legion. „Als Führungsebene haben wir viele Aufgaben und Probleme zu bewältigen. Euer Widerstand unterbricht diese. Das ist ein inakzeptabler Zustand."

A350 räuspert sich und verneigt sich daraufhin demütig vor den Legionsführern. „Verzeiht uns die Unterbrechung, doch ich glaube, dass ein Missverständnis vorliegt. Die Mädchen wollten niemanden verärgern, sie haben nur Angst."

„Können die Mädchen nicht selber sprechen?", unterbricht S300 sie scharf und richtet ihre schmalen

Augen auf mich. Ihr Blick scheint mich förmlich zu durchbohren.

Ich recke ihr herausfordernd das Kinn entgegen. „WA518", stelle ich mich genauso knapp vor wie sie selbst. „Ich bin sehr gut in der Lage, für mich alleine zu sprechen, und ich halte mein Verhalten in keiner Weise für falsch. Ganz im Gegenteil. Ich empfinde den Empfang, der uns bereitet wurde, als unangemessen und entwürdigend."

Sowohl S300 als auch alle anderen Anwesenden reißen entsetzt die Augen auf.

„Wie kannst du es wagen?!", zischt mir W300 mit vor Zorn bebender Stimme entgegen.

„Entschuldigt ihr Benehmen, sie wurde verletzt…", nimmt mich A350 sofort panisch in Schutz. Ihr Gesicht ist schneeweiß.

„Hör auf, für mich zu sprechen", fahre ich sie giftig an, bevor ich mich erneut den Legionsführern zuwende. „Lasst mich meine Ansicht erklären. Die Legion ist eine große Einheit, in der alle gleich viel wert sind. Es macht also keinen Unterschied, ob jemand aus der westlichen, südlichen oder zentralen Legion stammt. Als wir hier ankamen, wurden wir empfangen wie Bittsteller und nicht mit dem nötigen Respekt, der uns als Legionsführer gebühren würde. Niemand hat uns über den geplanten Ablauf in Kenntnis gesetzt. Zudem wurden Entscheidungen über unseren Kopf getroffen. Das ist nicht der Umgang, den ich als Legionsführerin gewohnt bin."

Asha muss ein Grinsen verbergen und blickt zu Boden. Ich weiß, dass sie stolz auf mich ist. Also habe ich alles richtig gemacht.

Sowohl A350 als auch die anderen Legionsführer starren mich sprachlos an. Meine Dreistigkeit nimmt ihnen den Wind aus den Segeln. Schließlich räuspert sich W300.

„Ich nehme an, du hast nicht ganz Unrecht. Ich glaube, ich spreche für alle, wenn ich sage, dass du die erste Legionsführerin der westlichen Legion bist, die mit dem Stolz und der Würde auftritt, wie es für eine Legionsführerin üblich sein sollte. Ich entschuldige mich im Namen aller für die Unannehmlichkeiten."

Er streckt mir seine Hand entgegen. „Willkommen in der Zentrallegion, WA518!"

Ich ergreife seine Hand und schüttele sie. Sie ist kalt wie Eis und sein Griff so fest, dass mir die Hand schmerzt, trotzdem verziehe ich keine Miene. Ich weiß, dass ich nicht nur mit dem Feuer, sondern auch mit meinem Leben spiele.

Nachdem die Ärztetruppe mit Asha und mir fertig ist, widmen sie sich Iris. Nun kommt natürlich auch der Wüstenfuchs zur Sprache. Fragend blickt der behandelnde Arzt zu den vier anwesenden Legionsführern.

„Was ist mit dem Tier?"

„Es kann unmöglich mit in die Sicherheitszone. Das würde nur zu Unruhen führen. Aber ich nehme an, ihr werdet euch nicht von ihm trennen wollen, richtig?", wendet sich W300 an mich. Offenbar habe ich deutlich genug gemacht, dass ich mich nicht von ihnen einschüchtern lasse.

„Richtig", bestätige ich ihm streng.

„Dann müsst ihr euch zu dritt ein Zimmer teilen und das Tier darf dieses nicht verlassen. Eine andere Möglichkeit gibt es nicht", erwidert er genauso streng, um mir seine Autorität unter Beweis zu stellen.

„Aber er braucht seine Freiheit“, protestiert Iris.

„Die brauchen wir alle und trotzdem sitzen wir hier im Käfig“, knurrt Asha, worauf sie entsetzte Blicke aller Anwesenden erntet.

„Reißt euch zusammen“, tadele ich beide. Nur weil ich mir eine eigene Meinung erlaube, heißt das nicht, dass Asha ihre Ansichten über die Legion an die große Glocke hängen sollte. Sie werden uns ohnehin schon mehr beobachten als jeden anderen.

Ich wende mich versöhnlich an die Führungsebene der Zentrallegion. „Das ist in Ordnung. Danke.“

Als nächstes muss sich Iris derselben Prozedur unterziehen wie wir zuvor. Sie bekommt Blut abgenommen, wird von oben bis unten durchgescannt und muss eine Minute lang in einen Apparat atmen. Es ist harmlos, doch im Gegensatz zu Ashas und meiner Untersuchung ist ihre damit noch nicht abgeschlossen. Einer der Ärzte tritt mit einem Rasierer auf sie zu. Wenn Iris mit uns in der Legion leben will und nicht immer nur bei Dumbo im Zimmer sitzen möchte, muss sie ihre Haare abrasieren lassen. Mittlerweile reichen sie ihr bis zu den Schultern und glänzen in einem hellen Blond.

Ich kann Iris ihr Unbehagen deutlich ansehen, doch sie nickt nur zustimmend. Sobald die erste Haarsträhne zu Boden fällt, spüre ich, wie mein Herz sich zusammenzieht. Es tut weh, zusehen zu müssen, wie Iris sich wieder in die Gefangenschaft der Legion begibt. Ich wünschte, sie hätte bei den Rebellen bleiben können, aber dann wäre sie jetzt tot. So sind ihre Haare wohl nur ein geringes Opfer. Am liebsten würde ich weinen, doch ich dränge den Kloß in meinem Hals zurück und blicke zu Iris. Obwohl ihre Unterlippe bebt, tritt nicht eine Träne aus ihren Augen. Sie hält den Kopf tapfer aufrecht. Sie ist noch so jung und trotzdem stärker, als ich es in ihrem Alter je war. Vielleicht sogar stärker, als ich es heute bin. Immerhin hat sie nicht den gesamten Flug über geschluchzt und geweint, dabei waren die Rebellen genauso ihre Freunde wie meine.

Nach der erfolgreichen Untersuchung beziehen wir unser Zimmer unter Tage. Dafür werden wir von dem Krankenhaus zu der Unterführung der Wohnviertel eskortiert. Dabei wird uns erst deutlich, WIE unterschiedlich die Zentrallegion im Vergleich zu unserer Legion ist. Während die westliche Legion nur aus der Legionsführerkugel über der Erde und dem Atrium mit abzweigenden Gängen und Räumen unter der Erde bestand, besteht die Zentrallegion aus vielen verschiedenen Gebäuden. Neben dem Krankenhaus gibt es Forschungszentren, eine Überwachungsstation, mehrere Gebäude zur Essenausgabe, einen Legionärspalast, Stationen für alle täglich anfallenden Aufgaben und noch zahlreiche Gebäude, die ich auf die Schnelle gar nicht zuordnen kann. Wir fliegen durch die Stadt in einer Art Kapsel, in der etwa zwanzig Personen Platz finden. Das scheint hier das gängige Transportmittel zu sein, denn auf unserem Weg begegnen wir mehreren dieser Kapseln, gefüllt mit Bewohnern der Sicherheitszone, in hauptsächlich braunen, aber teilweise auch blauen und grünen Anzügen. Sie scheinen auf dem Weg zu ihren unterschiedlichen Einsatzstationen zu sein.

Unsere Fahrt endet vor einem relativ kleinen Gebäude, das komplett aus Glas besteht. Es hat die Form eines Würfels. Über dem gut drei Mann hohen Eingang prangt ein großer Schriftzug: „Freiheit in Gleichheit“

Wir treten ein und vor uns tauchen fünf verschiedene Türen auf. Eine graue, eine braune, eine blaue, eine grüne und eine weiße. Grau steht für die Kleinkinder und Heranwachsenden, Braun für die D-Klassifizierung, Blau für die C-Klassifizierung, Grün für die B-Klassifizierung und Weiß für die Legionsführer. Die weiße Tür öffnet sich und wir steigen in einen Fahrstuhl, der uns unter die Erde befördert.

Als sich die Türen wieder öffnen, erstreckt sich vor uns ein riesiger Raum mit einem glänzenden Marmorfußboden. Die Decken sind so hoch wie im Atrium und die Wände zeigen ähnliche Videoaufnahmen. Im Moment ist es eine exotische Strandlandschaft. Aus den Lautsprechern an der Decke dringt leises Meeresrauschen und das Zwitschern von Vögeln. Obwohl ich weiß, dass nichts davon echt ist, bin ich beeindruckt.

Wir durchschreiten die Halle und gehen über eine kurze Treppe ein Stockwerk tiefer.

„Normalerweise besitzt jeder Legionsführer natürlich sein eigenes Zimmer“, räuspert sich W300, „aber nach dem Zusammenbruch der nördlichen und nun auch noch der westlichen Legion, sind wir derzeit etwas überbelegt, deshalb müssen wir in diesen schweren Zeiten ein wenig zusammenrücken. Wir arbeiten jedoch bereits an einer Lösung.“

„Das ist kein Problem“, erwidere ich großzügig. Ganz im Gegenteil, es spielt mir sogar ausgezeichnet in die Hände, da ich mich ohnehin nicht von Asha und Iris hätte trennen wollen.

W300 öffnet eine Tür am Ende des Gangs. Es ist ein vergleichsweise kleines Zimmer, wenn ich an meinen Raum in der westlichen Legion denke. Es gibt keine Fenster, dafür aber einen großzügigen Schreibtisch, einen Durchgang zu einem Badezimmer und außerdem vier Betten. Ich stutze und blicke verärgert zu A350. Sie weiß meinen Blick zu deuten.

„Ich habe darum gebeten, mit euch untergebracht zu werden, anstatt bei den anderen Legionsführern."

Ich weiß genau, was sie damit bezwecken will. Sie will mich im Auge behalten. Aber nur, weil sie jetzt das Zimmer mit uns teilt, braucht sie nicht zu meinen, dass ich es nicht dennoch schaffe, ihr aus dem Weg zu gehen.

„Es ist nur zum Übergang", erklärt W300 fast entschuldigend. Offenbar ist auch er Besseres gewohnt. Wenn er nur wüsste, wie recht er mit seinen Worten hat. Denn weder Asha noch ich haben vor, lange hierzubleiben.

06. Finn

Finn bildet die Spitze des Jagdtrupps. Sie waren bereits am frühen Morgen aufgebrochen, um so vielleicht die nachtaktiven Tiere noch aufzuspüren, doch bisher war ihre Suche erfolglos. Sie waren weder Tieren noch irgendwelchen ‚Wesen' begegnet, vor denen Cleo sie gewarnt hatte. Obwohl die Suche aussichtslos scheint, marschiert Finn immer weiter. Was sollten sie auch stattdessen machen? Auf den Tod warten?

Sie haben kaum etwas zu essen und nicht genug Benzin, um es bis zur Zentrallegion zu schaffen. Und selbst wenn, was sollten sie dann dort tun? Sie wären völlig kraftlos und hungrig, wenn sie die Legion je erreichen würden. Ein Angriff würde einem Selbstmordkommando gleichkommen. Also lenkt sich Finn lieber durch einen stundenlangen Marsch ab, statt Trübsal zu blasen.

Weder Sharon noch Ruby begleiteten ihren Trupp. Sie haben offenbar Besseres zu tun und Finn weiß auch genau was. Er kann nur hoffen, dass sie mehr Glück haben. Um nicht zu verhungern, würde er sogar noch einmal die entsetzlichen Nahrungstabletten der Legion schlucken.

Zu seiner Überraschung wollte auch Maggie den Trupp begleiten. Sie war nie eine große Jägerin, auch nicht, als sein Vater noch lebte. Sie blieb immer mit Grace bei den Höhlen und kümmerte sich um die Kinder oder das Essen. Doch er muss gestehen, dass sie sich nicht schlecht schlägt. Obwohl sie zwei Jahre lang nur in einer Zelle der Legion eingepfercht war, ist ihre Kondition ordentlich. Sie scheint jeden Schritt zu genießen.

Auch jetzt holt sie als Einzige zu ihm auf. „Man könnte meinen, du wolltest einen Marathon laufen“, tadelt sie ihn mit einem Lächeln auf den Lippen. Finn bremst seine Geschwindigkeit etwas, aber eine Antwort gibt er ihr dennoch nicht.

„Seitdem wir aus der Legion entkommen sind, hatten wir kaum Zeit, mal etwas miteinander zu reden“, fährt seine Mutter fort.

„Worüber sollten wir reden?“, erwidert Finn. Seine Worte sind härter, als er es beabsichtigt hatte. Als er sie in dem Zellentrakt der Legion zum ersten Mal wiedersah, fiel es ihm so verdammt schwer, weiter den Unnahbaren zu spielen. Er wäre ihr am liebsten unter Tränen um den Hals gefallen, wie ein kleiner Junge. Stattdessen musste er so tun, als würde er sich nicht an sie erinnern. Doch jetzt, wo er endlich seinen Gefühlen freien Lauf lassen könnte, wagt er es nicht. Es ist fast, als ob er Angst hätte, dass seine Mutter wieder verschwindet, wenn er sie nur berührt.

Maggie scheint ihm seine ruppige Art nicht übel zu nehmen, denn sie lächelt ihm unbeirrt entgegen. „Du hast dich verändert, seitdem ich weg bin.“

„Was willst du damit sagen?“

„Du bist erwachsen geworden. Dein Vater wäre stolz auf dich. Du übernimmst Verantwortung.“

„Mir blieb nichts anderes übrig.“ Finn weiß selbst nicht, warum alles, was er zu seiner Mutter sagt, sich wie ein Vorwurf anhört. Es war weder ihre Schuld, dass sie von der Legion entführt worden war, noch, dass sie alle geglaubt hatten, sie sei tot.

„Es war sehr fürsorglich von dir, Cleo gehen zu lassen. Ich weiß, dass du sie sehr gern hast.“

Finns Stimmung ist ohnehin schon auf dem Tiefpunkt, aber sobald jemand Cleos Namen erwähnt, sinkt sie ins Bodenlose. „Es war weder fürsorglich, noch mutig oder ehrenvoll, sondern schlichtweg feige und dumm."

Seine Mutter reagiert bestürzt. „Sag so etwas nicht! Du wolltest nur das Beste für sie. Ich bin sicher, ihr geht es gut."

„Aber es stimmt. Ich habe über ihren Kopf hinweg entschieden. Ich hätte sie fragen sollen, was sie möchte. Das verzeiht sie mir nie."

„Was glaubst du denn, wie sie entschieden hätte?"

Genau das ist die Frage, die ihm, seitdem der Hubschrauber abgehoben hat, durch den Kopf geht und ihm keine Ruhe lässt. „Ich weiß es nicht."

„Was hättest du dir gewünscht?"

Finn stöhnt gequält auf. „Das weiß ich auch nicht. Wenn sie bei mir geblieben wäre, würde mir das zwar ihre Liebe beweisen, aber vielleicht wäre sie dann gar nicht mehr das Mädchen, in das ich mich verliebt habe. Cleo ist ehrlich, gerecht und furchtlos. Sie weiß immer, was das Richtige ist, auch wenn es nicht immer das ist, was sie selbst gerne tun würde."

„Das hört sich an, als ob du davon ausgehst, dass sie sich gegen dich entschieden hätte. Wäre das denn so schlimm gewesen?"

„Es ist nicht möglich, mit jemandem eine Beziehung zu führen, der die Menschheit mehr liebt als einen einzelnen Menschen. Ich würde immer nur an zweiter Stelle stehen."

„Hast du schon einmal überlegt, dass das eine das andere nicht unbedingt ausschließt?"

Fragend blickt Finn ihr entgegen, da fährt Maggie fort. „Wenn es keine Menschheit gibt, kann es auch dich und sie nicht geben. Vielleicht möchte Cleo einfach nur einen Raum schaffen, in dem ihr eine Chance habt, glücklich zu sein."

„Wir könnten fliehen."

„Und wohin? Die Welt ist zerstört."

„Das weißt du doch gar nicht. Vielleicht sieht es in anderen Ländern anders aus."

„Und du würdest uns zurücklassen?"

Finn reagiert empört. „Natürlich nicht! Ihr würdet alle mitkommen. Ihr seid meine Familie und werdet es immer bleiben, aber Cleo ist jetzt ein Teil von ihr."

„Cleos Familie ist die Legion. Sie ist auch ein Teil von ihr. Es ist ihre Vergangenheit. Wie kannst du von ihr erwarten, diesen Teil aufzugeben, wenn du selbst nicht dazu bereit bist?"

„Aber das ist doch etwas ganz anderes", sagt Finn entschieden. „Die Legion besteht nur aus Unterdrückung und Manipulation."

„Das stimmt nicht, Finn", erwidert seine Mutter streng. „Die Welt ist nicht nur schwarz oder weiß, gut oder böse. Und das ist die Legion auch nicht. Die Menschen in der Sicherheitszone wussten nichts von alledem. Sie hatten nie eine Chance, ihr Schicksal selbst zu wählen. Um ehrlich zu sein, erinnert mich deine Cleo an jemanden."

„An wen?"

„An mich. Ich war einmal genau wie sie und habe davon geträumt, für die Menschen einen besseren Lebensraum zu schaffen. Ich wollte ihnen Freiheit schenken und das ohne Gewalt und Waffen. Aber ich bin gescheitert."

„Das liegt daran, dass man für seine Freiheit kämpfen muss, und das geht leider nicht ohne Gewalt. Ich bedaure es zwar, aber genau das wird

Cleo auch noch lernen müssen. Ich habe immer versucht, ihr die Augen zu öffnen, aber sie war blind dafür."

Maggie ergreift plötzlich Finns Hand. „Ich glaube, nicht sie ist es, die die Augen geöffnet bekommen musste, sondern du warst es und Cleo hat es geschafft. Sie hat dir die Liebe zu den Menschen zurückgegeben. Seitdem du sie kennst, siehst du die Welt in einem anderen Licht."

Finn will ihr automatisch widersprechen, doch dann hält er inne und denkt stattdessen über ihre Worte nach. Bevor er Cleo kannte, gab es für ihn nur ein Ziel in seinem Leben: Die Rache an der Legion. Er wollte sie auslöschen, bis auf die letzte Person. Er hasste sie dafür, dass sie ihm nicht nur seine Eltern, sondern auch seine Schwester genommen hatte. Er war richtiggehend blind vor Hass. Und dann kam Cleo, die mit dem Staunen eines Kindes den Himmel betrachtete und vor Gefühl sprühte, obwohl sie nie Liebe in der Legion erfahren hatte. Für sie war er in die Legion gegangen, weil er lieber tot als von ihr getrennt gewesen wäre. Er hatte sein Gedächtnis verloren, aber sie hatte sich trotzdem einen Weg zurück in sein Herz gebahnt. Und nicht nur sie. Er hatte die Bewohner der Sicherheitszone in einem neuen Licht gesehen. Er hatte sie zum ersten Mal in seinem Leben so gesehen, wie Cleo sie sah: Menschen mit Gefühlen und Gedanken, die nur darauf warteten, freigelassen zu werden. Alles, was sie brauchten, war eine Hoffnung, an die sie glauben konnten.

„Finn, es ist unwichtig, ob ihr jeden Tag zusammen verbringt, solange ihr beide das Gleiche wollt. Euch verbindet ein gemeinsames Ziel."

Es ist, als würde sich plötzlich ein Puzzlestück an das andere setzen. Seine Gefühle, die wild durch sein Herz und seinen Kopf wirbelten, erhalten endlich Ordnung. Finn sieht seiner Mutter dankbar in die Augen. Irgendwie ist sie erst jetzt wirklich zu ihm zurückgekehrt.

Er drückt ihre Hand. „Du hast mir gefehlt."

„Du auch, mein Sohn. Mehr, als du dir vorstellen kannst." Sie schließt ihn in ihre Arme. „Ich liebe dich."

Niedergeschlagen sind Finn und der Rest des Jagdtrupps auf dem Rückweg, während die Abendsonne ihnen auf den Rücken scheint. Sie hatten keinen Erfolg. Der Wald wirkt wie ausgestorben. Finn hat keine Ahnung, wie es nun weitergehen soll. Die Aussicht auf Jagdbeute war so etwas wie ihre letzte Hoffnung. Wenn sie nicht bald eine Lösung finden, werden sie innerhalb des nächsten Monats verhungern. Vielleicht wäre es doch am besten, wenn sie gleich morgen in Richtung der Zentrallegion aufbrechen würden. Es macht schließlich keinen Unterschied, ob sie hier oder auf dem Weg sterben.

Am Horizont heben sich die Höhlen dunkel gegen den violetten Himmel ab. Seitdem die Sizos bei ihnen sind, herrscht ein ständiges Getümmel, fast wie in einem Ameisenhaufen.

Doch je näher sie den Höhlen kommen, umso deutlicher wird, dass heute nicht nur die Menschenmenge für Unruhe sorgt. Irgendetwas muss passiert sein. Sharon kommt ihnen auf halbem Weg entgegen.

„Seid ihr James und Devon begegnet?"

James und Devon sind beide Rebellen aus der südlichen Legion. Sie gehören also eigentlich zu Sharon.

Finn schüttelt irritiert den Kopf. „Nein, warum?"

„Sie sind verschwunden", erklärt Sharon verzweifelt.

„Wie das?", fragt Paul verwirrt.

„Wir waren heute mit einem Trupp nochmal bei der Legion, um nach Nützlichem zu suchen. James und Devon waren auch dabei, aber sie sind seitdem nicht mehr aufgetaucht. Irgendetwas muss passiert sein."

„Und an was denkst du?"

Sharons Blick wandert zu den Kämpfern der Legion. Das genügt als Antwort.

„Was hätten sie davon?", zischt Finn ihr zu.

„Macht", antwortet Sharon und klingt dabei sehr nach Ruby.

„Was ist mit den Wesen, von denen Cleo gesprochen hat?", wendet Paul ein, wobei er sich fast ängstlich umschaut, so als ob eins aus dem Boden hervorbrechen würde.

Sharon schnaubt verächtlich auf. „Wer weiß, ob sie die Wahrheit gesagt hat und nicht nur die Explosion verhindern wollte?! Also ich für meinen Teil habe noch kein anderes Lebewesen gesehen. Ihr etwa?"

„Nein", antwortet Paul kleinlaut. „Aber Cleo hätte uns nie belogen."

„Ach nein? Und warum ist sie dann nicht hier, sondern feige mit den Legionsführern abgehauen?"

„Sie ist nicht abgehauen", ruft Finn sofort wütend aus. „Ich habe sie weggeschickt."

„Na, wenn das so ist, wird sie sicher bald mit Hilfe zurückkommen“, erwiderte Sharon sarkastisch.

In der Nacht haben sie ihr Schlaflager erneut rund um das große Lagerfeuer errichtet. Anstatt Bohnen gab es dieses Mal Hühnersuppe aus der Dose. Obwohl die Konserve schon seit zwei Jahren abgelaufen war, war die Suppe noch genießbar. Aber sie sind auch nicht in der Lage, große Ansprüche zu stellen. James und Devon sind nach wie vor nicht wieder aufgetaucht. Es kursieren die wildesten Gerüchte über ihr Verschwinden, weshalb die Kinder noch verängstigter sind als ohnehin schon. Zudem heizen die Gerüchte die gereizte Stimmung zwischen den Rebellen und den Sizos an. Sie werden nicht müde, sich gegenseitig zu beschuldigen, jedoch nicht offen, sondern nur hinter den Rücken der anderen. Während sie am Vortag noch fast so etwas wie eine Einheit gegen einen gemeinsamen Feind waren, bildet sich heute eine Mauer des Schweigens zwischen ihnen.

Überraschenderweise sucht Ruby erneut das Gespräch mit Finn.

„Es war schade, dass du heute nicht dabei warst“, beginnt sie die Unterhaltung.

„Warum?“

„Sharon hat die Angewohnheit, schnell die Kontrolle an sich zu reißen“, erwidert Ruby zerknirscht.

„Na und?“

„Sie erregt schnell mehr Aufsehen, als einem lieb ist. Egal, ob nun bei Sizos oder bei irgendwelchen Wesen. Was glaubst du, ist mit James und Devon passiert?“

„Ich nehme an, nichts Gutes“, gesteht Finn.

„Glaubst du, wir sehen sie lebend wieder?“

Er zögert einen Moment, doch dann schüttelt er den Kopf.

„Morgen will sich ein Trupp der Sizos nochmal zu der Legion aufmachen. Ich überlege, sie zu begleiten“, erzählt ihm Ruby weiter.

„Und was habe ich damit zu tun?“

„Ich dachte, du wolltest vielleicht mitkommen, um dir selbst ein Bild der Lage zu machen.“

„Warum sollte ich meine Meinung geändert haben?“

Ruby grinst ihn an. „Weil du genauso neugierig bist wie ich.“ Sie schaut wieder in die Flammen und gibt sich gleichgültig. „Außerdem hast du eh nichts Besseres vor, oder irre ich mich?“

07. Cleo

W300 hat uns in unserem Zimmer zurückgelassen mit den Worten, dass er sich später wieder bei uns melden würde. Wir sitzen also erneut fest, nur, dass unser Gefängnis den Raum gewechselt hat. Ich hätte mich gern mit Asha und Iris ausgetauscht, doch vor A350 kann ich das nicht. Zudem habe ich die Zentrallegion im Verdacht, dass sie uns abhören. Es gibt also nichts, worüber wir uns unterhalten könnten, deshalb schweigen wir. Jeder Versuch zur Konversation von A350 wird von uns mit hartnäckigem Schweigen beantwortet.

Etwa eine Stunde später öffnet sich erneut die Tür. Im Gegensatz zu der westlichen Legion, lässt sich in der Zentrallegion jede Tür von einem der vier Führungsmitglieder öffnen. Es ist wieder W300, der offenbar nun für uns zuständig ist.

„Folgt mir, ich werde euch nun den anderen Legionsführern vorstellen und euch euren zukünftigen Arbeitsplatz zuweisen“, fordert er uns ohne jede Höflichkeitsfloskel auf. Kein Bitten und kein Fragen, sondern schlichte und eindeutige Befehle. Zudem wusste ich nicht, dass die Legionsführer hier in bestimmte Arbeitsbereiche eingeteilt werden. Ich hatte erwartet, dass sie sich genauso den ganzen Tag beratschlagen würden, wie wir es zu Hause immer getan hatten. Aber dafür ist die Zentrallegion wohl zu groß.

Ohne Murren gehorchen wir seinem Befehl und folgen ihm zurück zu dem weißen Aufzug, der uns erneut an die Erdoberfläche bringt. Ein Flugshuttle steht schon für uns bereit. Wie zu erwarten, steuern wir damit direkt zu dem Führungspalast der

Zentrallegion. Sowohl vor als auch in dem Palast tummeln sich unzählige Kämpfer der Legion. Bei uns war dieser Schutz nie nötig, da wir ohnehin in der Legionskugel abgeschottet von dem Rest der Bewohner gelebt haben. Lediglich unser Aufzug musste bewacht werden. Die große Anzahl an Kämpfern jagt mir Angst ein. Vielleicht sind die anderen Fraktionen hier nicht so friedlich und unwissend, wie sie es bei uns waren. Für eine Rebellion wäre dieser Umstand natürlich hilfreich.

Wir verlassen die volle Empfangshalle durch einen weiteren Aufzug.

„Eure Fingerabdrücke werden zurzeit noch im System erfasst, danach könnt auch ihr den Aufzug bedienen. Er reagiert nur auf registrierte Legionsführer.“ Also nicht anders, als es bei uns war.

Das nächste Stockwerk, in dem wir aussteigen, ist deutlich leerer. Der Boden ist belegt mit einem royalblauen Teppich, der das Geräusch unserer Schritte verschluckt. Es ist fast, als würde man über den Boden schleichen. Die Wände bestehen aus glänzendem Marmor und die Decke ist bedeckt mit Leuchtplatten, die den Einfall von Tageslicht simulieren. Denn tatsächlich gibt es nicht ein einziges Fenster.

Mit schnellem Schritt folgen wir W300, der sich nicht mit unnötigen Erklärungen aufhält. Er weiß, dass die Größe des Palastes uns auch ohne sein Zutun beeindruckt.

Zu unserer Rechten stehen die bestimmt drei Meter hohen Flügeltüren eines Durchgangs bereits einladend offen, doch aus dem Inneren dringt kein Geräusch. Erst als wir eintreten, sehe ich, dass der runde Raum voll besetzt ist. Er erinnert mich etwas an die Arena der westlichen Legion. In der Mitte des Raumes befinden sich ein Rednerpult sowie eine große, dreidimensionale Leinwandprojektion, die von allen Seiten einsehbar ist. Rund um das Pult verteilen sich Sitzplätze, die mit großen weißen Lederstühlen und Mahagonischreibtischen ausgestattet sind. Ich würde die Anzahl der anwesenden Legionsführer auf etwa einhundert schätzen. Es sind alle Generationen vertreten. Angefangen bei der zweiten Generation, endend bei der sechsten. Die sechste Generation müsste gerade ein Alter von sechszehn Jahren erreicht haben. In der westlichen Legion gehörte man in diesem Alter nicht einmal einer Klassifizierung an, doch hier sitzen vier junge Menschen direkt neben dem Rednerpult. Es sind drei Jungen und ein Mädchen. Offenbar sind es Vertreter der Legionen, die später einmal ihre Plätze in der Führungsebene einnehmen werden. Ihre Klassifizierung ist bereits von Geburt an bestimmt. Wenn es nach mir geht, ist es jedoch fraglich, ob sie je ihre Plätze in der Führungsebene einnehmen werden.

W300 führt uns zu den anderen Flüchtlingen der westlichen Legion. Wir quetschen uns zu dritt an jeweils einen Schreibtisch. Direkt neben uns sitzen die ehemaligen Legionsführer der nördlichen Legion. Sie mussten, genau wie wir, vor wenigen Wochen fliehen.

W300 steuert danach auf das Rednerpult zu, hinter dem bereits S300, O300 und N300 auf ihn warten. Es sind die vier mächtigsten Menschen unserer Welt.

„W300 begrüßt die Zentrallegion zur Konferenz anlässlich der Auslöschung der westlichen Legion."

Er macht eine bedeutungsschwere Pause und verweilt danach mit seinem Blick auf uns.

„Wir befinden uns in der dunkelsten Zeit nach dem Ende des dritten Weltkriegs. Obwohl die Rebellen uns zahlenmäßig weit unterlegen sind, haben sie es geschafft, zwei unserer Stützpunkte dem Erdboden gleichzumachen. Dabei waren ihnen die zahlreichen menschlichen Opfer egal."

Am liebsten würde ich laut aufschreien. Die vielen Toten gehen nicht auf das Konto der Rebellen, sondern sind das Werk der Legion. Wenn sie die Sicherheitszonen nicht so ausgestattet hätten, dass sie sich bei einer feindlichen Übernahme selbst zerstören würden, dann gäbe es wahrscheinlich kaum ein Opfer. Aber in den Augen der Legion ist eine Selbstzerstörung immer noch besser, als von den sogenannten ‚Feinden' übernommen zu werden. Wobei zu den Toten stets nur die unwissenden Bewohner der Sicherheitszone zählen und nicht die Legionsführer, die vorher ihre eigene Haut retten.

„Bisher haben wir uns immer in der Bekämpfung der Rebellen zurückgehalten, aus Rücksicht auf den Wert des menschlichen Lebens. Aber wir können es nicht riskieren, noch weitere unschuldige Menschen dem Tod zu überlassen. Wir müssen härter gegen die Rebellen vorgehen. Wir müssen mit denselben Waffen wie sie kämpfen. Das sind Tod, Chaos und vollkommene Zerstörung."

W300 tritt von dem Podium zurück und gibt den Platz frei für O300, eine der beiden Frauen. In der Zeit lasse ich meinen Blick über die anderen Legionsführer schweifen. Die meisten von ihnen nicken zustimmend und sind völlig W300s Meinung. Es gibt nur wenige unter ihnen, deren Miene nicht zu deuten ist. Niemand, der deutlich dagegen ist. Ich weiß nicht, wie lange ich mich noch zurückhalten kann. Bei jedem Wort, das gegen die Rebellen fällt und ich meinen Mund halte, habe ich das Gefühl, sie und mich selbst zu verraten.

„Es ist davon auszugehen, dass bei der Explosion der westlichen Legion nicht alle Rebellen beseitigt wurden. Sie sind wie Ungeziefer, das immer wieder an die Oberfläche strömt und sich bei jedem Anschlag um ein Vielfaches vermehrt."

Warum wohl? Könnte es eventuell daran liegen, dass immer mehr Menschen sich den Rebellen anschließen? Könnte es daran liegen, dass die Rebellen das Recht hinter sich haben? Sie brauchen keine Druckmittel, um die Menschen zu überzeugen. Es reicht alleine die Wahrheit.

„Mit der Zentrallegion sowie der östlichen und südlichen Legion bieten wir den Rebellen mehr Angriffsfläche, deshalb haben wir beschlossen, die beiden Außenlegionen aufzugeben und uns alle hier zu vereinen. Die Legionsführer der anderen beiden Legionen werden in den nächsten Tagen zu uns stoßen."

Entsetzen wird unter den anderen Legionsführern laut. Offenbar war den wenigsten von ihnen bewusst, wie ernst die Lage ist.

Mich lässt jedoch ein ganz anderer Gedanke nicht los. O300 hat von den Legionsführern aus dem Osten und Süden gesprochen, aber was ist mit den restlichen Menschen? Ich habe mich gezwungen, gute Miene zum bösen Spiel zu machen, aber das kann ich nicht länger.

Ehe A350 mich aufhalten könnte, schnellt mein Finger vor zu dem Knopf auf dem Tisch vor mir, der das Mikrofon betätigt. Ich räuspere mich und dränge meine brodelnde Wut zurück.

„Entschuldigung, ich habe eine Frage."

Das Gemurmel verstummt augenblicklich und alle Augenpaare richten sich auf mich. Ich sehe, wie A350 jegliche Farbe aus dem Gesicht weicht. Ich kann ihre aufwallende Panik förmlich spüren und fühle mich dadurch nur noch bestätigt.

„Was ist mit den Bewohnern der Sicherheitszonen aus der südlichen und östlichen Legion? Wann werden sie in der Zentrallegion eintreffen?"

O300 wirkt unvorbereitet auf meine Frage und verzieht die Mundwinkel nach unten.

„Gar nicht."

Es ist totenstill im Konferenzraum. Das Ausmaß ihrer Antwort ist entsetzlich.

„Verstehe ich das richtig? Ist es wirklich der Wille der Führungsebene, unschuldige und unwissende Menschen ihrem sicheren Tod zu überlassen?"

Ich habe meiner Frage mit Absicht diese Schärfe verliehen. Sie soll den anderen Legionsführern die unermessliche Grausamkeit bewusst machen.

O300s Wangen färben sich rot. „Es ist gewiss nicht unser Wille!", schimpft sie wütend. „Die Rebellen zwingen uns dazu. Sie lassen uns keine andere Wahl."

„Wir haben immer eine Wahl."

Die Blicke der anderen jagen zwischen mir und der Führungsebene hin und her.

„Ach ja? Und wie sieht deine Lösung des Problems aus? Gerade du als Flüchtling der westlichen Legion solltest am besten über die Grausamkeit der Rebellen Bescheid wissen."

„Das Einzige, was ich weiß, ist, dass die Rebellen den Tod keines einzigen Menschen wollten. Alles, wofür sie kämpfen, ist ihre Freiheit. Den Tod der Bewohner der Sicherheitszonen aus der nördlichen und westlichen Legion hat die Zentrallegion zu verantworten. Unser System der selbstständigen Zerstörung hat das Leben dieser Menschen auf dem Gewissen und nicht die Rebellen."

Es ertönen laute Gegenrufe der Empörung.

„Das beweist doch alleine, dass ihr auch jetzt bereit seid, das Leben dieser Menschen zu opfern."

Der Widerspruch der anderen ist nun so laut, dass ich mein eigenes Wort nicht mehr verstehe. A350 zerrt mich mit Leibeskräften von dem Mikrofon weg. „Sei endlich still", zischt sie mir sowohl wütend als auch panisch ins Ohr.

„Verrat!", schreit es von weit oben aus dem Konferenzsaal. Vielleicht bin ich zu weit gegangen, aber zumindest bin ich so den Stein, der auf meinem Herzen lastete, losgeworden. Es war die Wahrheit und das Richtige und das ist alles, was für mich zählt. Wenn sie mich dafür nun wegsperren wollen, bitte!

W300 besteigt nun erneut den Platz auf dem Rednerpult. Sein Gesicht ist vor Wut rot angelaufen.

„Ich hoffe, du bist dir der unglaublichen Lüge bewusst!", schreit er aufgebracht.

A350 reißt das Mikrofon an sich. „Verzeiht ihr, sie wurde bei dem Angriff der Rebellen verletzt und weiß nicht, was sie sagt." Ihre Stimme ist verzweifelt und ihre Angst beinahe greifbar.

Doch ehe sich A350 versieht, entwendet Asha ihr das Mikrofon.

„Wenn ihr nur bereit wärt, auch nur eine Sekunde über ihre Worte nachzudenken, würde euch auffallen, wie viel Wahres in ihnen steckt.“

Nun drängen sich alle vier Mitglieder der Führungsebene um das Mikrofon.

„Wie kannst du es wagen, das Wort gegen uns zu erheben? Du bist nur eine D-lerin“, ereifert sich S300 völlig außer sich.

„Beantwortet das nicht jede Frage?“, brüllt Asha zurück.

„Wachen!“, schreien die vier gleichzeitig in das Mikrofon und sofort stürmen von allen Seiten blaue Kämpfer auf uns zu.

„Beruhigt euch!“, ertönt es plötzlich laut aus einer unerwarteten Ecke. Einer der jungen Legionsführer der sechsten Generation hat sich von seinem Platz erhoben. „Seht ihr denn nicht, dass es genau das ist, was die Rebellen wollen? Sie entzweien uns!“

Alle starren zu dem jungen Mann und verstummen. Es ist, als hätten seine Worte die Zeit angehalten. Die Wachen blicken fragend zu den Mitgliedern der Führungsebene.

„Ich bitte euch, hört einander zu, ohne den anderen direkt für seine Meinung zu verurteilen“, spricht der Junge weiter.

W300 ringt um Fassung, aber nimmt dann seinen Befehl an die Kämpfer zurück. „Tretet beiseite!“

„Ich bin jung und habe kaum Erfahrung, aber vielleicht hilft gerade meine Unwissenheit, nicht das Wesentliche aus den Augen zu verlieren“, redet der junge Legionsführer weiter. „Die Legion hat sich gebildet, um in Einheit und Gleichheit zu leben. Unser höchstes Ziel ist es, jeden Krieg zu verhindern. Doch genau das passiert gerade.“

Seine Worte sind ein Tadel und sie treffen direkt wie eine Pfeilspitze in mein Herz. Genau so habe ich auch einmal gesprochen. Ich habe daran geglaubt, Frieden mit Worten und ohne Waffen schaffen zu können.

„WA518 tut uns unrecht, wenn sie uns als Mörder abstempelt."

Dieser Satz reicht, um sich die Zustimmung der Legionsführer zu sichern.

„Aber sie ist eine Legionsführerin, die ihre Verpflichtung ernster nimmt als manch ein anderer von uns. Sie hat es sich zur Aufgabe gemacht, die Bewohner der Sicherheitszone zu schützen und vor jedem Leid zu bewahren. Das ist es, was wir alle tun sollten. Es muss für sie ein schwerer Schlag gewesen sein, genau diese Menschen ihrem sicheren Tod überlassen zu müssen."

Es ist mehr als beeindruckend, wie er es schafft, in den Legionsführern, die mich gerade noch am liebsten in Stücke gerissen hätten, Mitleid für mich hervorzurufen. Doch ihre Reaktion ist eindeutig: Sie nicken zustimmend und schenken mir beinahe entschuldigende Blicke.

„Die Menschen der südlichen und östlichen Legion zurückzulassen, würde gegen jeden einzelnen unserer Grundsätze verstoßen."

Ich spüre, wie sich A350s Herzschlag neben mir beschleunigt. Ich kann ihn durch ihre Hand spüren, die immer noch meinen Arm umklammert hält. In ihrem Blick lese ich denselben Stolz, den sie einmal für mich gezeigt hat. Auch wenn sie wohl die schlechteste Mutter der Welt ist, muss ich ihr zumindest anrechnen, dass sie auf derselben Seite steht wie ich. Sie ist kein schlechter Mensch.

S300 wendet sich sachlich dem Jungen zu. „Was schlägst du stattdessen vor?“

„Auch wenn es eng werden wird, gibt es für uns keine andere Lösung, als auch die Bewohner der Sicherheitszonen bei uns aufzunehmen. Wir sind eine Einheit und niemand ist mehr wert als ein anderer, egal ob Legionsführer oder D-ler.“

Bei den letzten Worten blickt er Asha mit Anerkennung entgegen. Asha erwidert seinen Blick mit derselben Achtung. Obwohl ich den Jungen nicht kenne, hat er alleine durch diese Geste mein volles Vertrauen gewonnen.

Jedoch ist den Mitgliedern der Führungsebene deutlich anzusehen, dass sie von seinem Vorschlag weniger begeistert sind.

„Die Legion hat ihre Entscheidungen schon immer demokratisch getroffen und so sollten wir auch hier verfahren. Wer ist für den Vorschlag von W600?“, richtet W300 sein Wort an alle Anwesenden.

Ich hätte damit gerechnet, dass nach W600s bewegenden Worten alle Hände nach oben schnellen würden, doch tatsächlich sind es nur wenig mehr als die Hälfte. Doch es reicht, um das Leben von rund tausendsechshundert Menschen zu retten.

Nach der Konferenz teilt uns W300 unsere neuen Aufgabengebiete zu. Dabei ist er alles andere als freundlich, womit ich bereits gerechnet habe. Auch, dass er mich und Asha der Müllbeseitigung zuteilt, überrascht mich nur wenig. Iris hingegen muss, wie alle anderen Heranwachsenden, den Bildungsunterricht besuchen. A350 erhält ihr Einsatzgebiet in der Paarungskontrolle, was ich als überaus passend empfinde, nachdem sie selbst das Vorbild einer Legionsmutter abgibt.

08. Finn

Noch vor Sonnenaufgang rüttelt Ruby unnachgiebig an Finns Schulter.

„Wir brechen auf!“, zischt sie ihm zu.

Finn würde am liebsten laut aufstöhnen, aber er schluckt jede Verfluchung hinunter und rappelt sich auf. Er hatte den Gedanken verdrängt, dass er Ruby mehr oder weniger zugestimmt hatte, sie zu begleiten. Doch zu seiner Überraschung ist er nicht der Einzige, denn Ruby nähert sich bereits gemeinsam mit Pep dem Lagerausgang. Schnell folgt Finn ihnen.

Sie sprechen kein Wort, während sie die Höhlen immer weiter hinter sich zurücklassen. Vor ihnen liegt die schier endlose Ebene mit ihrem roten Sand, der über Nacht erkaltet ist. Der Himmel leuchtet violett, sodass sie zumindest etwas sehen können. Ruby muss diesen Zeitpunkt perfekt abgepasst haben. Hat sie überhaupt geschlafen?

Erst als die Höhlen nicht mehr zu sehen sind, wagt Finn zu sprechen.

„Womit hat sie dich bestochen?“, wendet sich Finn scherzhaft an Pep.

„Musste sie nicht. Ich bin freiwillig hier“, entgegnet dieser kühl. Seitdem sein Zwillingsbruder Jep gestorben ist, ist er nicht mehr derselbe. Die beiden Brüder waren unzertrennlich und hatten nur Unsinn im Kopf. Meistens sah man sie in irgendeiner Ecke zusammensitzen und den nächsten Streich planen. Sie brachten das Lachen zu den Rebellen, als sie gemeinsam mit ihrer älteren Schwester Florance zu ihnen stießen. Doch die Freude scheint mit Jeps Tod aus Peps Leben verschwunden zu sein. Genauso wie die Musik. Denn Jep und Pep waren nicht nur für ihre Scherze bekannt, sondern auch für ihre Lieder. Meistens spielte Pep die Gitarre und Jep übernahm den Gesangspart. Doch auch das Instrument war seit Monaten stumm geblieben.

„Mir ist ehrlich gesagt nicht ganz klar, was du zu finden hoffst“, richtet Finn das Wort an Ruby. „Du warst erst gestern hier, ohne mit irgendetwas Brauchbarem zurückzukommen.“

„Es geht weniger um das Was, als mehr um das Wen.“

Finn runzelt die Stirn. „Du meist die Monster?“

„Irgendjemand muss schließlich für das Verschwinden von James und Devon verantwortlich sein.“

„Hast du denn etwas gesehen?“

„Nein, aber es lag dieser Geruch in der Luft.“

„Was für ein Geruch?“

„Faulig mit einer süßlichen Note. Verwesung“, schloss Ruby.

„Könnte das nicht eher an den Leichen liegen?“

„Die sind alle verbrannt.“

Ruby scheint von ihrer Überlegung überzeugt zu sein und Pep glaubt ihr wohl. Doch Finn fällt es schwer, an übernatürliche Wesen zu glauben. Auch Cleo hatte sie vor ihnen gewarnt, doch wirklich gesehen hatte sie niemand.

Plötzlich hält Ruby inne und starrt in die Richtung, aus der sie gekommen sind. Sie stöhnt laut auf.

Finn dreht sich ebenfalls um. „Das darf doch nicht wahr sein!“, stößt er genervt aus und steuert wütend auf seine Schwester samt Clyde zu, die ihnen gefolgt sind.

„Was machst du hier?“, fährt er sie scharf an.

„Das könnte ich dich genauso gut fragen!“, schießt Zoe zurück.

„Wir sind auf dem Weg zur Legion“, beantwortet Pep ihr die Frage.

„Was wollt ihr da? Reicht es nicht, dass James und Devon verschwunden sind? Ihr habt ja nicht einmal jemandem Bescheid gesagt“, schimpft sie aufgebracht.

„Das ist ja der Sinn der Sache, wenn man sich davonschleicht“, kontert Ruby.

„Und was soll das alles?“

„Es gibt genau zwei Möglichkeiten. Entweder die beiden wurden von Wesen entführt oder von den Legionären umgebracht.“

„Ich tendiere eher zu Nummer zwei“, fügt Pep finster hinzu. „Verstehst du jetzt, warum wir nichts gesagt haben?“

„Aber die Kämpfer der Legion machen sich doch heute auch auf die Suche“, verteidigt Clyde die Legion.

„Und was machst du dann hier?“, knurrt Pep.

„Er gehört jetzt zu den Rebellen“, antwortet Zoe für ihn.

„Dann kann er uns ja suchen helfen. Kommt ihr jetzt mit oder wollt ihr hier Wurzeln schlagen?“, sagt Ruby, die kein Fan von langen Diskussionen ist. Um ihre Aussage zu untermauern, geht sie los, ohne sich noch einmal umzudrehen. Sie ist sicher, dass die anderen ihr schon folgen werden.

Clyde blickt zögernd zu Zoe. Diese zuckt mit den Schultern. „Wenn wir schon einmal hier sind…“

Obwohl es nun schon zwei Tage her ist und die Nächte so kalt sind, dass sich morgens eine Tauschicht bildet, steigen aus dem zerstörten Legionsgebäude nach wie vor Rauchfahnen in den Himmel empor und der beißende Geruch von Qualm liegt in der Luft. Er ist so konzentriert, dass Finn das Gefühl hat, sich beim Einatmen die Luftröhre zu verätzen.

Zoe beginnt zu husten, wobei ihre Augen tränen. „Der Gestank ist ja schrecklich."

„Wenn es zu viel für dein verwöhntes Näschen ist, kannst du jederzeit gehen", schnauzt Ruby sie sofort an.

Zoe starrt sie ungläubig an, bevor ihre Nasenflügel leicht zu beben beginnen. Finn kennt seine Schwester gut genug, um zu wissen, was jetzt folgen wird: Ein unerbittlicher Kampf, der nur dann enden wird, wenn sie das letzte Wort behält.

„Was glaubst du eigentlich, wer du bist?!", schimpft sie wütend zurück. „Ich bin nicht diejenige, die sich die letzten zwei Jahre von der Legion hat loben lassen für ihre ausgezeichnete Arbeit im Kampf gegen den Feind."

Ruby reagiert darauf völlig untypisch für sie. Sie wirkt angegriffen und benimmt sich zickig. „Wie komisch, ich dachte, ich wäre dort überhaupt nur gewesen, um Finns kleine rotznasige Schwester zu beaufsichtigen."

„Von wegen Beaufsichtigung!", schnaubt Zoe. „Du hast mir nicht einmal aus der Patsche geholfen. Von deiner Anwesenheit wusste ich erst, als Finn da war. Davor habe ich dich nicht einmal zu Gesicht bekommen! Gib doch zu, dass du dich auf die faule Haut gelegt hast. Als C-lerin ist das deutlich leichter, als wenn man in der D-Klassifizierung Tag und Nacht schuften muss.“

„Du hast doch keine Ahnung! Ich bin eine Meisterin der Tarnung. Mich bemerkt man nur, wenn ich will, dass man mich wahrnimmt.“

Finn hätte nicht erwartet, dass Ruby sich auf diesen sinnlosen Streit einlassen würde. Sie benimmt sich beinahe wie … ein Mädchen. Er hatte Ruby früher nie anders als Paul wahrgenommen. Immer stark und unbeugbar, zudem sie ja auch zehn Jahre älter ist als er.

Zoe beginnt Ruby auszulachen, womit sie diese endgültig auf die Palme bringt.

„Du hältst dich wohl echt für die Tollste! Dabei hast du ja gestern nicht einmal mitbekommen, wie James und Devon entführt wurden.“

Clyde räuspert sich, doch keine der beiden nimmt ihn ernst.

„Wie kannst du es wagen, mir das vorzuwerfen? Wir hatten uns getrennt. Ich hatte nicht einmal den Hauch einer Chance einzugreifen.“

„Du hättest besser auf sie aufpassen müssen!“

„Wenn du das alles so gut weißt, warum bist du dann nicht mitgekommen?! Stattdessen hast du dich lieber von deinem kleinen Dackel bemitleiden lassen. Die arme Zoe, die jetzt ungewollt ein Balg in der Röhre sitzen hat.“

Zoe holt aus, um Ruby eine Ohrfeige zu verpassen, doch diese fängt geschickt ihren Arm ab und dreht ihn herum, sodass Zoe vor Schmerz aufheult.

Finn eilt seiner Schwester zu Hilfe und verpasst Ruby einen kräftigen Stoß, sodass diese rückwärts taumelt und schließlich zu Boden fällt. Sofort rappelt sie sich wieder auf.

„Es war so klar, dass jetzt der große Bruder wieder eingreifen muss. Denn Prinzessin Zoe ist ja nicht einmal in der Lage, sich alleine gegen die böse Ruby zu wehren. Warum fängst du nicht an zu heulen und läufst zu deiner Mama?"

„Du bist ein gefühlskaltes Miststück!", schreit ihr Zoe entgegen und versucht erneut auf sie loszugehen, wird jedoch von Finn daran gehindert.

„Könnt ihr endlich mal aufhören?!", schreit plötzlich Clyde aufgebracht. „Pep ist weg!"

Erschrocken blicken sich Finn, Zoe und Ruby sofort nach allen Seiten um.

„Seit wann?", will Ruby augenblicklich wissen, so als wäre es Clydes Aufgabe gewesen, auf ihn aufzupassen.

„Er wollte sich euren Streit nicht länger mit anhören und ist deshalb ein Stück abseits gegangen. Als ich mich das nächste Mal nach ihm umgedreht habe, war er verschwunden."

„Wir müssen ihn sofort suchen", jammert Zoe besorgt und stürzt auch schon los. Finn hält sie aber erneut zurück.

„Nicht so schnell, wir sollten zusammenbleiben."

Zoe wirft Ruby einen bitterbösen Blick zu. „Nur über meine Leiche." Sie windet sich aus dem Griff ihres Bruders und stürmt los. „Komm, Clyde."

„Nein!", schreit Clyde wütend zurück und bringt dadurch Zoe dazu, sich umzudrehen.

„Nein?", fragt sie verwirrt. Es scheint ihr nicht in den Kopf zu gehen, dass Clyde in der Lage ist, ihr Widerworte zu geben.

„Nein. Finn hat Recht. Wir bleiben zusammen.“ Er verleiht seiner Stimme eine solche Autorität, dass keiner es wagen würde, ihm zu widersprechen. Danach übernimmt er die Führung und steuert in die entgegengesetzte Richtung von Zoe. „Er ist hier lang gegangen“, erklärt er entschieden.

Ruby folgt ihm, jedoch nicht, ohne Zoe noch einen triumphierenden Blick zuzuwerfen. Finn nimmt seine Schwester bei der Hand und folgt ihnen.

Nach wenigen Metern geht Clyde in die Hocke und tastet den Boden ab. Die Erde scheint zu dampfen, doch in diesem Fall kommt ihnen das Feuer zugute. Denn es hat sich über das Wrack der Legion eine dicke Ascheschicht gelegt, in der Clyde nun Peps Fußspuren erkennen kann.

Sie folgen der Spur. Es scheint, als hätte Pep sich mehrfach im Kreis gedreht, bis plötzlich die Spur endet. Fast so, als hätte er sich in Luft aufgelöst.

„Wie ist das möglich?“, wendet sich Ruby an Clyde, den sie nun offenbar noch als einzigen Gesprächspartner akzeptiert.

Finn beginnt den Himmel mit den Augen abzusuchen. „Ist es möglich, dass ein Flugzeug gekommen ist, ohne dass wir es mitbekommen haben?“

Clyde schüttelt den Kopf. „Bei dem Geschrei der beiden durchaus, aber ich habe keins gesehen.“

„Was ist mit einem Wüstendrift oder einem anderen Fahrzeug?“

„Jedes mögliche Fahrzeug ist deutlich schwerer als ein Mensch und müsste Spuren hinterlassen haben“, erklärt Finn. „Aber hier ist nicht eine.“

Er geht einen großen Kreis um den letzten Stiefelabdruck von Pep. Er entfernt sich dabei immer weiter von den drei anderen, die auf der Stelle stehen bleiben, um keine Spuren zu verwischen.

Plötzlich hält Clyde inne und geht zu Boden. Er fährt mit der Hand über den staubigen Boden. Als er seine Finger wieder anhebt, klebt dunkelrote Farbe an ihnen. Er riecht daran.

„Hier ist Blut. Es ist nicht viel, aber frisch."

„Vielleicht hat Pep sich verletzt", ruft Zoe aus.

„Selbst wenn, das erklärt nicht, warum seine Spur plötzlich endet.

„Wie alt ist das Blut?"

„Frisch", antwortet Clyde. „Es scheint von einer Fußsohle zu stammen."

„Aber Pep hat Stiefel getragen."

„Pep ja, aber vielleicht nicht sein Entführer."

„Er hätte sich gegen ihn gewehrt. Das hätten wir doch mitbekommen müssen", entgegnet Zoe.

„Ihr hättet gar nichts mitbekommen!", schimpft Finn wütend. Von seiner Schwester wendet er sich an Ruby. „Wenn ihr beide nicht miteinander gestritten hättet, wäre Pep auch nicht alleine losgezogen. Dass er jetzt weg ist, geht auf euer Konto."

Zoe treten Tränen in die Augen. „Wie kannst du das nur sagen?"

„Es stimmt", murmelt Ruby und senkt schuldbewusst den Kopf.

Clyde hat sich noch ein Stück weiter von ihnen entfernt. „Hier geht die Blutspur weiter." Er befindet sich nun bereits außerhalb der Überreste der Legion.

„Das sind gut vier Meter Abstand", kommentiert Finn. „Wie kann es sein, dass jemanden so weit geht, ohne weiter Blut zu verlieren?"

„Vielleicht ist er oder sie gesprungen?"

„Mit Pep im Schlepptau? Das ist unmöglich!“

„Vorausgesetzt, der Entführer ist ein Mensch“, schließt Clyde und blickt bedeutungsschwer in die Runde.

Sofort beginnt Ruby in die Luft zu schnuppern. Sie verlässt ihren Platz und kommt zu Clyde. Sie legt ihre Finger nun ebenfalls in das frische Blut. „Riechst du das?“

Clyde nickt: „Verwesung.“

Finn kommt nun ebenfalls zu ihnen, um sich selbst ein Bild von der Lage zu machen. Er beginnt auch an dem Blut zu riechen. „Faulig mit einer süßlichen Note“, stimmt er ihnen zu. „Haltet ihr es wirklich für möglich, dass es unbekannte Wesen waren?“

„Die Legion war es jedenfalls nicht“, erwidert Clyde, wobei er über die Feststellung erleichtert zu sein scheint. Auch wenn er jetzt ein Rebell ist, kann er seine Abstammung nicht leugnen.

„Cleo hätte uns auch nicht belogen. Es muss sie wirklich geben, aber was wollen sie von uns? Warum entführen sie unsere Leute?“

„Wir finden nichts zu essen“, sagt Clyde.

„Ja, aber erst jetzt, weil das Feuer die Tiere in die Flucht geschlagen und die Pflanzen zerstört hat“, antwortet Finn, ohne, dass er versteht, worauf Clyde hinauswill.

Ruby hingegen scheint Clyde sofort folgen zu können. „Aber ihr habt unter dem Schutz der Strommauer gelebt. Alle Wälder, Seen und Wiesen sind künstlich von der Legion angelegt worden. Jedes Tier wurde ursprünglich von der Legion gezüchtet. Aber außerhalb der Strommauer gab es nur Wüste. Die radioaktive Strahlung hatte nicht nur Menschen, sondern auch Tiere und Pflanzen getötet. Nehmen wir an, es gäbe Überlebende, wovon hätten sie leben sollen?"

„Was tun Menschen, die am Verhungern sind, wenn ihnen keine andere Möglichkeit bleibt, um zu überleben?"

Jetzt beginnt auch Finn zu begreifen. „Sie essen sich gegenseitig."

„Solange, bis sie eine andere Beute finden", entgegnet Ruby.

„Und das sind in diesem Fall wir", schließt Finn folgerichtig.

Plötzlich reißt Ruby panisch ihre Augen auf und beginnt, sich zu allen Seiten umzudrehen. „Zoe?"

Die Panik überträgt sich sofort auf Clyde und Finn. Sie beginnen alle unkontrolliert umherzurennen, doch Zoe bleibt verschwunden.

„Wie kann das sein? Sie war doch direkt hinter uns", ruft Ruby verzweifelt aus.

„Wir müssen sie finden", drängt Finn, als plötzlich lautes Motorengeräusch ertönt. Am Horizont erscheinen die Panzer der Legion, die aus Richtung der Höhlen auf sie zusteuern.

Clyde rennt ihnen entgegen und wedelt wild mit den Armen, um auf sich aufmerksam zu machen. Die Panzer beschleunigen die Geschwindigkeit und kommen vor ihnen zu stehen. Einer der Kämpfer der Legion steigt aus der Öffnung.

„Was macht ihr denn hier?"

„Dasselbe wie ihr. Es sind zwei weitere Menschen verschwunden", erklärt Clyde.

„Wann?"

„Die Letzte vor wenigen Minuten. Sie kann nicht weit sein. Wir müssen das gesamte Gelände absuchen.“

Die Legionäre zeigen sich sofort hilfsbereit und alarmiert. „Steigt ein! Wir finden sie und wenn wir das gesamte Gelände dem Erdboden gleichmachen müssen.“

Clyde, Ruby und Finn folgen der Aufforderung sofort. Mit insgesamt sechs Panzern durchsuchen sie das gesamte Gelände der ehemaligen Legion. Sie fahren dabei über Stahlträger, Glas und Steine. Im Inneren der Panzer durchleuchten Sensoren das gesamte Gelände nach menschlichem Leben. Am Ende des Tages ist von der ehemaligen Legion kaum noch etwas übrig. Jedes Überbleibsel wurde von den Panzern platt gewalzt, jedoch ohne das geringste Lebenszeichen von Pep oder Zoe zu finden. Selbst die komplette Umgebung rund um die Legion haben sie abgesucht.

Es ist bereits dunkel, als die Legionäre die Suche einstellen, um zu den Höhlen zurückzukehren. Selbst Finn sieht ein, dass es in der Dunkelheit sinnlos ist, weiter nach den Verschwundenen zu suchen. Wenn er daran denkt, seiner Mutter sagen zu müssen, dass er seine Schwester verloren hat, wird ihm schwer ums Herz. Zoe muss am Leben sein. Sie muss einfach. Er redet sich ein, dass er es spüren müsste, wenn es anders wäre.

Maggie fasst das Verschwinden von Pep und ihrer Tochter besser auf, als Finn es je für möglich gehalten hätte. Sie beginnt weder zu weinen noch zu schreien oder sich auf dem Boden zu wälzen, wie er es am liebsten tun würde. Stattdessen reagiert sie sachlich und sucht nach einer Lösung.

„Die Wesen schlagen immer nur zu, wenn sich einer von uns alleine aufhält. Sie meiden den direkten Angriff. Dieses Verhalten müssen wir uns zunutze machen. Wir sollten ihnen eine Falle stellen."

„Was für eine Falle?"

„Einer von uns muss als Lockvogel fungieren, während sich die anderen verstecken und auf den Angriff warten, um dann zuzuschlagen. Wenn wir es schaffen, einen von ihnen zu fangen, werden wir endlich Antworten erhalten und eventuell können wir dann sogar einen Tausch arrangieren."

„Wir wissen nichts über diese Wesen. Vielleicht sind sie weniger menschlich, als wir denken, und ein Handel ist gar nicht möglich."

„Umso wichtiger ist es, dass wir sie kennenlernen. Ein unbekannter Feind ist viel gefährlicher, als wenn wir wissen, womit wir es zu tun haben."

„Ich melde mich freiwillig als Lockvogel", bietet sich Finn ungefragt an. Er hat das Gefühl, dass es ohnehin seine Aufgabe ist. Er ist Zoes großer Bruder. Es wäre an ihm gewesen, auf sie aufzupassen, aber es ist bereits das zweite Mal, dass er versagt hat. Wenn es eine Möglichkeit gibt, sie zu retten, wird er nichts unversucht lassen. Es gibt nichts, was er nicht tun würde, um sie lebend zurückzubekommen. Selbst wenn das seinen eigenen Tod bedeuten sollte.

„Ich bin ebenfalls dabei", stimmt Ruby ihm sofort zu. „Welchen Ort sollen wir für die Aktion auswählen. Wir haben wenige Versteckmöglichkeiten."

„Wir dürfen sie auf keinen Fall zu den Höhlen locken. Zwar wissen sie wahrscheinlich ohnehin schon, wo unser Lager ist, aber sie würden sich nicht zu uns wagen. Wir müssen ihnen entgegenkommen und uns ihren Methoden anpassen“, erklärt Maggie. Finn hatte vergessen, wie klug und stark seine Mutter sein konnte. Zwar schien es früher immer so, als würde sie im Schatten seines Vaters stehen, aber in Wahrheit war sie die treibende Kraft, die ihrem Mann den Rücken gestärkt hatte. Zoe kommt sehr nach ihr, und genau deshalb wird sie überleben.

„Was stellst du dir vor?“, will Paul wissen. Auch er scheint Maggie als neue Anführerin akzeptiert zu haben. Sie übernimmt den Posten von Gustav.

„Wir werden sie in der Wüste stellen.“

„Aber wie sollen wir uns dort verstecken?“

„Wir machen uns unsichtbar“, meint Maggie und zwinkert ihnen geheimnisvoll zu. Solange sie einen Plan haben, ist nichts verloren. Finn wird erst aufhören zu hoffen, wenn er Zoes Leiche in den Armen hält, aber so weit wird es hoffentlich niemals kommen.

09. Cleo

Der erste Tag in der Einheit der Müllbeseitigung ist anders, als ich es erwartet hätte. Ich erinnere mich noch gut an meinen Arbeitsbeginn in der Nahrungszuteilung. Damals habe ich zum ersten Mal mit Zoe gesprochen oder besser gesagt, sie mit mir. Sie war mir unheimlich, aber interessant zugleich. Ich hatte vorher nie jemanden wie sie getroffen. Irgendwie waren wir eine Einheit, schließlich war es für uns beide der erste Tag.

Jetzt hingegen bin ich völlig auf mich alleine gestellt. Während Asha den Arbeitern der D-Klassifizierung zugewiesen wurde, bekam ich eine kurze Einführung durch einen mir unbekannten Legionsführer. Meine einzige Aufgabe besteht im Grunde darin, aufzupassen, dass die D-ler keinen Müll stehlen. Es gibt etwa zwanzig Verbrennungsöfen, in denen der Müll in Energie umgewandelt wird. Die D-ler müssen den Müll hineinwerfen und ich passe auf, dass sie nicht klauen, trödeln oder der Arbeit fernbleiben. Ich fühle mich dabei schrecklich. Ich komme mir vor wie ein Feind, denn genau diesen Vorwurf kann ich in ihren Augen ablesen. Sie verachten mich, weil ich eine bessere Stellung als sie habe. Zudem bin ich neu und sie wissen nicht, wie sie mich einschätzen sollen. Bin ich streng oder gar sadistisch? Oder können sie sich bei mir eine kurze Verschnaufpause genehmigen? Werde ich ihre Gespräche unterbinden?

Doch mir sind sie genauso fremd wie ich ihnen. Die D-ler aus der westlichen Legion waren immer zurückhaltend und reagierten nur auf Befehle. Diese hier wirken anders. Es ist der aufgeweckte Blick in ihren Gesichtern. Sie sehen seit Jahren die ungleiche Behandlung. Sie wissen, dass sie in der Nahrungskette ganz unten stehen und spüren es jeden Tag, wenn die Hitze der Verbrennungsöfen ihnen den Schweiß auf die Stirn treibt, während die A-ler in ihren klimatisierten Büros die Füße auf den Tisch legen.

Die Müllbeseitigung an sich ist schon eine unangenehme Aufgabe, aber das Schlimmste steht uns erst noch bevor. In wenigen Tagen findet der Abschied der zweiten Generation aus der nördlichen Legion statt. Die nördliche Legion entstand ein paar Jahre vor der westlichen und so erreicht ihre zweite Generation bereits jetzt das Alter von sechzig Jahren. Sie werden sterben und ihre Körper werden in der Müllentsorgung beseitigt. Es hat etwas Entwürdigendes an sich. Tot sind sie nicht mehr wert als eine leere Pillenpackung. Mir graut es schon jetzt vor diesem Tag.

Nach nicht einmal einer Stunde lässt der Legionsführer mich bereits mit den ganzen D-lern alleine. Kaum, dass er verschwunden ist, kann ich auch schon ihre abschätzenden Blicke auf mir spüren. Doch immer, wenn ich den Kopf hebe und in ihre Richtung blicke, sehen sie weg.

Verstohlen schaue ich mich in der großen Lagerhalle um und suche die Decke nach Kameras ab. Es müssen welche da sein, doch gefunden habe ich sie noch nicht. In meiner Einweisung wurde mir nicht verboten, mit den D-lern zu kommunizieren, doch ich bezweifle, dass sie es gern sehen würden.

Sehnsüchtig blicke ich zu Asha, die im Gegensatz zu mir sofort in die Arbeitergruppe integriert wurde. Sie ist eine von ihnen. Sie akzeptieren sie, ohne auch nur das Geringste über sie zu wissen. Asha erwidert meinen Blick. Stumm gibt sie mir zu verstehen, dass ich stark bleiben soll. Ausgerechnet sie muss mir Mut machen. Immerhin ist sie es, die in der Hitze schuften muss, und nicht ich.

Einige der anderen D-ler, die mit Asha an dem Ofen arbeiten, bemerken unseren Blickwechsel und heben neugierig die Köpfe. Sie mustern Asha auffällig. Asha bemerkt es und sagt irgendetwas zu ihnen, das ich aus der Entfernung nicht verstehen kann. Doch es gibt den D-lern den Mut, in meine Richtung zu sehen. Ich verziehe meinen Mund zu einem zaghaften Lächeln. Sie schauen sofort wieder zu Boden. Asha winkt mich zu sich.

Gespannt verlasse ich meinen Wachposten und gehe ihr entgegen.

„Ist alles okay?“

„Es ist entsetzlich heiß und mir tut schon jetzt mein Rücken weh, aber sonst ist alles bestens“, erwidert Asha sarkastisch. Ihre Stirn ist rußverschmiert und glänzt schweißig. Die anderen starren sie, entsetzt über ihre freche Antwort, an.

„Wie oft dürft ihr Pausen machen?“, erkundige ich mich.

Die Augen der D-ler weiten sich ungläubig, doch niemand antwortet mir.

Asha stöhnt genervt auf. „Jetzt sprecht mit ihr. Sie frisst euch nicht auf!“

Einer der Männer aus der vierten Generation räuspert sich. „Wir machen keine Pausen, Legionsführerin.“

Skeptisch starre ich ihn an. Aber warum wundert es mich überhaupt? Was habe ich denn erwartet?

Natürlich gibt es keine Pausen. Das ist schließlich die Zentrallegion.

Aber ich bin Legionsführerin und somit habe ich das Recht, in meiner Arbeitseinheit neue Regeln aufzustellen. Die erste werde ich sofort umsetzen.

Kommentarlos drehe ich mich um und eile zurück auf meinen Wachposten, dort ergreife ich das Mikrofon, um meinen ersten Befehl zu formulieren.

„Meine Bezeichnung lautet WA518. Ich bin ab heute die Leiterin dieser Arbeitseinheit. Es ist meine Aufgabe, euch zu überwachen. Ich erwarte eine gute Leistung. Jedoch bin ich der Meinung, dass eine gute Leistung nur durch genügend Ruhepausen erbracht werden kann. Deshalb befehle ich, dass jeder Arbeiter pro Tag nun mindestens eine Stunde Pause einlegt, während die anderen in dieser Zeit seine Arbeit mit übernehmen."

Ich deute mit meinem Zeigefinger auf den Mann, mit dem ich eben noch gesprochen habe. „Du beginnst! Setz dich auf meinen Wachposten und bediene dich an dem Wasser und dem Teller mit Obst."

Er starrt mich panisch an, so als hätte ich ihn zum Tode verurteilt. Es ist totenstill in der Halle.

Asha lacht laut auf und beginnt, wie wild in die Hände zu klatschen. Es dauert einige Sekunden, aber schließlich fallen die anderen Arbeiter alle mit ein. Ich sehe eine Freude auf ihren Gesichtern, die mir bisher für Sicherheitszonenbewohner fremd war.

Der Mann tritt mit stolzgeschwellter Brust nach vorne. Seine Schritte sind unsicher, aber er folgt meinem Befehl und lässt sich auf MEINEM Stuhl, hinter MEINEM Schreibtisch auf MEINEM Wachposten nieder. Zögernd greift er nach einem

Apfel, der für mich bereitgelegt wurde. Als er hineinbeißt, johlen alle noch lauter.

Mit vollem Mund bricht er ebenfalls in erleichtertes Gelächter aus.

Ich räuspere mich, um mir erneut Gehör zu verschaffen. „Während du Pause machst, werde ich deine Arbeit erledigen."

Mit diesen Worten steige ich von dem Wachposten und marschiere zum Ofen. Asha reicht mir ihre Schaufel und ich stoße sie in den Müllhaufen, um sie danach im Brennofen zu leeren.

Anerkennend schlägt mir meine Freundin auf die Schulter, während sie an die anderen gewandt sagt: „Ich hab euch doch gesagt, dass sie anders ist."

Der Arbeitstag ist anstrengend, aber für mich erfolgreicher, als ich es je zu hoffen gewagt hätte. Mit jeder Minute, die ich Seite an Seite mit den D-lern gearbeitet habe, hat ihre angespannte Haltung mir gegenüber nachgelassen. Während sie am Anfang nicht einmal gewagt haben, mir in die Augen zu sehen, reden sie jetzt mit mir, als würde ich tatsächlich dazugehören. Sie haben Asha und mich in der letzten Stunde förmlich ausgefragt. Bisher haben wir ihnen nur einen Teil der Wahrheit erzählt. Sie wissen weder etwas von den Rebellen noch von unseren Plänen.

Kurz bevor die Arbeitsglocke ertönt, die den Beginn und das Ende eines Arbeitstages ankündigt, betritt A350 in Begleitung eines jungen Legionsführers und mehrerer Wachen die Lagerhalle. Erst bei genauerem Hinsehen erkenne ich den jungen W600 wieder. Sie machen jedoch ernste Gesichter.

„W600 hat mich freundlicherweise darauf hingewiesen, dass die Führungsebene sehr unzufrieden, um nicht zu sagen entsetzt, über deine Arbeitsweise ist", fährt mich A350 scharf an. Ihre Lippen beben vor Wut. In den letzten Tagen habe ich es ihr wirklich nicht leicht gemacht, aber ich habe auch nicht vor, etwas daran zu ändern.

Die D-ler beginnen verzagt zwischen den Legionsführern und mir hin und her zu blicken. Auch ich mache mir Sorgen darum, dass es vielleicht mein erster und letzter Tag in dieser Arbeitseinheit gewesen sein könnte. Die Angst lasse ich mir jedoch nicht anmerken und hebe stattdessen trotzig meinen Kopf.

„Warum denn das?", tue ich ahnungslos.

A350s Gesicht färbt sich rötlich. „Das weißt du genau. Was hast du dir nur dabei gedacht?"

„Ich habe mir gedacht, dass fröhliche Menschen besser arbeiten als verängstigte, und ich würde behaupten, dass ich damit vollkommen richtig lag." Ich deute auf die Stelle der Halle, in der der Müll abgeladen wird. Der Berg ist nicht einmal mehr halb so hoch wie am Morgen. „Wir haben das Tagesziel nicht nur erreicht, sondern um über 100kg übertroffen. Wir haben unsere Arbeit mehr als zufriedenstellend erledigt."

Ich spreche mit Absicht von ‚wir' und nicht von mir alleine. Den Legionsführern im Konflikt die Stirn zu bieten, wird mir noch mehr das Vertrauen der D-ler sichern. Bereits jetzt bauen sie sich schützend hinter mir auf, anstatt panisch die Flucht zu ergreifen.

„Es war nie die Rede davon, dass du selbst mitarbeiten sollst“, schimpft A350 weiter. „Du bist einer Legionsführerin nicht würdig!“

„Sie ist die beste Legionsführerin, die wir je hatten“, verteidigt mich plötzlich eine der Frauen aus meiner Arbeitseinheit. Die anderen nicken zustimmend.

„Wer hat dir erlaubt zu sprechen?!“, weist A350 sie aufgebracht zurecht.

„Sie braucht keine Erlaubnis“, zische ich zurück. Ich kann A350 deutlich ansehen, dass sie mich am liebsten auf der Stelle in der Luft zerreißen würde.

„Meine Damen, ich bitte euch, bewahrt Ruhe“, mischt sich W600 ein. „Es gibt keinen Grund für einen Streit.“ Er schenkt uns beiden ein versöhnliches Lächeln. „Ich muss gestehen, auch ich war besorgt, als W300 mich auf WA518s ungewöhnliche Arbeitsmethoden ansprach, aber ihr Erfolg ist dennoch nicht von der Hand zu weisen. Ich sehe nicht ein, etwas an ihrer Arbeit zu ändern. Dennoch habe ich mich bereit erklärt, sie zu unterstützen.“

Ich mag W600, trotzdem schaue ich ihn nun zweifelnd an. Was meint er?

„Ab morgen werde ich ebenfalls die Arbeit der Müllbeseitigung beaufsichtigen. Als zukünftiges Mitglied der Führungsebene muss ich noch viel lernen und ich freue mich deshalb, auch neue Arbeitsmethoden kennenzulernen.“

„Dein Interesse ist überaus großzügig“, lobt ihn A350 dankbar.

W600 nickt ihr lediglich zu. Er ist es gewohnt, dass die Legionsführer sich bei ihm versuchen einzuschmeicheln. „Bis morgen dann.“

Er verlässt die Lagerhalle mit der Hälfte der Wachen. In diesem Moment läutet die Glocke das Ende der Arbeit ein und die D-ler, abgesehen von Asha, verlassen die Lagerhalle. Wir bleiben alleine mit A350 und drei Wachen zurück.

„Je mehr du die Arbeiter auf deine Seite ziehst, umso mehr bringst du die Legionsführer gegen dich auf", tadelt mich A350 erneut, dieses Mal jedoch wesentlich ruhiger.

„Wolltest du nicht, dass ich die Menschen für mich gewinne?!", entgegne ich ihr kalt.

„Doch, aber mir waren deine Methoden aus der westlichen Legion wesentlich lieber. Du hast bei den Legionsführern angefangen und stets ihre Erlaubnis eingeholt, anstatt eigenmächtig zu handeln. Du hast Glück, dass W600 dir zur Hilfe gekommen ist."

„Er erscheint mir sehr vernünftig, was nahezu an ein Wunder grenzt, wenn man unter Legionsführern aufwächst."

„Es erscheint mir viel mehr ein Wunder, wenn man seine Gene bedenkt."

Verwirrt starre ich sie an. „Was soll das heißen?"

„Vernunft liegt nicht gerade in seiner Familie."

„Du musst dich schon deutlicher ausdrücken", herrsche ich sie an. Ich beginne jedoch bereits zu ahnen, worauf sie hinauswill.

„Damit du mir nicht wieder einen Vorwurf machen kannst, will ich dieses Mal direkt ehrlich zu dir sein. W600 ist dein Bruder."

Ihre Offenbarung trifft mich wie eine Ohrfeige. Jede Frau in der Legion gebärt in ihrem Leben zwei Kinder. Ich bin A350s erstes Kind, während W600 ihr zweites ist. Bisher mochte ich ihn sogar, aber da wusste ich auch noch nicht, dass er mein Bruder ist.

Was soll ich jetzt von ihm halten? Ist er genauso ahnungslos wie ich?

„Weiß er es?“

„Nein, und das soll auch so bleiben!“

10. Finn

Finn schafft es nicht zu schlafen. Er kann nicht aufhören daran zu denken, was wohl gerade mit Zoe passiert. Quälen die Entführer sie? Ist sie verletzt? Sind sie und Pep wenigstens zusammen?

Am liebsten würde er sofort aufbrechen, aber Maggie hat entschieden, dass sie die Nacht abwarten müssen. Es ist sinnlos, in der Dunkelheit umherzuirren. Finn weiß, dass sie Recht hat und bewundert sie für die Fähigkeit, in dieser gefährlichen Situation einen kühlen Kopf zu bewahren. Sie sorgt sich um Zoe sicher mindestens genauso sehr wie er selbst.

Er starrt in den sternenbedeckten Himmel und atmet tief die kühle Nachtluft ein. Sein Herz fühlt sich schwer an, vor allem beim Anblick der Sterne. Sie erinnern ihn an Cleo. Er kann sie vor sich sehen, wie sie voller Bewunderung in den Himmel starrt. Ihre Augen haben fast genauso sehr gefunkelt wie der Himmel selbst. Sie war den Tränen nahe, so sehr hatte sie der Anblick bewegt.

Ist es möglich, dass sie genau in diesem Moment ebenfalls in den Himmel blickt und an ihn denkt? Wenn sie jetzt bei ihm wäre, würde er seinen Kopf auf ihre Brust betten und sich von ihr durch das kurze Haar streichen lassen. Sie ist die Einzige bei der er sich Schwäche eingestehen kann.

Er wendet den Blick von den Sternen ab, denn er kann ihren ruhigen Anblick nicht länger ertragen. Stattdessen blickt er zur Seite. Dort liegt Ruby. Ihre Atmung ist flach, dennoch ist er sich nicht sicher, ob sie wirklich schläft.

„Ruby?“, flüstert er, doch es bleibt ruhig. Er hört ein leises Rascheln und hebt den Kopf. Die Glut des erloschenen Lagerfeuers spendet einen schwachen Lichtschein und er kann erkennen, wie Clyde zu ihm geschlichen kommt.

„Kannst du auch nicht schlafen?“, sagt er leise und lässt sich neben ihm nieder.

Finn richtet sich auf. „Ich kann nicht aufhören, an sie zu denken.“

Sie wissen beide, von wem die Rede ist. Obwohl Clyde und er in den letzten Wochen viel Zeit miteinander verbracht haben, sind sie einander fremd. Zoe war immer das Bindeglied zwischen ihnen.

„Sie ist stark“, antwortet Clyde zuversichtlich.

„Ich weiß, aber sie ist angeschlagen“, entgegnet Finn und meint die ungewollte Schwangerschaft. Es ist, als hätte die Legion seiner Schwester einen Parasit in den Körper gepflanzt. Er kann das ungeborene Leben nicht als ein Wunder betrachten.

„Das macht sie nur noch stärker. Je weiter die Schwangerschaft fortschreitet, umso mehr wird sie das Kind lieben.“

Es ist auffällig, dass Clyde im Gegensatz zu ihm und Zoe von ‚Schwangerschaft‘ und ‚Kind‘ spricht, während sie sich immer Wörter einfallen lassen, um ihren Zustand zu umschreiben.

„Ich befürchte eher, dass es sie auffrisst. Sie hasst es. Es wird sie immer an die Legion erinnern.“

„Die Wenigsten der Frauen in der Legion wollten je ein Kind, aber das änderte sich innerhalb der neun Monate. Keine von ihnen gab es je freiwillig ab. Sie fühlten sich alle, als würde man ihnen ein Stück aus ihrem Herzen reißen.“

„Die Legionsführer sind Monster."

„Vielleicht, aber kein Mensch ist nur gut oder böse. Auch die Legion hat ihre guten Seiten."

Finn muss lächeln. Der Satz hätte von Cleo sein können. Man merkt, dass sie gemeinsam aufgewachsen sind. Clyde war vor Zoe lange Zeit so etwas wie der einzige Freund für Cleo. Wobei ihre Freundschaft nie aus Gesprächen, sondern immer nur aus Blicken und kleinen Gesten bestanden hatte. Clyde besitzt ein gutes Herz, das ist selbst für Finn unübersehbar.

„Zoe hatte großes Glück, dass sie dich in der Legion gefunden hat. Du bist ihr ein guter Freund."

Clyde lächelt. „Sie bereichert mein Leben. Es ist fast, als würde ich erst jetzt überhaupt das wahre Leben spüren. Sie ist wie ein Wunder."

Für einen kurzen Moment kann Finn seine Sorgen vergessen und spürt, wie Wärme in seinem Inneren aufsteigt. Clyde spricht über Zoe voller Liebe und Achtung. „Du magst sie sehr, oder?"

„Wenn sie nicht in meiner Nähe ist, fühle ich mich schlecht. Ich brauche sie fast so sehr wie die Luft zum Atmen. Manchmal machen mir diese Gefühle Angst. Ich habe noch nie zuvor so empfunden."

Wäre Finn Florance, würde er nun vor Entzückung laut aufstöhnen und etwas flöten wie „Du bist verliebt, Süßer", aber Finn unterlässt diese Peinlichkeit und grinst stattdessen in sich hinein.

„Wir werden sie finden", sagt er zu Clyde und hält ihm seine Hand entgegen. Clyde zögert nicht einen Moment, sondern erwidert die Geste mit einem festen Händedruck. „Gemeinsam."

Selbst jetzt, wo Zoe gar nicht bei ihnen ist, knüpft sie das Band der Freundschaft zwischen ihnen.

Kurz bevor die Sonne aufgeht, ist Finn schließlich doch eingenickt, sodass er erschrocken hochschreckt, als Maggie ihn durch ein Rütteln an seiner Schulter weckt. Er ist sofort hellwach und schleicht sich mit ihr, Ruby, Clyde, Paul und ein paar Legionskämpfern aus dem Lager.

Finn weiß nicht, ob sein Magen vor Aufregung oder Hunger knurrt. Am letzten Abend hat er nichts gegessen, da die wenigen Reisreste kaum gereicht haben, um die Kinder und schwangeren Legionsfrauen satt zu bekommen. Doch seine Sorgen bezüglich der Nahrung werden durch die Angst um Zoe in den Hintergrund gedrängt.

Sie sind noch früher als am Vortag unterwegs. Es ist gerade einmal hell genug, um die eigene Hand vor den Augen zu erkennen. Sie wandern etwa eine halbe Stunde durch die Wüste und halten erst an, als sie die Ruinen der Legion bereits in der Ferne erkennen können. Finn nimmt von Paul mehrere dicke Äste entgegen sowie ein Messer. Er wird vorgeben, mit Schnitzen beschäftigt zu sein, während er auf einen Angriff der Fremden wartet. Gleichzeitig entzündet er ein Feuer, um mehr Aufmerksamkeit auf sich zu ziehen.

Die anderen hingegen graben Löcher in den Boden, die nur so tief sind, dass sie sich hineinlegen können. Sie decken einander mit Decken ab, sodass nur ihre verstaubten Gesichter noch herausschauen. Die Decken werden unter Sand begraben, sodass die Versteckten beinahe unsichtbar sind. Acht Augenpaare beobachten nun Finn dabei, wie er das

Feuer entzündet und beginnt, den ersten Ast mit dem Messer zu bearbeiten.

Die Sonne steht an ihrem höchsten Punkt und brennt unnachgiebig auf Finns Körper hinab. Er versteckt seine Haut unter einem schwarzen Kapuzenpullover, der vor Schweiß mittlerweile feucht geworden ist. Doch den anderen wird es in ihren Sandhöhlen kaum besser ergehen. Jedes Mal, wenn er nach einem neuen Ast greift, spürt er die glühende Hitze des Sandes. Bisher ist alles verdächtig ruhig geblieben, aber solange die Sonne noch am Himmel steht, ist Finn nicht bereit aufzugeben. Doch vielleicht haben sie die Fremden auch am Morgen schon beobachtet und amüsieren sich nun über ihre Torheit.

Finn hat mittlerweile schon fünf Äste zu festen und spitzen Speeren geformt. Er stellt sich vor, wie er sie nacheinander den Entführern seiner Schwester in den Hals und in die Brust rammen wird.

Die Sonne versinkt langsam hinter dem Horizont und schickt ihre orangefarbenen Strahlen über die Ebene. Finn weiß, dass es vorbei ist. Ihr Plan ist gescheitert.

Maggie ist die Erste, die sich aus ihrem Sandgrab befreit. Die anderen scheinen nur auf ihre Erlaubnis gewartet zu haben, denn sofort folgen sie ihrem Beispiel. Sowohl ihre Gesichter als auch ihre Kleidung haben die rötliche Farbe des Sandes angenommen. Sie wirken alle so niedergeschlagen wie nach einem verlorenen Marathonlauf.

„Sie müssen uns beobachtet haben“, sucht Finn enttäuscht nach einer Erklärung.

„Oder sie sind satt", kontert Ruby.

Er straft sie mit einem sowohl entsetzten als auch verletzten Blick. Wie kann sie das nur sagen? Vielleicht hat sie Recht, aber muss sie es deshalb auch direkt aussprechen? Die Zeit in der Legion scheint ihr jegliches Taktgefühl geraubt zu haben. Oder war sie schon immer so herzlos?

„Wir versuchen es morgen noch einmal, aber dieses Mal näher an der Legion. Dort wurden schließlich die anderen auch entführt", schließt Maggie. Sie ist genauso wenig bereit aufzugeben wie Finn.

Gemeinsam treten sie den Rückweg an. Als sie die Höhlen erreichen, lässt sich Finn erschöpft am Feuer neben Grace nieder, während die anderen zu dem See gehen, um sich und ihre Kleidung zu waschen.

„Ich muss wohl nicht fragen, ob euer Plan erfolgreich war?", mutmaßt Grace mit einem traurigen Gesicht.

Finn schüttelt den Kopf. „Sie sind uns immer einen Schritt voraus. Sie scheinen unsichtbar zu sein."

„Ich bezweifele, dass sie das wirklich sind. Es sind immer noch Menschen."

„Wenn es stimmt, was Ruby und Clyde erzählen, wohl eher Kannibalen."

„Auch Kannibalen sind nicht unsichtbar. Sie haben in den Jahren nur gelernt, sich zu verstecken."

In dem Moment stößt Emily zu ihnen und lässt sich neugierig neben Finn nieder. „Was sind Kannibalen?"

Finn blickt fragend zu Grace, doch ehe sie entscheiden kann, was sie ihrer Tochter antworten wird, übernimmt dies Ruby für sie: „Menschenfresser."

Emily starrt sie geschockt an, während Grace laut aufstöhnt. „Na wunderbar! Vielen Dank, Ruby."

Finn ist nicht scharf auf ihre Gesellschaft und sucht deshalb nun das Weite. Wahrscheinlich sind die anderen jetzt mit dem Baden fertig und er wird am See die nötige Ruhe finden.

Motivationslos schlendert er durch den trockenen Wald. Wenn es nicht bald regnet, wird auch der See noch austrocknen, und somit wird ihnen selbst das Wasser fehlen. Es wäre klug gewesen, so schnell wie möglich in Richtung der Zentrallegion aufzubrechen, doch solange sie nicht den Verbleib von Zoe und den anderen geklärt haben, können sie das nicht. Es ist nur die Frage, wie lange die Legionäre das genauso sehen werden. Immerhin sind die Verschwunden alle Rebellen, und selbst wenn es Sizos wären, würde es die Legionäre nicht interessieren. Sie sind noch nicht lange genug frei, um menschliche Bindungen aufzubauen. Manchmal beneidet er sie fast um diesen Mangel. Es erspart viel Kummer und Sorgen.

Als Finn das Seeufer erreicht, hört er ein leises Plätschern. Es muss noch jemand da sein. Mit leisen Schritten folgt er dem Geräusch bis zu seinem Ursprung. Es ist, als würde man ihm einen Schlag in die Magengrube verpassen. Am Rand des Ufers sitzt Florance, die doch tatsächlich A566 wäscht. Mit einem Schwamm wischt sie ihm über das von Schorf übersäte Gesicht. Dieser sitzt im Wasser und blubbert wie ein Kleinkind vor sich hin.

Reflexartig schließen sich Finns Hände zu Fäusten, während sein Körper von einem unkontrollierten Beben erfasst wird. Wutentbrannt stürmt er auf die beiden zu.

„Was tust du?“, schreit er Florance hasserfüllt entgegen.

Erschrocken fährt sie zusammen und dreht sich zu ihm herum, während A566 laut zu heulen beginnt.

Sie presst sich die Hand auf das wild klopfende Herz. „Meine Güte, hast du mich erschreckt.“

„WAS TUST DU DA?“, zischt Finn erneut, wobei er jedes Wort betont. Seine Lippen presst er so fest aufeinander, dass sie sich zu einem weißen, harten Strich färben.

Florance blickt ihm entschuldigend entgegen. „Er nässt sich seit Tagen ein. Seine Haut ist schon ganz wund, abgesehen davon, dass es mittlerweile keiner mit weniger als fünf Meter Abstand zu ihm aushält. Er hat gestunken wie eine Jauchegrube.“

„Es ist auch besser für alle, wenn sie sich ihm nicht nähern. Er ist gefährlich. Weiß Paul, was du hier tust?“

Florance streckt ihm herausfordernd das Kinn entgegen. „Nein, weiß er nicht, aber ich brauche auch nicht seine Erlaubnis. Genauso wenig wie deine.“

A566 beginnt wild zu zappeln, wobei das Wasser um ihn herum spritzt.

„Du machst ihm Angst“, schimpft Florance und streicht A566 über den Kopf, um ihn zu beruhigen. „Alles gut, er tut dir nichts“, flüstert sie, so als wäre A566 ein kleines Kind.

„Es gibt genug Kinder unter den Sizos, um die du dich kümmern kannst. Warum muss es ausgerechnet dieses Ungeheuer sein?“

„Er ist ein Mensch, genau wie du und ich. Wenn ich mich nicht um ihn kümmere, tut es niemand. Ich werde nicht dabei zusehen, wie er langsam stirbt."

„Er hat Frauen vergewaltigt und Freude daran, andere zu foltern. Er liebt es, Menschen leiden zu sehen. Deine Nächstenliebe in allen Ehren, aber ich sorge mich um dich, genau wie Paul, wenn er wüsste, dass du hier mit diesem Monster alleine am See bist."

„Es ist egal, was er verbrochen hat. Er kann sich daran nicht mehr erinnern, genauso wenig wie an seine Bezeichnung. Du kannst niemanden für etwas bestrafen, dessen er sich nicht einmal bewusst ist."

Finn geht neben ihr in die Hocke, wobei A566 laut aufheult und auf allen vieren zu flüchten versucht. Dabei schluckt er jedoch so viel Wasser, dass er sich verschluckt und laut zu husten beginnt. Florance hält ihn nach Leibeskräften fest.

„Lass mich dir helfen und versprich mir, dass du nie wieder mit ihm alleine weggehst", zeigt er sich versöhnlich.

Florance hält in dem Kampf mit A566 inne und lächelt Finn dankbar entgegen. „Ich wusste, dass du besser bist, als du tust."

„Versprichst du es mir?"

Sie grinst und seufzt. „Na schön, du hast gewonnen. Ich verspreche es. Hältst du ihn jetzt fest?"

Finn folgt ihrer Anweisung und packt A566 an beiden Armen, sodass Florance ihm den Kopf schrubben kann. Dass Finn dabei etwas fester als nötig zupackt, ignoriert sie wohlwollend.

11. Cleo

Ich betrete mit einem mulmigen Gefühl die Lagerhalle. Ich komme zusammen mit Asha und den anderen Arbeitern, während W600 bereits an seinem Wachposten auf uns wartet. Bevor ich wusste, dass er mein Bruder ist, habe ich mich sogar darauf gefreut, mit ihm zusammenzuarbeiten und ihn kennenzulernen. Aber jetzt habe ich Angst davor, dass er eine genauso große Enttäuschung darstellt wie meine Mutter. Vor einem Jahr wusste ich weder, wer meine Eltern sind, noch, ob ich Geschwister habe, und jetzt frage ich mich fast, ob es so nicht sogar besser war. Gerade bei A350 wünschte ich mir oft, dass sie ihr Geheimnis für sich behalten hätte, denn dann würde ich sie noch genauso achten und schätzen wie zuvor. Doch jetzt bleibt nur Wut und Enttäuschung für sie übrig. Wahrscheinlich ist es sehr unreif und kindisch, aber ich genieße es, sie zu enttäuschen und nicht nach ihren Wünschen zu handeln. Auf diese Weise rede ich mir ein, dass sie keine Kontrolle über mich hat.

Ich atme einmal tief durch und gehe dann zu W600. „Guten Morgen“, begrüße ich ihn höflich, jedoch weit weniger förmlich, als ich es bei jedem anderen Legionsführer machen würde.

„W600 grüßt dich“, erwidert er der Norm entsprechend und nickt mir kurz zu.

„Ich gehe dann mal an die Arbeit“, entgegne ich kurz angebunden und drehe ihm den Rücken zu, um zu dem nächsten Verbrennungsofen zu gehen.

„WA518, warte!“, sagt er streng und ich wende ihm erneut das Gesicht zu.

„Das geht so nicht. Du kannst nicht mit ihnen arbeiten."

Ich starre ihn enttäuscht an. Ist er also doch wie alle anderen? „Warum nicht? Du hast doch gestern gesagt, dass dir meine Arbeitsmethoden gefallen."

„Komm her", fordert er mich auf und zieht mich an meinem Ellbogen dicht an sich, bis sein Mund beinahe mein Ohr berührt.

„Ich schätze deine Methoden sehr, aber der Führungsebene sind sie ein Dorn im Auge", flüstert er eindringlich. „Wenn du am Leben bleiben willst, musst du damit aufhören."

Ich zucke nur mit den Schultern. „Vielleicht ist mir mein Leben gar nicht so wichtig."

Er wirkt betroffen. „Es nützt niemandem, wenn sie dich exekutieren. Wenn du etwas verändern willst, musst du kämpfen und dafür musst du am Leben bleiben."

Seine Worte lösen nichts bei mir aus. Wenn ich nur wüsste, dass Finn noch am Leben ist oder irgendein anderer meiner Freunde. W600 fährt fort: „Wir spielen im selben Team. Lass mich dir helfen."

„Wie denn, wenn wir uns immer dem Willen der Legion fügen?", entgegne ich frustriert. „Ich habe bereits versucht, sie auf meine Seite zu ziehen, und bin jämmerlich gescheitert. Fast alle Menschen, die mir etwas bedeutet haben, sind jetzt tot."

W600s Augen weiten sich. Fast glaube ich, so etwas wie Mitleid darin zu lesen. „Bist du dir wirklich sicher, dass alle bei der Explosion gestorben sind?"

„Nein, aber ich habe keine Möglichkeit, es herauszufinden."

„Vielleicht doch", erwidert W600 und zwinkert mir zu.

„Und wie?“, will ich neugierig wissen.

„Spiel mit und ich sorge dafür, dass wir es rausfinden.“

Ich sehe ihn nachdenklich an. Soll ich ihm vertrauen? A566 habe ich vertraut, obwohl ich immer ein schlechtes Gefühl dabei hatte. Es war ein großer Fehler. Aber was habe ich schon zu verlieren?

Ich nicke ihm versöhnlich zu und spreche wieder laut. „Was machen wir jetzt?“

„Wie wäre es mit einem kleinen Plausch?“

Er räuspert sich laut und blickt zu den Arbeitern, die alle augenblicklich verschreckt zu ihm hochstarren.

„Es ist Zeit für eine Pause. D5748 beginnt. Komm, setz dich zu uns.“

Der besagte Mann wirkt verunsichert, gehorcht aber und kommt auf uns zu, während die anderen eilig weiterarbeiten.

„Wir können ihnen nicht bei der Arbeit helfen, aber wir können sie kennenlernen“, sagt W600 zu mir und lächelt. Automatisch erwidere ich sein Lächeln. Wenn er wirklich der Mensch ist, für den ich ihn halte, kann ich sehr stolz auf meinen Bruder sein.

Im Laufe des Tages schaffen wir es, mit jedem Arbeiter für wenige Minuten zu sprechen. Die meisten verhalten sich dabei sehr zurückhaltend und wagen es nicht, uns anzusehen. Sie blicken meistens auf die Wand hinter uns oder zu Boden, und wenn überhaupt, schauen sie mich und nicht W600 an. Doch es gibt ein paar wenige, die sich anders benehmen. Sie strahlen Provokation aus und beantworten viele unserer Fragen mit Gegenfragen, fast so, als säßen wir bei einem Verhör und nicht bei einem Gespräch. Ihre Wut auf die Legion ist fast greifbar. So etwas habe ich in der westlichen Legion nie erlebt.

Die Arbeitsglocke klingelt an diesem Tag eine Stunde früher als üblich.

„Es gibt jetzt eine Legionsführerkonferenz", erklärt mir W600, bevor er sich an die Arbeiter wendet. „Die Arbeit ist beendet. Vielen Dank für eure Mithilfe!"

Ein weiteres Lächeln stiehlt sich auf mein Gesicht. Noch nie habe ich gesehen, wie sich ein Legionsführer bei D-Klassifizierten für irgendetwas bedankt.

Er legt mir leicht seine Hand auf den Rücken und führt mich aus der Lagerhalle. „Jetzt löse ich mein Versprechen ein. Ich finde, wir sind ein gutes Team."

Bei seinen Worten beginnt mein Herz wild zu klopfen. Ich weiß zwar nicht, wie er es schaffen will, die anderen Legionsführer zu überzeugen, aber alleine die Aussicht, Finn vielleicht doch noch wiedersehen zu können, beschleunigt meinen Puls.

Als wir den Palast der Legionsführer erreichen, herrscht ein wildes Getümmel. A-Klassifizierte werden von C-Klassifizierten zu den Aufzügen geleitet. W600 und ich scheinen die Einzigen zu sein, die ohne Wachschutz angekommen sind. So bleibt uns nichts anderes übrig, als uns selbst einen Weg durch die Menschenmenge zu bahnen.

Im Konferenzsaal angekommen, verabschiedet er sich von mir und nimmt seinen Platz rechts von der Führungsebene ein, während ich zu den Legionsführern der westlichen Legion gehe. Heute ist

Asha natürlich nicht dabei, sodass ich mich verloren fühle. A350 winkt mir bereits zu und deutet auf den Platz neben sich, den sie mir offenbar freigehalten hat. Ich tue so, als würde ich sie nicht bemerken, und lasse mich neben A489 nieder, der mich ganz verdutzt mustert. Wir waren nie Freunde, eher das Gegenteil. Er war immer A566s Mentor und nimmt mir dessen Fall sicher noch übel. Aber lieber sitze ich neben einem Feind als neben meiner Mutter, die sich zwar wie ein Freund benimmt, aber mir dennoch bei jeder Gelegenheit in den Rücken fällt.

Die Konferenz wird, wie hier wohl üblich, von einem der vier Führungsmitglieder eröffnet. Dieses Mal ist es S300, die nach vorne ans Rednerpult tritt.

„S300 begrüßt die Zentrallegion und eröffnet die Konferenz."

Augenblicklich verstummt jedes Gespräch und alle Augenpaare richten sich nach vorne.

„Soeben beginnen die Evakuierungsmaßnahmen in der südlichen Legion. Die Legionsführer werden bereits in der Nacht bei uns eintreffen, während die Sicherheitszonenbewohner im Laufe des nächsten Tages nachkommen. Der Countdown zur Selbstzerstörung beträgt vierundzwanzig Stunden."

Sie hält eine schwarze Fernbedienung auf die große digitale Leinwand, die mitten im Raum über unseren Köpfen thront.

Per Knopfdruck aktiviert sie die Bildübertragung und vor unser aller Augen erscheint das Atrium der südlichen Legion. Es wurde völlig anders gestaltet als in der westlichen Legion. Dort war Weiß die vorherrschende Farbe. Sowohl die Decke als auch der Boden waren in einem kühlen und gleichzeitig sterilen Weiß gehalten. Lediglich die wechselnden Videoaufnahmen an den Wänden sorgten für Farbe.

Das Atrium der südlichen Legion ist hingegen durchzogen von meterhohen Säulen, die genauso wie der Boden in warmen Sandfarben gestrichen sind. Grüne Pflanzen zieren den Raum und ein großer Wasserfall ersetzt unsere Videomontagen. Obwohl es ein Bauwerk der Legion ist, beeindruckt mich dessen Schönheit.

Am rechten unteren Bildrand leuchten rote Ziffern auf: 23:45:55

Es ist eindeutig die Zeit, die ihnen zur Evakuierung noch bleibt. Ich kann nur hoffen, dass sie ihr Versprechen halten und wirklich alle Menschen in Sicherheit bringen. Im Moment ist jedenfalls niemand zu sehen.

„Die Liveschaltung zur südlichen Legion wird nun volle vierundzwanzig Stunden hier zu sehen sein. Wir treffen uns morgen um diese Zeit wieder, um über den Ausgang der Evakuierung zu sprechen. Bis dahin werden auch die südlichen Legionsführer bei uns sein und uns so ihre Erfahrung selbst berichten können."

W600 schaltet sein Mikrofon ein, sodass an seinem Tisch ein rotes Licht aufleuchtet. „Bezieht sich die Liveschaltung lediglich auf das Atrium oder sind auch andere Räume der südlichen Legion zu sehen?"

S300 wirkt nicht erfreut über seine Frage. Anstatt ihm zu antworten, betätigt sie erneut die Fernbedienung und das Bild wechselt zum Konferenzsaal der südlichen Legion. Auch hier befinden sich viele Pflanzen und Säulen in warmen Erdtönen. Jedoch liegt er genauso verlassen da wie das Atrium. „Die Legionsführer haben das Gebäude bereits verlassen“, fügt S300 erklärend hinzu.

„Ist niemand mehr zurückgeblieben, um die Rettung der restlichen Menschen zu koordinieren?“

„Nein, damit wurden die C-ler beauftragt. Sie sind für solche Situationen bestens ausgebildet“, entgegnet S300 kalt.

„Gibt es die Möglichkeit, mit einem von ihnen Kontakt aufzunehmen?“, hakt W600 weiter hartnäckig nach.

„Dazu besteht kein Grund.“

„Gibt es denn Liveaufnahmen der Sicherheitszonenbewohner? Wo halten sie sich in diesem Moment auf?“

„Sie haben sich in ihre Zimmer zurückgezogen und werden die Nacht durchschlafen, bevor sie morgen die Reise antreten. So verhindern wir den Ausbruch einer Panik.“

„Wäre es denn nicht sinnvoller, sie so schnell wie möglich zu evakuieren?“, fragt W600 skeptisch.

„Wenn sie die Nacht durchschlafen, werden ihnen am nächsten Morgen noch über zehn Stunden bleiben, sich auf die Fahrzeuge zu verteilen. Sie sind es gewohnt, Befehle zu befolgen, sodass es zu keiner Verzögerung kommen wird“, erklärt S300 und muss sich dabei sichtlich beherrschen, die Ruhe zu bewahren.

„Was passiert, wenn es gegen jede Annahme dennoch zu Problemen kommt und einige Bewohner zurückbleiben müssen? Gibt es eine Möglichkeit, sie nachträglich noch zu retten?“

„Dazu wird es nicht kommen“, schließt S300 entschieden.

„Genau dazu ist es bereits zweimal gekommen. Ich erinnere nur ungern an die nördliche und westliche Legion. Wir haben bis jetzt nicht herauszufinden versucht, ob es noch Überlebende gibt.“

Unabsichtlich beuge ich mich nach vorne, während meine Finger sich am Tisch festklammern, sodass meine Knöchel weiß hervortreten.

„Es besteht keinerlei Hoffnung“, kommt N300 nun seiner Kollegin zu Hilfe.

„Wie können wir das mit Sicherheit sagen, wenn wir uns nicht selbst ein Bild über die Lage machen?“, fragt W600 zurück. Mit jedem Satz bewundere ich ihn noch mehr. Er ist ein großartiger junger Mann, der nur so vor Selbstbewusstsein und Überzeugungskraft strotzt. Obwohl ich es nicht gerne zugebe, verdankt er das wohl der Legion. Schließlich haben sie ihn erzogen.

N300 und S300 blicken hilfesuchend zu den beiden anderen Führungsmitgliedern. Sie scheinen mit dem Widerspruch durch W600 überfordert zu sein. Doch dieser fährt unbeirrt fort: „Wir wissen alle Bescheid über die Beobachtungen, die in letzter Zeit vor allem in der Nähe der westlichen Legion gemacht wurden. Menschenähnliche Wesen wurden dabei beobachtet, wie sie in der Nähe der Legion herumgeschlichen sind. Was, wenn sie sich der Überlebenden annehmen, unter denen auch viele Rebellen waren? Sie könnten sich gegen uns verbünden. Die Rebellen selbst sind schon eine große Bedrohung, aber es ist gar nicht auszudenken, was passiert, wenn sie sich noch vermehren.“

Ich bin hin und her gerissen. Meint W600, was er sagt, oder ist es nur ein Ablenkungsmanöver, um die

Legionsführer zu überzeugen? Ist er für oder gegen die Rebellen? Ich weiß, dass er mir gesagt hat, wir würden auf derselben Seite stehen, aber weiß er überhaupt, auf welcher Seite ICH stehe? Er weiß doch genauso wenig über mich wie ich über ihn. Wenn man es genau nimmt, weiß er sogar noch viel weniger. Immerhin hat er keine Ahnung davon, dass wir Geschwister sind. Würde es etwas ändern?

Ein anderer Legionsführer aus der Mitte des Konferenzsaals meldet sich nun ebenfalls zu Wort. „Die Rebellen sind gerissen. Was, wenn sie Bewohnern der Sicherheitszone zur Flucht verholfen und sie auf ihre Seite gezogen haben? Zusammen mit den Wesen könnten sie ein weit größeres Heer formen, als wir es uns überhaupt vorstellen können. Vielleicht sogar so groß, dass selbst die Zentrallegion nicht mehr sicher vor ihnen wäre.“

Eine Frau stimmt ihm zu. „Wir dürfen dieses Risiko nicht eingehen. Es spricht nichts dagegen, einen Hubschrauber auszusenden, um die Lage zu prüfen.“

Ich blicke zu W600 und sehe, dass er sich zufrieden in seinem Stuhl zurückgelehnt hat. Seine Ansprache ist zum Selbstläufer geworden und er braucht nun einfach nur noch abzuwarten. Überraschenderweise schaut er genau in diesem Moment in meine Richtung und zwinkert mir grinsend zu.

Ich wende schnell den Blick ab und weiß nicht, was ich denken soll. Warum fällt es mir so schwer, ihm einfach zu vertrauen? Er ist völlig anders als A566. Bei W600 hatte ich von Anfang an ein gutes Gefühl. Zudem ist er mein Bruder. Wovor habe ich Angst? Ist es nicht genau das, was ich wollte?

Die Mitglieder der Führungsebene beraten sich im Stillen. Es vergehen Minuten, ohne dass sich einer von ihnen äußert. Sie scheinen sich uneinig zu sein, denn schließlich tritt N300 nach vorne.

„Die Führungsebene hat beschlossen, über den Einsatz demokratisch abzustimmen. Bitte hebt eure Hand, wenn ihr dafür seid, noch einmal sowohl die nördliche als auch die westliche Legion aufzusuchen."

Es hebt sich keine Hand. Alle starren zu den Mitgliedern der Führungsebene und warten auf ihre Wahl. W600 ist der Erste, der seine Hand in die Höhe streckt. Ich folge seinem Beispiel, genau wie WA350 und WA233. Doch der Rest der Legionsführer wartet weiterhin auf die Tendenz der Führungsebene. Schließlich heben S300 und O300 ihre Hände, während W300 und N300 ihre Arme nur noch fester gegen ihre Körper pressen. Es ist auffällig, dass es ausgerechnet die beiden Legionsführer sind, um deren ehemalige Legionen es geht.

Die Entscheidung der Führungsebene spiegelt sich auch in der gesamten Legion wieder. Es kommt zu einem Unentschieden.

N300 ergreift erneut das Wort. „Solange die Legion sich uneinig ist, können wir keine Entscheidung treffen. Wir werden morgen nochmals abstimmen, so lange, bis wir zu einem Ergebnis kommen. Ich bitte euch deshalb, euch noch einmal Gedanken über eure Entscheidung zu machen. Die Konferenz ist damit beendet."

Er dreht dem Rednerpult den Rücken zu und verlässt geschlossen mit den anderen Mitgliedern der

Führungsebene den Saal durch einen privaten Ausgang.

Zurück bleibt eine aufgewühlte Stimmung. Uneinigkeit in der Führungsebene scheint auch für die Zentrallegion neu zu sein. Ich habe das Gefühl, etwas tun oder sagen zu müssen, um die Legionsführer zu überzeugen. Ich sollte kämpfen, immerhin geht es um Finn und meine Freunde. Schnell bahne ich mir einen Weg durch die Menschen zum Rednerpult. Ich habe keine Ahnung, was ich sagen soll, aber ich muss es zumindest versuchen. Die ersten verlassen bereits den Saal.

Ich habe das Pult beinahe erreicht, da schließt sich mit festem Griff eine Hand um meinen Oberarm. In der Erwartung, A350 zu erblicken, fahre ich wütend herum und bin überrascht, als es W600 ist, in dessen Gesicht ich blicke.

„Tue es nicht!“, warnt er mich bittend. „Die Legionsführer schätzen dich nicht“, fügt er erklärend hinzu.

„Dann werde ich sie eben überzeugen“, widerspreche ich ihm und will mich losreißen, doch er lockert seinen Griff nicht. Verzweifelt muss ich mit ansehen, wie sich der Konferenzsaal immer mehr leert.

„Es ist völlig egal, was du zu ihnen sagst, es wird genau das Gegenteil bewirken. Sie misstrauen dir und halten dich für eine Verräterin.“

„Warum glauben sie das?“, frage ich verletzt.

„Ist es denn nicht die Wahrheit?“, entgegnet W600 und blickt mir tief in die Augen. Wir sind nun alleine in dem Saal. Alle anderen sind gegangen, selbst A350.

„Ich will niemandem schaden“, erwidere ich ausweichend.

„Dafür ist es längst zu spät. Wir befinden uns im Krieg.“

Ich bin überrumpelt von seiner Direktheit und mir ist nicht ganz klar, was er von mir erwartet. Soll ich mich jetzt etwa gegen die Legion aussprechen? Es stimmt, dass ich für die Rebellen und die Bewohner der Sicherheitszone die Freiheit möchte, aber deshalb will ich doch noch lange nicht, dass die Legionsführer verletzt werden. Warum können sie nicht einfach zurücktreten? Wir könnten den Fortschritt der Legion nutzen, um alle in Frieden zusammenzuleben. Während ich darüber nachdenke, merke ich selbst, wie naiv sich dieser Gedanke anhört. W600 hat nicht die Geduld, länger auf eine Antwort von mir zu warten. Er beginnt, aus einem Lexikon zu rezitieren: „*Krieg ist ein organisierter und unter Einsatz erheblicher Mittel mit Waffen und Gewalt ausgetragener Konflikt, an dem mehrere planmäßig vorgehende Kollektive beteiligt sind. Ziel der beteiligten Kollektive ist es, ihre Interessen durchzusetzen. Der Konflikt soll durch einen Kampf und Erreichen einer Überlegenheit gelöst werden. Die dazu stattfindenden Gewalthandlungen greifen gezielt die körperliche Unversehrtheit gegnerischer Individuen an und führen so zu Tod und Verletzung.*“ Er sieht mich ernst an. „Es gibt keinen Krieg ohne Tote und du musst dir überlegen, wessen Tod du bereit bist in Kauf zu nehmen. Den der Legion oder den der Rebellen?“

Er blickt mich auffordernd an, wartet aber keine Reaktion von mir ab, sondern verlässt den Konferenzsaal wortlos.

Ich blicke zu den leeren Stuhlreihen empor. Es sind so viele, dass ich sie weder zählen noch schätzen mag. All diese Menschen müssten in einem Krieg gegen die Rebellen ihr Leben lassen, genau wie unzählige Kämpfer der Legion, die bei der Verteidigung als erstes ums Leben kommen würden. Die Anzahl der Rebellen ist im Vergleich dazu gering. Würde ich ihr Leben wirklich über das der Mehrheit setzen? Würde ich Finns Leben über das von Tausenden setzen? Ich höre in mein Inneres und versuche, eine Antwort zu finden, doch da ist nur diese wahnsinnige Sehnsucht. Eine Sehnsucht, die mein Herz schwer macht und meine Muskeln schmerzen lässt. Sobald ich an Finn denke, habe ich das Gefühl, keine Luft mehr zu bekommen und nicht mehr klar denken zu können. Ich vermisse ihn so sehr, dass es mir körperlich wehtut. Ist das die Antwort, nach der ich suche?

Ich weiß nicht, wie lange ich noch in dem leeren Konferenzsaal geblieben bin, aber als ich zu den Unterkünften zurückkehre, ist es außerhalb der Schutzmauern bereits dunkel. Kaum, dass ich unser Zimmer betrete, stürmt mir Iris auch schon entgegen.

„Wo warst du so lange? Wir haben uns Sorgen gemacht“, klagt sie, während sie ihre Arme um meine Hüfte schlingt und sich an mich schmiegt. Ich streichle ihr behutsam über den kahlen Kopf und blicke in ihre großen lichtblauen Augen hinab. „Ich musste nachdenken“, entschuldige ich mich.

„Ist etwas passiert?“, will Asha wissen, die ebenfalls zu uns getreten ist. A350 liegt auf ihrem Bett und starrt die Decke an. Sie tut zwar so, als würde sie uns nicht zuhören, aber ich bin mir sicher, dass das Gegenteil der Fall ist.

„Lasst uns ins Bad gehen", schlage ich vor. Es gibt nichts, was ich meinen Freunden zu berichten hätte, was A350 nicht schon wüsste, aber ich gebe ihr gerne das Gefühl, dass es anders ist. Ich weiß, es wird sie neugierig machen und ihre Angst, dass ich eine Dummheit plane, schüren. Im Grunde tue ich ihr absichtlich weh. Hat sie das verdient?

Ich drehe die Dampfdusche auf volle Stärke, damit unsere Stimmen von ihrem Rauschen überdeckt werden. „Es gab eine Konferenz", beginne ich und erzähle den beiden alles, was sich dort ereignet hat. Mein Gespräch mit W600 lasse ich jedoch aus. Zum einen, um Iris nicht zu verängstigen, zum anderen aber auch, um selbst keine Stellung beziehen zu müssen.

„Okay, nehmen wir mal an, die Führungsebene sagt die Wahrheit und die ganzen Bewohner der südlichen Legion werden tatsächlich evakuiert, was soll hier mit ihnen geschehen? Die Unterkünfte der D-Klassifizierten sind jetzt schon überfüllt."

„Wie meinst du das?"

Asha schnaubt verächtlich auf. „Die Zimmer in der westlichen Legion waren purer Luxus dagegen. Hier hat niemand von ihnen ein eigenes Zimmer. Sie teilen sich zu zehnt eins und zwischen den Betten ist gerade mal so viel Platz, dass sie ein- und aussteigen können. Nicht jeder hat hier ein eigenes Badezimmer. Fünf Zimmer müssen sich eine Gemeinschaftsdusche teilen. Überleg mal, das sind fünfzig Personen. Wie soll das erst werden, wenn noch mehr dazukommen?"

„Davon wusste ich nichts", gestehe ich geschockt.

„Kein Wunder. Das ist sicher einer der Punkte, die die Legionsführer als unwichtig erachten."

„Davon ist auszugehen“, stimme ich ihr zu. „Aber selbst, wenn ich es gewusst hätte, was hätte das geändert? Hätten wir die Menschen lieber sterben lassen sollen?“

„Auf keinen Fall! Aber sollten die D-Klassifizierten nicht wenigstens darüber informiert werden, dass es bei ihnen bald noch enger wird?“

Daran habe ich gar nicht gedacht. Die Bewohner der südlichen Legion sollen ja bereits morgen Abend eintreffen. Wo wollen die Legionsführer sie unterbringen? Soweit ich weiß, ist bisher nichts vorbereitet worden. „Morgen gibt es noch eine Konferenz, da werde ich das Thema ansprechen.“

„Dann ist es doch schon längst zu spät. Warum übernehmen wir das nicht einfach selbst?“

„Was?“

„Na, wir sagen den D-lern einfach die Wahrheit. Sie haben ein Anrecht darauf.“

„Das ist nicht unsere Aufgabe“, entgegne ich entschieden.

„Warum nicht? Du bist doch Legionsführerin. Sie fangen gerade an, Vertrauen zu dir zu fassen. Wenn sie erfahren, dass du sie belogen hast, ist das sofort wieder zerstört.“

„Ich belüge sie nicht!“

„Aber du verschweigst ihnen, was du weißt. Das ist das Gleiche.“

„Wenn ich es ihnen sage, werden sie womöglich wütend…“

Asha fällt mir ins Wort: „Und das zu Recht!“

„Wütende D-Klassifizierte ist das Letzte, was die Legion gebrauchen kann.“

Asha starrt mich an, als hätte ich ihr eine Ohrfeige verpasst. „Warum geht es dir immer nur darum, was die Legion möchte? Ich dachte, du wärst auf der Seite der Rebellen. Jeder Aufstand wird die Legion schwächen. Wir müssen nicht auf Hilfe von außerhalb warten, sondern können auch die Legion von innen heraus zerstören."

Ihre Worte machen mir Angst. War es ein Fehler, so offen zu ihr zu sein? „Wenn ich gegen den Willen der Legionsführer handle, werden sie mich deklassifizieren, wenn nicht sogar töten. Ist es das, was du von mir erwartest?"

Asha schüttelt wütend den Kopf. „Natürlich nicht, aber du musst dich entscheiden, für wen du kämpfen willst. Ich dachte eigentlich, das wäre keine Frage mehr für dich, aber offenbar habe ich mich geirrt. Deine Mutter wäre stolz auf dich."

Sie reißt die Tür des Badezimmers auf und stürmt zusammen mit dem Qualm der Dampfdusche raus. Iris blickt traurig zu mir empor.

„Bist du wirklich auf der Seite der Legion?"

„Nein!", rufe ich sofort verzweifelt aus und bin den Tränen nahe. Ich gehe vor ihr auf die Knie. „Nein, das bin ich nicht. Wir gehören zusammen, schon vergessen? Wir sind doch Schwestern."

Iris streichelt mir über die Wange und wischt die einzelne Träne fort. „Das könnte ich nie vergessen. Aber warum liegt dir dann so viel daran, deinen Posten als Legionsführerin nicht zu verlieren? Es ist, als wäre eine Mauer zwischen uns."

„Ich brauche diese Position, um an Informationen zu kommen und die Legionsführer beeinflussen zu können. Versteht ihr das nicht?"

„Nein, denn die Legionsführer hören dir nicht zu. Sie halten dich für den Feind, genau wie die Menschen der D-Klassifizierung. Wenn du dich nicht für eine Seite entscheidest, wirst du zu niemandem gehören."

Iris' Worte sind erheblich weiser, als für ihr Alter zu erwarten wäre. Sie hat mehr gesehen und mehr durchgemacht als die meisten Menschen in ihrem ganzen Leben. Ich weiß, dass sie mir niemals wehtun wollen würde, aber ihre Worte schmerzen, weil sie wahr sind. Sie drücken genau das aus, was ich seit unserer Ankunft in der Zentrallegion empfinde. Ich bin alleine, obwohl um mich herum tausende Menschen sind. Was wäre, wenn Finn hier wäre? Würde er mich verstehen oder würde er mich genauso verachten, wie Asha es tut? Würde es an meiner Einstellung etwas ändern, wenn ich sicher wüsste, dass er noch am Leben ist?

12. Finn

Am nächsten Tag ist es das gleiche Spiel wie bereits zuvor. Die Rebellen verstecken sich in den Trümmern der Legion, während Finn den Lockvogel für die fremden Wesen spielt. Dieses Mal warten sie genau an der Stelle, an der zuvor Zoe entführt wurde. Doch der Tag verläuft genauso ergebnislos wie der erste. Entweder sehen die Fremden sie lange, bevor sie sie bemerken, oder sie haben kein Interesse an weiteren Opfern.

Auf dem Rückweg zu den Höhlen sucht Maggie die Gesellschaft ihres Sohnes. Sie legt ihm tröstend ihre Hand auf den Rücken.

„Wir dürfen die Hoffnung nicht aufgeben“, seufzt sie in dem Versuch, nicht nur Finn, sondern auch sich selbst Mut zuzureden.

„Irgendetwas läuft falsch. Ich habe das Gefühl, dass wir sie so nie finden werden“, beschwert sich Finn.

„Hast du eine bessere Idee?“ Seine Mutter reagiert weder beleidigt noch eingeschnappt, sondern sachlich. Es ist eine kühle Objektivität, die Finn nicht von ihr kannte. Manchmal erscheint sie ihm dadurch wie eine Fremde und nicht wie die liebevolle und fürsorgliche Mutter, die er in Erinnerung hatte.

„Die Fremden sind uns immer einen Schritt voraus. Sie wissen immer, wo wir sind und durchschauen unsere Falle. Vielleicht wäre es leichter, ihnen nichts mehr vorzuspielen.“

„Willst du etwa aufgeben?“, fragt Maggie völlig ungläubig.

„Nein, ich will mich ihnen stellen. Wenn ich alleine durch die Ruinen streifen würde, wäre die Chance, dass sie zuschlagen, wesentlich größer."

„Aber was würde uns das bringen, außer, dass wir dich auch noch verlieren würden?"

„Ich würde so herausfinden, wo sie sich verstecken und könnte Zoe und die anderen befreien."

„Im Alleingang?", schmunzelt Maggie.

Finn zuckt mit den Schultern. „Irgendetwas würde mir schon einfallen."

Maggie streichelt ihm mit einem liebevollen Lächeln auf den Lippen über den Kopf. „Mein lieber Sohn, du magst mutiger als jeder andere sein und stärker als die meisten, immerhin bist du der Sohn deines Vaters, aber du bist kein Superheld. Das ist eine blöde Idee und du solltest sie dir schnell wieder aus dem Kopf schlagen."

„Aber irgendetwas müssen wir doch tun", jammert Finn verzweifelt. „Mit jeder Stunde schwindet die Chance, Zoe lebend wiederzusehen."

„Unterschätze deine Schwester nicht. Sie weiß sich zu wehren."

„Das hilft ihr nichts, wenn die anderen in der Überzahl sind."

„Eben. Und dir würde es genauso wenig helfen", erwidert Maggie und klopft ihm aufmunternd auf die Schulter. „Wir werden morgen mit den Panzern in die andere Richtung der Legion fahren, um nach menschlichen Spuren zu suchen. Außer dem künstlich angelegten Wald und See gibt es hier nicht viele Möglichkeiten sich zu verstecken. Es ist eine ausgetrocknete Ebene. Sie können sich nicht ewig vor uns verbergen."

Es ist ein Versuch, aber Finn hat schon jetzt das sichere Gefühl, dass er scheitern wird.

Als Finn abends am Feuer sitzt und eine spärliche Ration Reis löffelt, setzt sich Ruby überraschend neben ihn. Seitdem Zoe verschwunden ist, hat sie nicht mehr mit ihm gesprochen, obwohl sie sich immer in seiner Nähe aufgehalten hat.

„Es tut mir leid, dass wir sie nicht gefunden haben“, beginnt sie beinahe schüchtern, was für Ruby mehr als untypisch ist. Eigentlich hatte Finn sich schon darüber gefreut, wieder mit ihr zu reden, doch schon ihr erster Satz macht alles zunichte.

„Noch nicht“, knurrt Finn verärgert zurück. Nur weil Ruby Zoe aufgegeben hat, gilt das noch lange nicht für ihn.

„Natürlich“, verbessert sie sich sofort. „Fährst du morgen mit in dem Panzer?“

„Klar, du etwa nicht?“

„Doch“, stimmt sie ihm zu und starrt in ihre leere Schale. Sie wirkt unruhig und scheint regelrecht nach einem Gesprächsthema zu suchen.

„Hast du dir schon einmal die Tankanzeigen der Panzer angesehen?“

„Nein, warum?“

„Es ist nicht mehr viel Benzin da. In den Transportern und den anderen Fahrzeugen auch nicht.“

„Was willst du mir damit sagen? Vielleicht, dass wir die Suche nach Zoe lieber aufgeben sollten?“, wirft Finn ihr erbost vor.

„Nein“, wehrt Ruby sofort ab. „Ich habe nur nachgerechnet und selbst wenn wir das vorhandene Benzin zusammenschütten, wird es maximal für zwei

Transporter reichen, um damit zur Zentrallegion zu kommen. Es ist unmöglich, alle Überlebenden auf einmal zu transportieren."

„Warum erzählst du mir das?"

„Ich weiß es nicht. Ich wollte einfach nur mit dir reden und hatte gehofft, dass wir zusammen nach einer Lösung suchen könnten."

Sie ist ungewöhnlich kleinlaut.

„Solange Zoe nicht zurück ist, kann ich mich darum nicht auch noch kümmern. Es ist mir auch, ehrlich gesagt, egal."

„Aber wir werden verhungern, wenn wir nichts unternehmen."

„Dann kümmere du dich doch darum!"

Ruby steht wütend auf. „Ich hielt dich immer für mutig und selbstlos, aber du bist ein Egoist, genau wie alle anderen. Wenn es nicht um Cleo geht, dann geht es eben um Zoe. Der Rest ist dir doch egal."

Finn blickt irritiert zu ihr empor. Solche Gefühlsausbrüche kennt er von Ruby gar nicht. Auch wenn sie wütend reagiert, kann er sehen, dass sie in Wahrheit traurig und verzweifelt ist. Es tut ihm augenblicklich leid, dass er so hart zu ihr war.

„Das stimmt nicht…"

Ruby fällt ihm ins Wort. „Tut es doch! ICH bin dir egal. So ist es doch, oder?"

Finn ist sprachlos. Er sieht die Tränen in ihren Augen glitzern, wenn auch nur für einen winzigen Moment. Denn schon im nächsten kehrt Ruby ihm den Rücken zu und lässt ihn alleine am Lagerfeuer zurück.

Was war das denn jetzt? Seit wann interessiert sie, was er über sie denkt? Er wusste ja nicht einmal, dass

ER IHR wichtig ist. Sie hat ein Talent zu verbergen, wenn sie jemanden mag.

Unter anderen Umständen würde er sich gewiss noch eine Weile darüber den Kopf zerbrechen, aber für ihn zählt nur noch Zoe, selbst die Gedanken an Cleo drängt er in einen hinteren Winkel seines Gedächtnisses. Es gibt nur einen Menschen, der ihn versteht: Clyde.

Suchend blickt sich Finn um und entdeckt seinen Freund eingerollt in seiner Jacke, abseits des Lagerfeuers. Er liegt praktisch alleine zwischen den Rebellen und Sizos. Wäre Zoe da, würde er ohne Zweifel mit ihr inmitten der Rebellen schlafen. Doch ohne sie weiß er nicht mehr, wo er hingehört.

Finn verlässt seinen Platz am Lagerfeuer und lässt sich neben Clyde nieder, der fragend den Kopf hebt.

„Ich nehme an, du bist genauso deprimiert wie ich“, beginnt Finn verständnisvoll. Clyde nickt zur Antwort.

„Ich mache mir nur wenig Hoffnungen, dass wir Zoe finden werden, solange wir in großen Gruppen nach ihr suchen“, fährt Finn fort.

„Was schlägst du stattdessen vor?“

„Es ist riskant, aber vielleicht sollten wir uns alleine nach ihr auf die Suche machen. Die Fremden werden uns eher entführen, wenn sie sich in der Übermacht befinden.“

Clyde runzelt weder zweifelnd die Stirn, noch versucht er Finn über die Gefahren oder Folgen aufzuklären, stattdessen sagt er einfach nur: „Einverstanden. Wann brechen wir auf?“

„Morgen früh, eine Stunde vor Sonnenaufgang. Niemand darf etwas davon erfahren.“

„Du kannst auf mich zählen.“

Finn hat versucht zu schlafen, um Kräfte zu sammeln, aber er hat zu große Angst, dass ihn die Erschöpfung überkommt und er womöglich zu spät wieder aufwacht. So hat er sich die ganze Nacht nur unruhig auf dem sandigen Boden hin und her gerollt. Als es endlich Zeit zum Aufbruch ist, rappelt er sich blitzschnell auf und schleicht zu Clydes Nachtlager. Doch er ist verschwunden. Verwirrt blickt Finn sich um. Wo ist Clyde nur hin? Hat er nachts vielleicht seinen Schlafplatz gewechselt oder ist er nur pinkeln gegangen?

Rund um das verglühte Lagerfeuer haben sich die Menschen zusammengekauert. Noch regt sich niemand, aber Clyde ist nicht unter ihnen. Unruhig geht Finn leise zu den Höhlen, in denen nur die Kinder und werdenden Mütter schlafen. Es ist auch hier völlig ruhig und weiterhin keine Spur von Clyde.

Als letzte Möglichkeit fällt Finn der See ein. Er schaut in Richtung des Waldes. Es ist noch stockdunkel und Clyde kennt sich hier bei weitem nicht so gut aus wie er. Finn findet sich blind in dem Waldstück zurecht, doch Clyde würde wohl über jede Wurzel stolpern. Warum sollte er auch zu dem See gegangen sein? Obwohl Finn die Chance, ihn dort zu finden, sehr gering einschätzt, macht er sich dennoch auf den Weg.

Auf der ruhigen Seeoberfläche spiegelt sich der runde Vollmond. Wie viel Zeit ist wohl vergangen, seitdem er aufgestanden ist? Zehn Minuten, eine halbe Stunde oder etwa noch mehr?

Finn will bereits zurück zu den Höhlen gehen, als er ein Knacken hinter sich wahrnimmt. Alarmiert fährt er herum. Eine dunkle Gestalt hebt sich von den Umrissen des Waldes ab. Sie steht still und starrt wortlos in Finns Richtung.

„Wer bist du?“, knurrt Finn und unterdrückt seine Angst. Seine Stimme klingt stärker, als er sich in Wahrheit fühlt.

Die Gestalt tritt mit geschmeidigen Bewegungen auf ihn zu. Es ist Ruby. Seine Enttäuschung ist groß. Er hätte sich gewünscht, es wäre Clyde, und insgeheim mit einem der Wesen gerechnet. Doch Ruby ist weder der eine noch das andere.

„Warum verfolgst du mich?“, zischt er ihr wütend entgegen.

Ruby verschränkt die Arme vor der Brust. Sie trägt nach wie vor den blauen Anzug der Kämpfer, obwohl sie eindeutig zu den Rebellen gehört.

„Du hast mich geweckt. Was machst du hier? Warum streifst du mitten in der Nacht alleine durch den Wald?“

„Die Sonne geht bald auf“, antwortet Finn ausweichend und will sich an Ruby vorbeidrängen, doch sie stellt sich ihm in den Weg.

„Du willst dich opfern, nicht wahr?“, fährt sie ihn an, wobei ihr Gesicht nur wenige Zentimeter von seinem entfernt ist.

„Quatsch!“, wehrt Finn ab und sucht weiterhin nach einem Weg, ihr zu entkommen.

„Es ist egal, was du sagst. Ich weiß es.“

„Du spinnst doch!“

„Ich werde es den anderen erzählen.“

„Tue, was du nicht lassen kannst.“

„Ich sage es deiner Mutter. Sie wird es niemals zulassen.“

Finn starrt sie erbost an. Ruby ist zehn Jahre älter als er, und trotzdem droht sie ihm damit, ihn bei seiner Mutter zu verpetzen. Was glaubt sie, wie alt er ist, dass das irgendetwas bei ihm bewirken würde? Fünf? Egal, was sie über ihn zu wissen glaubt, es stimmt, denn plötzlich gibt er klein bei.

„Bitte nicht. Ich will nicht, dass sie sich auch noch um mich sorgen muss."

„Dann sag mir die Wahrheit!"

„Na gut, ich suche nach Clyde", gesteht Finn. „Er und ich wollten uns alleine auf die Suche nach Zoe machen…"

Ruby fällt ihm ins Wort: „Warum hast du mich nicht gefragt?"

„Du glaubst ohnehin nicht daran, dass Zoe noch am Leben ist."

„Ich hätte dir trotzdem geholfen."

Für einen Moment vergisst Finn, was er sagen wollte. Stattdessen drängen sich ihm Fragen über Ruby in den Kopf. Warum ist sie so nett zu ihm? War sie so auch schon, bevor sie Spionin in der Legion wurde? Er kann sich nur vage an die frühere Ruby erinnern. Sie war schon immer mehr ein Junge als ein Mädchen. Er weiß, dass sie schon in jungen Jahren immer mit den Männern zur Jagd ging, anstatt wie andere Mädchen zu kochen oder Kleidung zu nähen.

„Was ich sagen wollte, ist, dass ich Clyde nicht finden kann", besinnt sich Finn.

Rubys Augen weiten sich überrascht und in den ersten schwachen Sonnenstrahlen sieht er in ihren lichtblauen Augen ein schwaches Anthrazit aufblitzen. Wie sah Ruby früher aus? Welche Haarfarbe hatte sie? Trug sie die Haare lang oder kurz?

Verstohlen wandert sein Blick zu ihrem kahlen Schädel. Ein ganz dünner Flaum bedeckt ihn. Er ist so hell, dass er kaum wahrnehmbar ist. Sein Blick wandert weiter über ihr Gesicht, das stets angespannt und kampflustig wirkt. Sie hat erstaunlich große Augen, eine gerade Nase und hohe Wangenknochen. Er versucht, sie sich mit grauen Augen und langen blonden Haaren vorzustellen, doch es gelingt ihm nicht. Ihre Persönlichkeit scheint nicht zu ihrem wirklich hübschen Äußeren zu passen.

„Kann es sein, dass er sich alleine auf die Suche nach Zoe gemacht hat?", fragt Ruby und reißt Finn aus seinen Gedanken. Er fühlt sich ertappt und spürt, wie Hitze in seine Wangen steigt. Nur gut, dass Ruby in der Dunkelheit nicht sehen kann, wie er errötet.

„Kann ich mir nicht vorstellen. Warum sollte er?"

„Was hast du denn zu ihm gesagt? Warum wolltet ihr überhaupt auf eigene Faust losziehen?"

„Um weniger Aufmerksamkeit zu erregen. Wir wollten es den Fremden so leicht wie möglich machen."

„Was ist leichter? Einen oder zwei Männer zu entführen?"

„Natürlich einen", erwidert Finn.

„Siehst du. Vielleicht hat Clyde sich das auch gedacht."

Als Ruby und Finn wieder bei den Höhlen ankommen, herrscht bereits helle Aufregung. Als Paul sie erblickt, stöhnt er erleichtert auf.

„Da seid ihr ja. Wir haben uns schon Sorgen gemacht."

Ihr Verschwinden ist also den anderen aufgefallen. Aber haben sie auch bemerkt, dass Clyde ebenfalls weg ist? Finn rückt direkt mit der Sprache raus: „Wir haben Clyde gesucht. Er ist verschwunden." Von seinen Plänen sagt er jedoch nichts und hofft, dass Ruby es ebenfalls nicht tun wird.

Ratlos blicken die Rebellen sich an. Offenbar haben sie es bisher nicht bemerkt.

„Zoe bedeutet ihm viel", spricht Maggie ihre Gedanken laut aus. „Wir müssen sofort mit der Suche beginnen. Er kann noch nicht weit sein. Lasst uns in die Panzer steigen."

Sofort begeben sie sich mit zwei Panzern auf die Suche. Sie fahren als erstes zur ehemaligen Legion und durchsteifen danach jede Richtung der Ebene. Sie fahren so weit in alle Himmelsrichtungen, dass sie die Legion oft schon gar nicht mehr sehen. Aber außer den Höhlen finden sie nichts, das auf Leben hindeutet. Weder Spuren noch Tierkadaver oder Pflanzen. Das Land ist wie tot und es gibt kein Lebenszeichen von Clyde, Zoe oder irgendeinem anderen Rebellen.

Als sie sich bereits auf dem Rückweg befinden, äußert Ruby einen Gedanken: „Was ist, wenn Clyde gar nicht freiwillig gegangen ist? Was ist, wenn sie ihn im Schlaf überrascht haben?"

„Was? In unserem Lager?"

„Warum nicht? Es war dunkel und alle haben geschlafen. Clyde kennt sich hier kaum aus, er wäre gar nicht in der Lage gewesen, die Legion alleine zu finden."

Finn schüttelt den Kopf. „Ich habe die ganze Nacht wach gelegen. Ich hätte gemerkt, wenn sich jemand in das Lager geschlichen hätte."

„Hast du neben Clyde geschlafen?", fragt Ruby, obwohl sie die Antwort bereits kennt. Denn Finn hat neben ihr gelegen, so wie in bisher jeder Nacht.

13. Cleo

Schon als ich in der Lagerhalle eintreffe, habe ich ein ungutes Gefühl. Asha hat weder am Abend noch heute Morgen mit mir gesprochen. Stattdessen ist sie noch vor mir aufgebrochen. Auch Iris scheint enttäuscht von mir zu sein, denn immer, wenn sie mich ansieht, hat sie diesen mitleidigen Gesichtsausdruck.

In der Halle ist nicht nur das laute Motorengeräusch der Verbrennungsöfen zu hören, sondern auch aufgebrachtes Stimmengewirr. Die Arbeiter reden laut miteinander, wobei sie wild mit den Händen gestikulieren. Irritiert sehe ich mich nach W600 um und entdecke ihn in der Mitte einer Menschenhorde. Sie scheinen ihn regelrecht zu bedrängen.

Besorgt eile ich der Gruppe entgegen. Wortfetzen schlagen mir entgegen.

„Wann wolltet ihr mit uns reden?"

„Reden?! Die hätten einfach zehn Betten mehr in unser Zimmer gequetscht. Die dummen Arbeiter können ja auch übereinander schlafen", schimpft eine Frau aufgebracht.

„Früher gab es dafür Stockbetten", fügt ein anderer Mann hinzu.

„Beruhigt euch bitte!", ermahnt W600 die Arbeiter, wobei er abwehrend die Handflächen erhoben hat.

In diesem Moment erblickt mich Asha. „Da bist du ja endlich!", ruft sie aus und alle Augenpaare fahren zu mir herum. Die Menschen machen mir sofort Platz, um zu ihnen in den Kreis zu treten. Mir begegnen sie mit Respekt und Anerkennung. Einige nicken mir sogar lächelnd zu.

„Ich habe den anderen erzählt, was du mir aufgetragen hast“, sagt Asha und schaut mich dabei so ehrlich und aufrichtig an, dass ich fast selbst ihren Worten glauben könnte. Dabei lügt sie, denn ich habe sie sogar gebeten, den Mund zu halten.

W600 starrt mich entsetzt an. „Du hast was?!“

Nun bin ich gezwungen, mich zu entscheiden. Ich kann sagen, dass Asha lügt, und werde damit das Ansehen bei den Arbeitern verlieren. Oder ich stimme ihr zu und laufe somit Gefahr, von den Legionsführern bestraft zu werden. Wobei das das kleinere Übel für mich wäre. Viel schlimmer ist, dass W600 in diesem Fall von mir enttäuscht wäre. Warum tut Asha mir das an? Warum zwingt sie mich, zwischen ihr und W600 zu wählen? Sie weiß ja nicht einmal, dass W600 mein Bruder ist. Hätte ich es ihr erzählen sollen? Hätte sie mich dann auch verraten?

Ich blicke in ihr herausforderndes Gesicht und danach zu W600. Es tut mir in der Seele weh, die Worte auszusprechen, und ich schaffe es dabei nicht einmal, den Kopf zu heben.

„Sie hatten ein Recht es zu erfahren“, wiederhole ich monoton Ashas Worte vom Vorabend.

„Es ist weder die richtige Zeit, noch war es deine Aufgabe, darüber zu entscheiden“, schimpft W600, ungeachtet der ohnehin schon wütenden Arbeiter.

„Hör auf sie anzufahren, nur weil sie die Einzige von euch ist, die einen Sinn für Gerechtigkeit hat“, weist ihn einer der D-ler wütend zurecht, während ein anderer ihn grob an den Armen packt.

„Ihr sitzt in euren hübschen Suiten und stopft euch eine Traube nach der anderen in den Mund, während man uns in Löchern zusammenpfercht und Haferschleim wie Tieren zu fressen gibt."

Mehrere Hände greifen nun nach seinen Armen. „Ihr lasst uns vierzehn Stunden am Tag ohne Pause schuften und schickt uns hungrig auf Pritschen zu Bett, während ihr euch auf euren Stühlen zurücklehnt und uns mit der Peitsche straft, wenn wir vor Arbeit zusammenbrechen."

„Ihr stehlt unsere Kinder!", schreit eine Frau und schlägt W600 mit der Faust ins Gesicht. Sofort schießt ihm Blut aus der Nase und ich trete entsetzt zwischen ihn und die Arbeiter.

„Lasst ihn los", rufe ich panisch aus, aber niemand hört auf mich. Stattdessen schubsen sie mich zur Seite und beginnen, auf W600 einzuschlagen.

Besorgt packe ich Asha bei den Armen. „Unternimm etwas!", fordere ich sie verzweifelt auf. Doch Asha schüttelt mich ab und feuert die wildgewordene Horde nur noch an.

„Aufhören!", schreie ich so laut ich kann und versuche mich erneut zu W600 durchzuschlagen, der sich mittlerweile vor Schmerzen krümmt. Doch ich habe keine Chance und zum ersten Mal in meinem Leben bin ich froh, als ich die Kämpfer der Legion in das Gebäude stürmen sehe. Mit Lasern schießen sie wahllos in die Menge und bahnen sich so einen Weg zu W600. Seine Kleidung ist zerrissen und sein Gesicht blutüberströmt, während er sofort von einem Arzt behandelt wird. Ich renne zu ihm.

„Es tut mir leid, das wollte ich nicht", stoße ich aus und suche seinen Blick.

Als er den Kopf in meine Richtung dreht, trifft mich seine Verachtung wie ein Stoß in die Magengrube.

„Ich dachte, wir wären ein Team…“

Die Kämpfer nehmen nicht nur die Arbeiter fest, sondern ergreifen auch mich. Jedoch führen sie mich nicht mit allen anderen weg, sondern verfrachten mich in eines der Flugschiffe. Schon bevor es losgeht, weiß ich, was unser Ziel sein wird: Der Palast der Legionsführer.

Als wir ankommen, betreten wir nicht den Konferenzsaal, stattdessen führen sie mich in eines der Zimmer und drücken mich auf einen einzelnen Stuhl, der vor einem Schreibtisch steht, hinter dem uns W300 bereits erwartet.

Er gibt den Kämpfern zu verstehen, dass sie nun zurücktreten dürfen. Sie postieren sich an der Tür.

W300 mustert mich ungeniert, ohne etwas zu sagen. Seine Blicke sind unangenehm und ich merke, wie sich mir der Hals zuschnürt. Ich warte darauf, dass er etwas zu mir sagt, doch es kommt nichts. Meine Hände beginnen zu schwitzen und ich schaue gehetzt durch das Zimmer. Es fällt mir schwer, still stehen zu bleiben und nicht ungeduldig von einem Bein auf das andere zu treten. Schließlich halte ich es nicht länger aus und breche das Schweigen: „Was in der Lagerhalle passiert ist, tut mir sehr leid. Es war nicht meine Absicht.“

W300 verengt seine Augen zu Schlitzen, die wie Dolche in meinen Körper zu fahren scheinen. „Hast du mit deinen…“, er sucht nach dem richtigen Wort, „Freunden“, er spricht es aus, als wäre es eine Krankheit oder ein bloßes Hirngespinst, „…über die Konferenz gesprochen?“

Ich nicke schuldbewusst.

„Es wurde nicht ausdrücklich gesagt, dass es verboten ist, aber ich nahm an, das sei selbstverständlich“, gesteht W300. „Nun ja, es gibt hier sonst auch niemanden mit Freunden.“

Ich wage es nicht, etwas zu erwidern, weil ich das Gefühl habe, dass es ohnehin falsch wäre.

„Freundschaft ist etwas, das der alten Welt angehört. Eine Welt, die wir hinter uns gelassen haben und der nur noch die Rebellen nachjammern. Mir ist aufgefallen, dass du dich sehr für sie einsetzt. Deiner Akte konnte ich entnehmen, dass du einige Zeit bei ihnen in Gefangenschaft verbracht hast. Was ist dir dort widerfahren?“

Mein Herz rast und schlägt mir so fest gegen die Rippen, dass es weh tut. Ich hole einmal tief Luft, bevor ich antworte: „Ich konnte die Rebellen und ihr Leben kennenlernen. Sie haben mich nie schlecht behandelt.“

„So etwas habe ich bereits vermutet. Kannst du verstehen, warum sie unsere Legionen zerstören?“

Ich beschließe, bei der Wahrheit zu bleiben, auch wenn es mich vielleicht den Kopf kostet. „Ich kann es verstehen, aber ich stehe nicht hinter ihren Angriffen. Sie riskieren dabei das Leben zu vieler Menschen. Die Rebellen sind nicht der Feind, genauso wenig wie die Legion. Ich bin sicher, wir könnten eine friedliche Lösung finden.“

W300 blickt mich nachdenklich an. Für einen Moment hoffe ich, dass er sich tatsächlich über meine Worte Gedanken macht und sie wenigstens in Erwägung zieht, doch dann kehrt der abgeklärte Ausdruck auf sein Gesicht zurück und ich weiß, dass ich nie eine Chance hatte. „Das denke ich nicht.“

Ich schaue auf meine Hände, die sich eiskalt anfühlen, während meine Wangen zu glühen scheinen. Obwohl ich friere, schwitze ich so heftig, dass mein Anzug sich unter meinen Achseln feucht anfühlt.

„Was passiert jetzt mit mir?"

W300 hebt erstaunt die Augenbrauen. „Ich nehme an, dir ist bewusst, dass ich dich für dein Verhalten bestrafen muss."

Ich nicke und rechne mit allem: Deklassifizierung, Exil, Tod.

„Was würdest du sagen, wenn ich dich deklassifiziere?"

„Ich müsste es wohl hinnehmen", erwidere ich möglichst geknickt.

„Ich glaube, es wäre dir sogar recht", entgegnet W300 kalt. Er scheint meine Gedanken lesen zu können. „Aber das Amt des Legionsführers ist eine Ehre. Du hast sie beschmutzt, dennoch werde ich dich nicht einfach deiner Verantwortung entheben. Es ist eher an der Zeit, dass dir jemand beibringt, wie man sich als Legionsführer zu benehmen hat."

Ich reiße erstaunt die Augen auf. Was hat das zu bedeuten?

„Um dir einen kleinen Motivationsschub zu geben, habe ich jemanden gefangen nehmen lassen und werde diesen jemand erst wieder entlassen, wenn du dich als würdig erwiesen hast."

Ich denke besorgt an Iris und Asha. Keine von beiden hätte es verdient. Asha musste schon genug erleiden und Iris ist doch noch ein Kind. Aber wenn ich wählen müsste, würde ich mich trotzdem für Asha entscheiden, immerhin ist sie schuld an der ganzen Situation. Wenn sie ihren Mund gehalten hätte, wäre es nie so weit gekommen. Aber das Schlimmste für mich ist ohnehin, dass sie die Arbeiter auch noch angefeuert hat, als diese W600 misshandelt haben. Gerade Asha müsste doch wissen, wie man sich in so einer Situation fühlt. Er war alleine und hatte keine Chance sich zu wehren. Ich hätte nie gedacht, dass sie so rücksichtslos sein könnte.

„Willst du mich nicht fragen, um wen es sich dabei handelt?"

„Du wirst es mir doch sowieso sagen", entgegne ich wütend. Ich bin es leid, mich von der Legion erpressen zu lassen.

W300 gefällt meine Antwort sichtlich nicht und er betätigt einen Knopf auf seinem Pult. „Bringt sie herein", befiehlt er und augenblicklich öffnet sich die Tür hinter seinem Rücken. Doch die Wachen führen weder Asha noch Iris herein, sondern A350. Komischerweise trifft mich das mehr als das, womit ich gerechnet hätte. A350 ist unschuldig. Sie ist es doch, die immer auf der Seite der Legion stand. Sie ist es, die mich immer für sie begeistern wollte. Sie hat es am wenigsten verdient, für meine Fehler zu leiden.

Die bittere Enttäuschung in ihren Augen gibt mir den Rest.

„Es ist selbstverständlich nicht möglich für dich, weiter die Leitung in der Müllverbrennung zu übernehmen. Da WA350 für einige Zeit ausfallen wird, wirst du solange ihre Aufgabe in der Erziehung der Heranwachsenden übernehmen. Wenn du deine Arbeit zu unserer Zufriedenheit erfüllst, wird es WA350 an nichts fehlen. Solltest du dich jedoch weiterhin nicht an Regeln halten oder sogar gegen unseren Willen handeln, wird WA350 das zu spüren bekommen. Egal, welches Verbrechen du auch begehst, WA350 wird dafür deine Strafe erhalten. Habe ich mich deutlich ausgedrückt?“

Ich nicke sofort und hasse mich selbst für die Tränen, die in meinen Augen aufsteigen. Ich spüre deutlich, dass A350 den Blickkontakt zu mir sucht, doch ich ertrage es nicht sie anzusehen. Am schlimmsten ist, dass ich nicht einmal weiß, warum ich so emotional reagiere. Ich war so wütend auf sie. Es sollte mir völlig egal sein, was mit ihr passiert.

„Bringt sie weg“, befiehlt W300. „Meine Nachricht ist angekommen.“

„Einen Moment noch“, bittet meine Mutter, doch niemand hört auf sie, stattdessen verstärken die Wachen ihren Griff und zerren gewaltsam an ihr. A350 wehrt sich gegen sie. „Cleo?“, ruft sie plötzlich aus und reißt mich dadurch augenblicklich aus der Starre. Geschockt starre ich ihr entgegen. Hat sie mich gerade wirklich mit meinem Namen angesprochen? Ich wusste nicht einmal, dass sie ihn kennt.

Ihre Augen sind von Tränen verhangen, aber als sie in mein Gesicht blickt, lächelt sie dennoch. „Ich glaube an dich.“

Im nächsten Moment verpasst ihr einer der Kämpfer einen Faustschlag in den Magen und sie sackt vor Schmerz zusammen. Sofort schleifen sie sie aus dem Zimmer.

Ich senke meinen Kopf zu Boden und beiße mir auf die Unterlippe, um nicht zu weinen. „Darf ich jetzt gehen?“, presse ich mit tränenschwerer Stimme hervor.

„Niemand hält dich auf. Ich erwarte dich morgen pünktlich zu deiner neuen Arbeit“, erwidert W300, und obwohl ich sein Gesicht nicht sehen kann, weiß ich, dass er triumphierend lächelt.

Hastig öffne ich die Tür zu unserem Zimmer und taumle mehr hinein, als dass ich gehe. Niemand ist da. Es ist noch früh am Tag. Iris ist im Bildungsunterricht und Asha wurde entweder zurück an die Arbeit geschickt oder erhält gemeinsam mit den anderen Arbeitern ihre Bestrafung.

Ich lasse mich auf mein Bett sinken und rolle mich zusammen wie eine Katze. Ich schließe die Arme um meine Knie, um das Zittern zu unterdrücken. Die Tränen rollen lautlos über meine Wangen. Ich möchte schreien, aber kein Ton kommt aus meinem Mund. A350 als Sündenbock für mich zu wählen, war ein cleverer Schachzug. Sie hätten kein besseres Opfer auswählen können. Nicht mal Finn. Wenn sie ihn hätten, wüsste ich, dass er dennoch wollen würde, dass ich weiterkämpfe. Aber A350 wollte nie, dass ich mich den Rebellen anschließe. Und immer, wenn ich einen Fehler mache, wird sie es nun sofort zu spüren bekommen. Es gibt für mich keine Wahl. Ich kann sie nicht leiden lassen für etwas, wovon ich nicht einmal weiß, ob es das Richtige ist. Es ist völlig gleich, was die Legion von mir verlangt, ich werde es tun. Allerdings nur so lange, bis ich A350 in Sicherheit weiß, denn dann werde ich fliehen. Niemand wird mich aufhalten können, lieber lasse ich mich umbringen, als länger an diesem Ort zu bleiben.

Am Abend spüre ich einen zarten Händedruck an meiner Schulter und reiße erschrocken die Augen auf. Es ist Iris, die verunsichert zurückfährt, als sie meine Panik sieht. „Entschuldige, ich wollte dich nicht erschrecken.“

Mein Blick fällt auf Asha, die in sicherer Entfernung gegen die Wand gelehnt dasteht und zu uns herüberblickt.

Ehe sie sich versieht, bin ich bei ihr und schlage ihr meine Handfläche mit voller Wucht gegen die Wange, sodass es einen lauten Knall gibt. Anders als Iris reagiert sie nicht erschrocken, sondern geht direkt ebenfalls auf mich los. Ihre Hände schließen sich um meinen Hals und sie beginnt mich zu würgen. Ich presse meine Hände gegen ihren Kopf und versuche, sie von mir zu drücken, während ich nach Luft schnappe. Mit meinen Händen kratze ich ihr über das Gesicht, während sie mich heftig schüttelt. Aus weiter Entfernung nehme ich Iris´ panisches Kreischen wahr. Aber ich kann nicht aufhören, sondern verpasse Asha einen heftigen Tritt gegen die Beine, sodass ich ihr den Boden unter den Füßen wegziehe. Sie kippt nach hinten um und geht zu Boden. Sofort stürze ich mich auf sie und lege meine Hände um ihren Hals, wie sie zuvor bei mir. Ich muss daran denken, wie meine Mutter nun in einer Zelle sitzt und jeden Tag meinen Ungehorsam vorgeführt bekommen wird. Ich sehe Ashas erregtes Gesicht vor mir, als sie sieht, wie die Arbeiter meinen Bruder zusammenschlagen. Ich hasse sie in diesem Moment so sehr, dass ich ihr Gesicht nie mehr wiedersehen will, und presse immer fester. Asha wehrt sich nach Leibeskräften und tritt und schlägt wild um sich, doch plötzlich erschlaffen ihre

Bewegungen und sie starrt mich nur noch an, panisch nach Luft schnappend. Ihre Lippen formen Worte, die ich nicht verstehen kann.

Iris rüttelt an meinen Schultern und weint.

„Töte mich!"

Erschrocken lasse ich von Asha ab, als hätte ich mir an ihrer Haut die Hände verbrannt. Panisch suche ich Zuflucht an der gegenüberliegenden Wand und starre entsetzt auf meine bebenden Hände. Iris hilft Asha wieder auf die Beine, doch anstatt mich strafend anzusehen, krabbelt Asha sofort auf allen vieren zu mir. Sie beginnt heftig zu weinen und presst sich gegen mich. Automatisch schließe ich meine Arme um sie und lasse mich von ihr anstecken. „Es tut mir so leid", beginne ich zu schluchzen. „Sie haben meine Mutter."

Zum ersten Mal kann ich sie als das ansehen, was sie ist: Meine Mutter, egal, was sie getan hat. Sie war es schon immer und wird es auch immer bleiben, ob ich es nun will oder nicht. Und tief in meinem Herzen weiß ich, dass sie wirklich immer nur das Beste für mich wollte.

„Verzeih mir", flüstert Asha. „Ich wusste nicht, was ich tue."

Ich lasse sie nicht los und halte sie auf Armeslänge von mir. Das genügt, um Asha zum Reden zu bringen.

„Als ich heute gesehen habe, wie die anderen W600 verprügelt haben, hatte ich das Gefühl, es wäre das Richtige, weil er es nicht anders verdient hätte. Aber ich habe nicht wirklich ihn gesehen, sondern A566. Es hat sich so gut angefühlt, ihn leiden zu sehen. Ich möchte ihn töten. Immer und immer wieder, so wie er mich jede Nacht aufs Neue quält."

„Du träumst von ihm?“

„Jede verdammte Nacht“, gesteht Asha. „Ich wünschte, es würde damit enden, dass ich ihn sterben sehe, aber er steht immer wieder auf. Es ist nie zu Ende.“

Ich streiche Asha mit der Hand vorsichtig über die Würgemale an ihrem Hals, die ich verursacht habe, „Du bist nicht alleine.“

In dieser Nacht quetsche ich mich mit Iris und Asha in ein Bett. Es ist so eng, dass keiner von uns sich richtig bewegen kann. Doch wann immer eine von uns von Albträumen erschüttert wird, sind die anderen beiden da, um sie zu halten und in die Realität zurückzuholen. Auch wenn ich kaum schlafen kann, gibt mir ihre Nähe Kraft. Sie sind alles, was mir geblieben ist.

14. Finn

Finn steht im kühlen Wasser des Sees und denkt daran zurück, wie er das erste Mal mit Cleo hier war. Damals hat er noch so getan, als würde er sie hassen, obwohl ein Teil von ihm sie schon geliebt hat. Es war, als hätte sein Herz bereits eine Entscheidung getroffen, bevor sein Kopf überhaupt Bescheid wusste.

Er hält sein Gesicht den letzten Strahlen der untergehenden Sonne entgegen, als ihn plötzlich ein Schwall Wasser im Rücken trifft. Genervt dreht er sich um und erwartet, Ruby zu sehen, die ihn zu verfolgen scheint. Doch dieses Mal ist es Paul, der ihn frech angrinst.

„Mit dir hätte ich nicht gerechnet", gesteht Finn und spritzt Wasser zurück in Pauls Richtung.

„Du triffst mich tief", scherzt Paul und presst in gespielter Betroffenheit eine Hand auf sein Herz. „Mit wem hast du denn gerechnet? Hast du etwa schon wieder eine neue Liebschaft?"

„Nein", stößt Finn sofort verletzt aus. „Wie kommst du darauf?"

„Ich habe gesehen, wie Ruby dich ansieht. Ihr verbringt viel Zeit miteinander."

„Du spinnst! Sie ist zehn Jahre älter als ich."

„Was sind schon zehn Jahre?!", entgegnet Paul. „Du wärst nicht der Erste, der sich in seine Babysitterin verliebt."

„Sie war weder je meine Babysitterin, noch bin ich in sie verliebt", faucht Finn.

Paul hebt abwehrend die Hände. „Schon gut, Frauenheld."

Finn wirft ihm einen letzten bösen Blick zu, bevor er sich von ihm abwendet und aus dem See steigt. Paul folgt ihm.

„Warum bist du eigentlich hier? Um die Sauberkeit scheint es dir nicht zu gehen."

„Um ehrlich zu sein, habe ich nach dir gesucht", gesteht Paul.

Neugierig wendet sich Finn ihm erneut zu. „Warum?"

„Es ist wegen Florance. Ich glaube, ich bin zum ersten Mal eifersüchtig."

Finn sieht ihn erstaunt an. „Doch nicht etwa wegen des Krüppels?!"

„Nenn ihn nicht so", erwidert Paul sofort, nickt aber dennoch. „Aber ja, es ist wegen ihm. Florance nennt ihn mittlerweile Judas."

„Wie der Verräter aus einer der alten Religionen?", fragt Finn überrascht.

„Ja, weil Judas angeblich seine Tat bereut."

„Tja, nur dass dieser Judas sich nicht einmal daran erinnert, was er getan hat. Jedenfalls hoffe ich das für ihn."

Paul seufzt. „Sie badet ihn, sie füttert ihn. Verdammt, sie singt sogar für ihn. Fast kommt es mir vor, als wäre er der Ersatz für ein Kind."

Finn grinst. „Vielleicht solltest du ihr dann lieber ein Kind machen, damit sie ihn endlich links liegen lässt."

„Glaubst du, das wollte ich nicht? Aber sie ist dagegen."

„Gegen ein Kind?"

„Sie will weder ein Kind, noch will sie mich heiraten. Sie sagt, es ist nicht die richtige Zeit dafür. Aber wird es die je geben? Werden wir je ein Leben in Frieden führen? Wir haben doch nur dieses eine Leben, sollten wir es dann nicht so gut wie möglich ausnutzen?"

„Sag das Florance und nicht mir. Ich bin ganz deiner Meinung."

„Was würdest du tun, wenn es um Cleo gehen würde?"

„Ich würde den anderen Mann zum Teufel jagen."

„Sobald ich auch nur ein schlechtes Wort über ‚Judas' sage, bin ich der Buhmann und darf alleine schlafen, während sie sich neben ihn legt."

„Hast du sie nicht immer gerade für ihr großes Herz geliebt?"

„Es ist wohl ein Fluch, nicht wahr?"

„Scheint so, aber vielleicht solltest du ihr deine Hilfe anbieten? Ich weiß, es ist schwer, aber sie wird dich dafür umso mehr lieben und dann kann ‚Judas' wieder alleine schlafen", erwidert Finn grinsend. Obwohl es die denkbar blödeste Situation ist, genießt Finn es, mit seinem besten Freund ein ganz gewöhnliches Männergespräch zu führen.

„Danke dir. Gehen wir zurück? Bin schon gespannt, was Grace uns heute aus nichts gezaubert hat."

„Ich komme gleich nach, aber geh ruhig schon mal vor", erwidert Finn, während er sich die Stiefel zuschürt. Paul zuckt mit den Schultern und geht.

Finn schließt erneut die Augen und atmet die Luft tief ein. Er riecht den Duft von Tannennadeln, Moos und Algen aus dem See. Er spürt, wie der Wind ihm sachte ins Gesicht weht und an seinen kurzen Haaren kitzelt. Doch plötzlich nimmt er noch einen anderen Geruch wahr. Er ist süßlich und zugleich irgendwie faulig, fast wie rohes Fleisch, das in der Sonne verdirbt. Ein Schatten fällt auf sein Gesicht und er reißt erschrocken die Augen auf. Er blickt in eine Fratze, in der kaum etwas Menschliches zu erkennen ist. Ein Gesicht mit nur einem Auge, ohne Nase und einem Loch, das nur entfernt an einen Mund erinnert. Dafür ist die Haut übersät von eitrigen Pusteln und wunden Narben. Er will schreien, doch da spürt er auch schon den scharfen Schmerz an seinem Hinterkopf. Sein Schädel scheint zu explodieren und seine Welt wird schwarz.

Finn erwacht von dem hämmernden Wüten in seinem Kopf. In seinem Mund liegt der metallische Geschmack von Blut. Langsam öffnet er seine Augen und blickt in rote, wild züngelnde Flammen. Das Licht schmerzt und er kneift seine Lider wieder zusammen. Langsam kommt die Erinnerung zurück und ihm fällt wieder das völlig entstellte Gesicht ein. Es ist das Letzte, woran er sich erinnern kann. Sofort beschleunigt sich sein Puls. Als er seine Hand auf sein Herz legen möchte, spürt er erst, dass seine Hände auf dem Rücken gefesselt sind. Panik erfasst ihn und er reißt seine Augen erneut auf. Er blickt direkt in ein großes Lagerfeuer. Es ist so hoch, dass es beinahe die niedrige Decke berührt. Er muss sich entweder in einer Höhle oder unter der Erde befinden, denn das einzige Licht kommt von dem Feuer. Es gibt weder Fenster noch Ritzen in den Wänden, durch die er ins Freie spähen könnte. Zudem erfüllt der beißende Rauch des Feuers fast den gesamten Raum und macht ihm das Atmen schwer. Der Boden unter ihm fühlt sich leicht feucht an.

Finn lässt seinen Blick durch den Raum wandern. Es ist niemand in der Nähe, doch am hinteren Ende bewegen sich schwache Schatten und er hört leises Stimmengemurmel, ohne jedoch etwas verstehen zu können.

Er würde schätzen, dass es sich um zwei, maximal drei Personen handelt. Langsam drückt er sich gegen die Wand in seinem Rücken und versucht, sich mit den Füßen hochzustemmen, doch sofort beschwert sich sein Kopf und ihm wird so schwindelig, dass er erneut zu Boden sackt. Er schnappt keuchend nach Luft und drängt den bitteren Geschmack nach Galle zurück. Finn hält seine Augen geschlossen, um dem Schwindel in seinem Kopf Herr zu werden. Als er die Augen wieder öffnet, stößt er einen erschrockenen Schrei aus. Vor ihm haben sich zwei Gestalten aufgebaut. Den einen erkennt er als seinen Entführer wieder, doch der andere ist fast noch abscheulicher. Zwar besitzt er zwei Augen und eine Nase, aber dafür zwingt ihn ein Buckel auf seinem Rücken zu einer gebückten Haltung. Sein Mund steht offen, während eine Mischung aus Speichel und Blut ihm von den spitzen Zähnen tropft. Sowohl an seinen Lippen und seinem Kinn als auch an seinen Klauen klebt frisches Blut. Er hat keine Finger, sondern eher Stumpen, aus denen scharfe Krallen hervorragen, fast wie die Tatzen eines Tieres. Auch sein Gesicht ist übersät von Pocken und Narben. Die Schatten, die sich auf sein Gesicht legen, lassen ihn noch entsetzlicher aussehen.

Beiden tragen sie keine Kleidung, wie Finn sie kennt. Sie sind beide in eine Mischung aus Fell, Leder und Stofffetzen gekleidet. Jedoch kann man nicht erkennen, wo ihre eigene Haut endet und der Stoff beginnt. Alles hat die rotbraune Farbe der Wüste angenommen. Schuhe trägt keiner der beiden, stattdessen scheinen sich ihre Füße selbst in Stiefel verwandelt zu haben. Sie sind dick geschwollen und bestehen praktisch nur noch aus Hornhaut.

„Wer seid ihr?“, stößt Finn leise hervor. Er kann sich nicht daran erinnern, je in seinem Leben mehr Angst gehabt zu haben.

Die beiden Fremden starren ihn nur ausdruckslos an, ohne irgendwelche Anzeichen von sich zu geben, ob sie überhaupt verstehen, was er sagt.

„Wo bin ich?“, versucht es Finn erneut verzweifelt und tatsächlich den Tränen nah. Er fürchtet um sein eigenes Leben und kann in diesem Moment weder an Zoe noch an Cleo denken. „Was wollt ihr von mir?“

Der Bucklige leckt sich über die blutverschmierten Lippen. Im nächsten Moment beugt sich der andere nach vorne und packt Finn an den Schultern. Finn beginnt, panisch zu schreien und mit den Füßen wild um sich zu treten, doch seine Tritte scheinen dem anderen nichts anzuhaben. Er wirft sich den Jungen über die Schulter, als wäre er ein Sack Mehl.

Finns Kopf fährt erneut Achterbahn, aber er zwingt sich die Augen geöffnet zu halten, um nichts zu verpassen. Der Fremde trägt ihn aus dem Raum mit dem Lagerfeuer durch einen dunklen Tunnel. Es ist so finster, dass Finn rein gar nichts erkennen kann, und ihm wird klar, dass der andere sich blind bewegen muss. Sie erreichen das Ende einer Leiter. Durch einen Ruck an einer Schnur öffnet sich über ihnen eine Klappe und der Fremde klettert mit Finn auf der Schulter an die Oberfläche. Das grelle Licht blendet Finn und er kneift die Augen vor Schmerz fest zusammen. Er öffnet sie wieder so schnell er kann und erblickt die rote Ebene. Es ist nichts und niemand weit und breit zu sehen. Auch die Falltür im Boden verschwindet wieder unter einer dicken Sandschicht, so als würde sie gar nicht existieren. Der Fremde wirft ihn zu Boden und bückt sich, um eine andere Tür zu öffnen. Diesen Moment nutzt Finn und versucht, sich auf die Beine zu rappeln. Gerade als er es geschafft hat und losrennen will, schließt sich erneut ein fester Griff um sein rechtes Fußgelenk und lässt ihn geradewegs in den Sand knallen. Sein Mund füllt sich mit Sand und er beginnt zu husten, während seine Zähne knirschen.

An seinem Fuß wird er zurückgerissen und wortlos in ein Loch geschmissen. Er schlägt mit dem Rücken auf und jegliche Luft wird bei dem Aufprall aus seinen Lungen gepresst. Finn ringt nach Atem und bekommt nur noch mehr Sand zu schlucken. Er muss so heftig husten, dass er keine Luft mehr bekommt und nur noch würgen kann. Seine Panik ist so groß, dass er sich übergibt. Er kann an nichts anderes denken als daran, zu überleben. Als er sich langsam wieder beruhigt, liegt er in völliger Dunkelheit. Nicht ein Licht dringt in die Kammer. Er schafft es aufzustehen und bemerkt, dass die Kammer mehr ein Loch ist. Wenn seine Hände nicht gefesselt wären, könnte er wohl beide Wände gleichzeitig berühren.

Als nächstes bemerkt er den Geruch. Es ist derselbe, den auch die Wesen absondern. Faulig mit einer süßlichen Note. Mit seinen Füßen scharrt er über den Boden und bemerkt ein Rascheln wie von Ästen auf einem Waldboden. Obwohl er Angst davor hat, was er herausfinden wird, kniet sich Finn erneut zu Boden und tastet mit seinen gefesselten Händen über den unebenen Untergrund. Er bekommt etwas Hartes zu fassen und schließt seine Hände darum. Er lässt seine Finger den Gegenstand abtasten. Er ist feucht, aber das könnte von dem Boden kommen, doch an dessen Enden befinden sich weiche Reste, sowie ein Teil, der sich leicht abbrechen ließe. Sofort lässt Finn den Gegenstand wieder fallen. Seine Befürchtung hat sich bewahrheitet. Es handelt sich um Knochen, die über den ganzen Boden verteilt liegen. Doch ob es Menschen- oder Tierknochen sind, kann er nicht sicher sagen.

Er versucht ruhig zu bleiben und atmet tief ein und aus, doch als er den fauligen Geruch selbst auf seiner Zunge schmecken kann, beginnt er erneut zu keuchen. Was haben die Fremden nur mit ihm vor? Wenn sie ihn tatsächlich essen wollen, werden sie sich wohl nicht mehr die Mühe machen müssen, ihn umzubringen, denn bis dahin wird er hier unten erstickt sein.

Wie konnte er nur jemals glauben, dass er Zoe und die anderen im Alleingang retten könnte? Was war er nur für ein dämlicher, sich selbst überschätzender Idiot!

Er beginnt hemmungslos zu weinen. Hier sieht und hört niemand seine Tränen. Niemand kann sie ihm als Schwäche auslegen. Niemand kann ihn trösten. Niemand wird in den letzten Stunden seines Lebens bei ihm sein.

15. Cleo

Iris hält meine Hand, so als wäre sie die Ältere und nicht ich. Dass sie die Stärkere von uns beiden ist, bezweifle ich nicht einmal. Wir betreten gemeinsam die Bildungsanstalt. Iris liefert mich am Empfang ab, bevor sie sich auf den Weg zu ihrem Unterrichtsraum macht.

Ich räuspere mich verlegen vor der Legionsführerin, die mich bereits kritisch mustert.

„Du bist dann wohl WA518, richtig?“, sagt sie kühl.

„Ja“, erwidere ich und strecke meinen Rücken durch, um wenigstens etwas Selbstachtung auszustrahlen.

„Du bist spät“, stellt sie fest. „Komm morgen früher oder ich muss deine Unpünktlichkeit melden.“

Welche Bestrafung steht dafür wohl an, frage ich mich im Stillen. Was wird meine Mutter dafür erleiden müssen?

„Folge mir!“

Ich gehorche und eile ihr in die entgegengesetzte Richtung nach, in die Iris verschwunden ist. Insgeheim hatte ich gehofft, die Tage in ihrer Nähe verbringen zu können, doch das wäre zu schön gewesen, um wahr zu sein.

Wir erreichen am Ende des Gangs ein kleines Büro. Es ist fensterlos und geradalready groß genug für einen Schreibtisch sowie zwei Stühle. Einer vor und einer hinter dem Tisch.

„Das ist dein neuer Arbeitsplatz“, sagt die Legionsführerin, ohne mir dabei in die Augen zu blicken. Sie schaltet den Bildschirm des Computers ein, auf dem sich nun eine Art Register öffnet.

„Deine Aufgabe ist die Maßregelung der Heranwachsenden. Du wirst dir ihre Strafen jedoch nicht selbst ausdenken, sondern sie nur in dieser Datei nachsehen."

Ich hatte mir schon gedacht, dass meine Aufgabe keine angenehme sein würde, aber das ist schlimmer, als ich gedacht hätte. Ausgerechnet ich bin nun dafür verantwortlich, Schüler zu bestrafen, die sich genauso wenig wie ich an die Regeln halten. War das wirklich auch A350s Aufgabe? Obwohl ich ihr einiges zutraue, kann ich mir nicht vorstellen, dass sie es genossen hätte.

„Was muss ich tun?"

Die Legionsführerin starrt mich an, als wäre ich nicht ganz bei Verstand.

„Nehmen wir an, einer der Schüler kommt zu spät zum Unterricht, dann gibst du in das Suchfeld ‚Verspätung' ein." Sie macht es mir vor. Es erscheint eine Liste mit mehreren Bestrafungsmöglichkeiten, geordnet nach zu spät gekommenen Minuten. Die Legionsführerin öffnet den Punkt für eine einminütige Verspätung. Auf dem Bildschirm steht nun: ‚*Eine Stunde Nachsitzen*'

„Verstanden?", fragt sie mich und zeigt deutlich, dass sie weitere Fragen nicht duldet.

Ich nicke und lasse mich auf dem Stuhl vor dem Bildschirm nieder.

„Falls du Probleme hast, brauchst du nur den Knopf unter dem Tisch drücken und Wachen kommen dir zu Hilfe."

Sie dreht mir blitzschnell den Rücken zu und die Türen schließen sich mit einem Zischen. Nun bin ich alleine.

Aus reiner Neugier schaue ich mir die Bestrafung für eine zweiminütige Verspätung an. ‚*Der Schüler muss eine Stunde aufsagen: Ich darf nicht zu spät kommen*'.

Ich kann mir gut vorstellen, dass sich dieser Satz fest in den Kopf des Schülers einbrennen wird. So fest, dass er sogar in der Nacht davon träumt. Mir fällt wieder auf, dass hier vieles anders ist als in der westlichen Legion. Auf der einen Seite haben die Menschen mehr Freiheit, indem sie selbst die Verantwortung dafür tragen, ob sie zu spät kommen, und auch die Träume sind ihre eigenen und nicht unterdrückt, wie es bei uns der Fall war. Gleichzeitig bedeuten diese Freiheiten aber auch mehr Möglichkeiten zur Bestrafung. Da es in der westlichen Legion nicht möglich war, zu spät zum Bildungsunterricht oder zur Arbeit zu kommen, gab es auch keine Regeln zur Bestrafung. Ich hoffe nur, dass die Schüler hier genauso folgsam sind, wie sie es bei uns waren, damit ich nicht gezwungen bin, meine neue Aufgabe auch auszuüben.

Aus Langeweile sehe ich mich weiter in der Datei um. Für eine unpassende Antwort muss der Schüler sich eine zweistündige Dokumentation über die Geschichte der Legion ansehen. Für ein unangebrachtes Benehmen muss er sich dieselbe Dokumentation ansehen, jedoch im Erlebnismodus. Ich kenne diese Art des Sehens nur aus Erzählungen. Angeblich wird man dabei direkt in das Geschehen katapultiert und erlebt die Dokumentation praktisch am eigenen Körper mit. Schaudernd denke ich an die Vergewaltigungsszene aus dem Bildungsunterricht. Es war so schrecklich, dass ich gar nicht hinschauen wollte. Wie schlimm muss es dann erst im

Erlebnismodus sein? In dieser Version gibt es keine Möglichkeit zur Flucht.

Doch auch der Erlebnismodus erscheint mir noch beinahe harmlos. Für Widerworte muss der Schüler vierundzwanzig Stunden lang in eine ein Meter breite und ein Meter hohe Kammer gesteckt werden, um dort über sein Vergehen nachzudenken.

Kurz vor dem Ende meiner Arbeitszeit öffnen sich dann doch noch die Türen zu meinem Zimmer. Ich bete, dass es nichts Schlimmes ist. Ein C-ler hat einen etwa fünfzehnjährigen Jungen bei sich.

„C5472 meldet ein Vergehen des Schülers E6879. Er hat sich bei der Körperertüchtigung nicht genug Mühe gegeben.“

Bereits jetzt merke ich, dass mich diese Aufgabe völlig überfordert. Aber ich will nicht bereits jetzt aufgeben. A350 soll nicht direkt an meinem ersten Tag bestraft werden, sonst wird sie noch denken, dass ICH mir keine Mühe gebe.

„Was genau hat er getan?“, frage ich nach, um Zeit zu schinden, während ich im Computer bereits nach der geforderten Bestrafung suche.

„Die Schüler waren angewiesen, auf dem Laufband auf Stufe fünf zu trainieren, doch E6879 stellte das Programm absichtlich nur auf Stufe vier.“

„Es war keine Absicht, sondern ein Versehen!“, behauptet der Junge weinerlich.

„Das ist zusätzlich ein Widerspruch!“, schimpft der Kämpfer erbost.

Ich kenne die Strafe für Widersprüche bereits und beiße mir auf die Lippe. Für das nicht richtige Ausführen einer Übung im Bereich der körperlichen Ertüchtigung habe ich ebenfalls die passende

Bestrafung gefunden. Es tut mir weh, die Strafe auch aussprechen zu müssen. Dabei denke ich aber an meine Mutter und daran, dass es den Jungen nicht umbringen wird.

„Ich verurteile E6879 zu einem einstündigen Training auf Stufe sechs des Laufbandes. Danach soll er die Nacht in der Ruhekammer verbringen."

Der Junge reißt panisch die Augen auf. Offenbar hat er von der Ruhekammer schon gehört oder bereits Erfahrung damit gemacht. „Bitte nicht die Ruhekammer, ich laufe auch zwei Stunden auf dem Band oder auch drei in Stufe acht, aber bitte nicht die Ruhekammer", fleht er weinerlich.

„Du kennst die Strafe für Widerworte, also nehme mein Urteil mit Ehrfurcht an", maßregle ich ihn mit so strenger Stimme wie ich nur kann.

Ich sehe die Enttäuschung in seinen Augen. Aber da ist noch mehr, er verachtet mich. Er sieht in mir das Böse. Auch ich wurde als Kind häufig bestraft, aber nie gab ich dafür die Schuld der Legion, sondern immer mir selbst. Ich habe mich selbst dafür gehasst, dass ich es nicht geschafft habe, mich an die Regeln zu halten. Der Junge wird abgeführt und schon erklingt die Glocke, die das Ende der Arbeitszeit verkündet. Für heute habe ich es geschafft, doch erleichtert bin ich nicht. Denn der nächste Punkt steht mir erst noch bevor: Die Konferenz.

Zusammen mit den anderen Legionsführern, die in der Bildungsanstalt eingesetzt sind, fahre ich zum Legionsführerpalast. Ich lasse mich auf einen freien Platz neben WA233 nieder. Sie blickt mich erstaunt an, da dort sonst meine Mutter immer saß. „Wo ist WA350?", zischt sie mir zu.

„Weg", erwidere ich ausdruckslos und lasse meinen Blick zur Führungsebene wandern. Der Platz von W600 ist leer.

Doch links von der Führungsebene haben sich die Legionsführer der südlichen Legion eingefunden. Ich erkenne sie an ihrer leicht bräunlichen Haut, die auch Sharon hatte. Die Liveaufnahme aus der südlichen Legion ist ausgeschaltet. Die vierundzwanzig Stunden sind bereits um.

S300 eröffnet die Konferenz. „S300 begrüßt die Legion und vor allem unsere Verbündeten aus dem Süden, die sicher den Weg zu uns gefunden haben." Sie nickt den Neuen zu, die dankbar die Geste erwidern.

„Die Evakuierung konnte erfolgreich durchgeführt werden, dennoch habe ich traurige Nachrichten zu überbringen."

Sie macht eine dieser bedeutungsschweren Pausen, die ich von den Legionsführern bereits kenne und hasse.

„Unser Trupp mit den Bewohnern der Sicherheitszone wurde, kurz bevor sie unsere sicheren Mauern erreichten, von Rebellen überfallen. Sie schlachteten alle ab. Niemand hat überlebt."

Ich starre sie ungläubig an. Das ist nicht möglich! Sie muss lügen. Die Rebellen sind in der Explosion gestorben, und selbst wenn welche von ihnen überlebt haben, könnten sie unmöglich so schnell in die Nähe der Zentrallegion gelangt sein. Zudem wären sie zahlenmäßig weit unterlegen. Und sie würden niemals unschuldige Menschen töten.

Ich spüre, wie der Hass auf die Rebellen erneut bei den anderen Legionsführern aufkommt. Das kann ich nicht zulassen. Es sind doch alles nur Lügen.

„Wie ist es möglich, dass die Rebellen sich so schnell dort einfinden konnten? Als ich sie bei der westlichen Legion sah, wären sie viel zu wenige gewesen, um einen bewaffneten Trupp zu überfallen.“

Das Gemurmel verstummt und alle blicken skeptisch zu mir. Sie glauben mir nicht. Ich spüre es.

„Es sind nicht dieselben Rebellen, sondern welche aus dem Süden.“

Schon wieder eine Lüge! Sharon und Rebellen aus allen Himmelsrichtungen hatten sich im Westen versammelt. Sie hatten sich verbündet, um gemeinsam stärker als alleine zu sein.

„Das ist unmöglich. Ich habe die südlichen Rebellen mit eigenen Augen im Westen gesehen.“

W300 drängt S300 grob vom Mikrofon. „Was willst du damit sagen? Bezichtigst du uns der Lüge?!“

Die Schärfe in seiner Stimme ist unüberhörbar.

„Nein, das würde ich nie wagen“, rudere ich zurück bei dem Gedanken an meine Mutter. „Aber ich glaube, dass hier ein Missverständnis vorliegen muss.“

„Die Führungsebene würde keine Informationen bekannt geben, wenn sie sich derer nicht sicher wäre. Ein Missverständnis ist ausgeschlossen. Ich rate dir, in Zukunft deine Zunge zu hüten. Du verunsicherst andere und könntest ihnen damit schaden. Ich hoffe, du verstehst, was ich dir zu sagen versuche.“

Ich verstehe sehr deutlich. Er spielt auf WA350 an. Sollte ich noch ein Wort sagen, wird er sie dafür büßen lassen.

„Verzeiht mir“, entschuldige ich mich. Würde W600 mir helfen, wenn er da wäre? Oder habe ich sein Vertrauen verspielt? Es hilft alles nichts, da er nun mal nicht da ist. Also muss ich es wohl doch selbst versuchen.

„Was ist mit der Entscheidung, ein Überwachungsteam zur westlichen Legion zu schicken?“

S300 drängt nun ihrerseits W300 vom Rednerpult. „Die Entscheidung wird vertagt, solange wir nicht vollzählig sind. WA350 und W600 befinden sich zurzeit bedauerlicherweise auf der Krankenstation. Wir hoffen auf ihre baldige Genesung.“

Von wegen Krankenstation! Aber sie hat recht. Würden wir wieder abstimmen, würde das Ergebnis dieses Mal negativ ausfallen. Daran habe ich gar nicht gedacht.

Nach einer Woche habe ich unterschiedliche Heranwachsende fünfmal in die Ruhekammer schicken müssen, acht musste ich zum Nachsitzen verurteilen und dreizehn mussten sich die Dokumentation ansehen, jedoch nur einer davon im Erlebnismodus. Ich bin selbst erstaunt darüber, wie ‚ungehorsam‘ sich die Heranwachsenden hier benehmen. Wobei es im Grunde nur winzige Vergehen sind, denen unverhältnismäßig hohe Strafen gegenüberstehen. Jedes Mal, wenn sich die Tür zu meinem winzigen Büro öffnet, zucke ich erschrocken zusammen. Ich kann mittlerweile den Verurteilten nicht einmal mehr in die Augen schauen. Für jede Strafe, die ich aussprechen muss, verachte ich mich selbst. Ich weine jeden Abend und bin unfähig, Asha oder Iris den Grund dafür zu sagen.

Keine von ihnen kennt meine Aufgabe. Zu groß ist meine Angst vor ihrer Verachtung. Iris würde es vielleicht noch verstehen, aber Asha würde mich genauso sehr hassen wie ich mich selbst. In dieser Zeit bin ich froh darüber, dass es in der Legion keine Spiegel gibt, denn ich könnte mir nicht ins Gesicht blicken, genauso wenig wie Finn, wenn er noch leben würde.

Als sich an diesem Tag erneut die Türen zu meinem Büro öffnen, scheint mein Herz stehen zu bleiben. Sie haben Iris dabei und diese wirkt genauso geschockt darüber, mich hier zu sehen, wie ich sie. Normalerweise werden die Schüler von einem Kämpfer alleine zu mir gebracht, doch dieses Mal wird Iris von zwei C-lern bewacht und ihr folgen sechs weitere Heranwachsende sowie zwölf Kämpfer. Es sind so viele, dass ich zu ihnen hinaustreten muss. Irgendetwas Schreckliches muss passiert sein.

„Was ist vorgefallen?“, stoße ich erschüttert aus.

„WE701 hat einen Aufstand hervorgerufen. Sie hat die anderen Schüler aufgefordert, sich den Bildungsfilm nicht anzusehen, und die Legion als Lügner beschimpft.“

Erschüttert starre ich zu Iris. Warum hat sie das nur getan? Sie war doch immer brav und ich musste mir nie Sorgen um sie machen.

„Worum ging es in dem Bildungsfilm?“, frage ich mechanisch und suche verzweifelt nach einer Erklärung.

„Es ist der neuste Film der Legion über die Rebellen.“

Entsetzt reiße ich die Augen auf. Ich kann mir bildlich vorstellen, wie sie die Rebellen in diesem Film darstellen: Als Monster und als den Feind.

„Es sind alles Lügen", rechtfertigt sich Iris erneut, wobei Tränen über ihre Wangen laufen. Das Bedürfnis, sie an mich zu drücken und zu trösten, ist überwältigend. Panisch drehe ich ihr und den anderen den Rücken zu und kontrolliere meine Atmung. „Wartet hier", befehle ich und gehe auf wackligen Beinen zurück in mein Büro, um die Bestrafung für das Verbrechen herauszusuchen. Ich weiß schon jetzt, dass sie grausamer sein wird als alles, was ich bisher nachgeschlagen habe.

Ich weiß nicht einmal, was genau ich als Suchbegriff eingeben soll. Unruhe stiften? Lügen? Aufstand? Rebellion? Wenn ich Iris' Verbrechen zu harmlos betitele, werden sie meine Mutter bestrafen. Zumal Iris deshalb nicht ungeschoren davonkäme, sie würde ohnehin bestraft werden. Ich wähle das Wort, das vermutlich auch W300 an meiner Stelle genommen hätte: *Rebellion.*

Entsetzt reiße ich die Augen auf. Die Bestrafung ist barbarisch und völlig überzogen. Sie vertritt keinen einzigen Grundsatz der Legion. Wir sollten lange über so ein menschenunwürdiges Verhalten hinaus sein.

In einer ausweglosen Situation habe ich nun die Wahl. Wen lasse ich bestrafen? Iris, die sich in den Augen der Legion falsch benommen hat, aber in Wahrheit nur ihre Freunde verteidigen wollte und weitaus mehr Mut bewiesen hat als ich oder meine Mutter, die nur meinetwegen leiden muss?

Was würde Iris an meiner Stelle tun? Sie ist noch so jung, aber ich bin mir sicher, dass sie das Richtige tun würde. Und obwohl sich alles in mir dagegen wehrt, stehe ich auf und kehre zu den Wachen und Schülern zurück.

„Verständigt die Bildungsleitung", befehle ich einem der Wachen. „Alle Heranwachsenden sollen dabei sein und zusehen."

Iris blickt mich fragend an, aber ich senke meinen Blick zu Boden. Ich kann ihr nicht in die Augen sehen. Ich habe mich gegen sie entschieden.

Die Wachen führen Iris und die anderen Schüler in Richtung der Aula ab. Ich folge ihnen mit hängenden Schultern. Über die Lautsprecher höre ich meine veranlasste Durchsage: „Alle Heranwachsenden haben sich sofort in der Aula einzufinden."

Die Verurteilten werden auf die Bühne geführt. Einige der Jugendlichen weinen mittlerweile vor Angst. Ein Mädchen zittert so stark, dass ich selbst aus einigen Metern Entfernung hören kann, wie ihre Zähne aufeinander schlagen. Nur Iris weint nicht. Sie hält ihren Kopf hoch erhoben und zeigt keinen Moment der Schwäche. Ich bin so unglaublich stolz auf sie und verachte mich selbst dafür umso mehr.

Als sich die Türen der Aula erneut öffnen, strömen alle Heranwachsenden auf einmal herein. Sie nehmen, ohne zu trödeln, Platz und warten darauf, was als nächstes passiert.

Es ist in Sekundenschnelle totenstill. Während ich mich zuvor noch im Hintergrund gehalten habe, bin ich nun gezwungen, in die Mitte der Bühne an das Mikrofon zu treten. Ich hebe meinen Kopf und lasse meinen Blick über die Anwesenden wandern. Gerade will ich zu sprechen beginnen, da bemerke ich, wie eine weitere Person die Aula betritt, und verstumme.

Es ist W300. Natürlich. Er will sehen, wie ich meine Arbeit erledige, und hofft wahrscheinlich nur darauf, dass ich scheitere. Obwohl der Legion Gefühllosigkeit nachgesagt wird, glaube ich, dass er diesen Moment sehr genießt. Er ist ein Sadist.

„WA518 begrüßt die Anwesenden“, eröffne ich die Versammlung. „Bedauerlicherweise kam es heute zu einem Aufstand, der von diesen Heranwachsenden unterstützt und von WE701 angeführt wurde. Es ist erschreckend, dass es die Rebellion mittlerweile bis in unsere eigenen Reihen geschafft hat. Deshalb sehe ich mich gezwungen, den Widerstand bis zu seinem kleinsten Keim auszulöschen.“

Ich blicke W300 nun geradewegs in die Augen. Er wirkt enttäuscht.

„Ich verurteile die beteiligten Heranwachsenden zu fünf Peitschenhieben und die anführende WE701 zu zehn sowie alle zu einer Nacht in der Ruhekammer, um über ihre Tat nachzudenken.“

Ein erschrockenes Keuchen geht durch die Kinder und Jugendlichen. Sie wirken über die Maßnahme beinahe genauso geschockt wie ich. Es ist beruhigend zu wissen, dass das hier nicht zum Alltag gehört.

Die Verurteilten werden nun mit ihren Händen an Stühle gefesselt. Mittlerweile weinen sie alle, bis auf Iris. Diese starrt mich unablässig an. Offenbar will sie, dass ich ihr in die Augen sehe, während sie meine Bestrafung ertragen muss, aber das kann ich nicht. Ich will es nicht einmal hören. Wenn ich könnte, würde ich mir die Hände auf die Ohren pressen. Ich bin ein Feigling! Die Legion hat es wieder einmal geschafft. Sie erpressen mich. In der westlichen

Legion war es Finn und dieses Mal ist es meine Mutter. Es ist immer wieder das gleiche Spiel und jedes Mal tue ich ihnen den Gefallen und spiele mit. Ich mache es ihnen verdammt leicht, mich zu besiegen.

Plötzlich ertönt W300s Stimme. „Die Kämpfer warten auf deinen Befehl, WA518.“ Ich fahre erschrocken auf. Mit Absicht habe ich mich so sehr in meine Gedanken hineingesteigert, dass ich so wenig wie möglich von der Bestrafung mitbekomme. Irritiert blicke ich zu den Wachen. Sie stehen, mit ihren geladenen Lasern bewaffnet, hinter der Schülern. Es ist an mir, ihnen das Startsignal zu geben.

„Fangt an“, stoße ich aus. Meine Stimme ist so leise und zittrig, dass ich mich selbst kaum verstehe, aber den Kämpfern genügt es. Ich höre, wie die Laser durch die Luft zischen und auf der weichen Kinderhaut aufschlagen. Das Schreien brennt sich in meine Ohren und ich ziehe mich panisch in meine Gedankenwelt zurück. Die letzten Worte meiner Mutter hallen mir durch den Kopf: *„Ich glaube an dich.“* Was hat sie damit gemeint? Dass ich mich der Legion anpassen werde oder dass ich es schaffen werde, meinen eigenen Weg zu gehen. Auch schon in der westlichen Legion hat sie mich immer dafür gelobt, dass ich es gewagt habe, aus der Masse hervorzustechen. Sie mochte meinen Widerstand und meine Fähigkeit zum selbstständigen Denken. Wäre sie vielleicht sogar enttäuscht, wenn sie sehen würde, wie ich mich jetzt füge? Es gab eine Zeit, da haben wir auf derselben Seite gekämpft. Nicht nur ich wollte eine bessere Welt, sondern auch sie. Wir wollten beide, dass die Rebellen und die Legion in

Frieden zusammenleben. Sie hat die Menschen der Sicherheitszone fast genauso sehr geliebt wie ich selbst. Sie wollte, dass ich die Zentrallegion zum Besseren wende. Sie wollte, dass ich kämpfe, aber nicht mit Waffen und Gewalt, sondern mit Worten.

Ich habe meine Mutter in den letzten Tagen so sehr verachtet, dass ich nicht mehr daran gedacht habe, wie sie wirklich ist. Sie ist nicht der schlechte Mensch, den ich aus Enttäuschung in ihr sehen wollte. Sie ist gut und das war sie schon immer. Sie ist gütig. Sie würde das hier niemals wollen. Sie würde es selbst niemals durchführen.

Wie vom Donner gerührt, fahre ich aus meinen Gedanken und schreie aus vollem Hals „Stopp!“, bevor der nächste Peitschenhieb die Schüler treffen kann. Ich stelle mich direkt vor Iris, deren Rücken bereits zwei dicke Striemen verunstalten.

„Diese Art von Bestrafung ist falsch! Es ist barbarisch und die Legion ist lange darüber hinaus! Wir sind besser als das.“

Ich blicke flehend zu W300 empor, aber meine Worte lösen genau das Gegenteil aus. Er kommt wutentbrannt auf die Bühne zugestürmt.

„Was glaubst du, tust du da? Habe ich mich nicht deutlich genug ausgedrückt?“

„Ich habe alles getan, was von mir gefordert wurde, aber ich weigere mich, diese Tat zu unterstützen. Es ist gegen die Regeln der Legion.“

W300 beginnt hysterisch zu lachen. „Falsch! Genau das steht in den Regeln. Hast du es nicht selbst nachgelesen?“

„Die Regeln sind falsch! Sie sind veraltet und menschenunwürdig. Sie sind nicht der Zeit angemessen. Es sind Strafen aus der Zeit vor dem zweiten Weltkrieg."

W300s Faust landet auf meiner rechten Wange und stößt mich zu Boden. „Halt deinen Mund!"

Er wendet sich an die verblüfften Wachen. „Schafft die Heranwachsenden hier raus!" Zwei von ihnen winkt er jedoch zu sich. „Nehmt WA518 gefangen und folgt mir."

Während die Wachen mich auf die Beine ziehen, beugt er sich dicht an mein Ohr und zischt: „Deine arme Mutter wird bitter dafür büßen."

Ich fühle, wie mir jegliche Farbe aus dem Gesicht weicht. Er weiß, dass WA350 meine Mutter ist. Obwohl ich mich vor der Bestrafung fürchte, weiß ich, dass sie es verstehen wird, wenn ich es ihr erkläre. Ich habe sie gehasst und verurteilt, aber diese Situation macht mir deutlich, dass ich ihr nach wie vor vertrauen kann.

Wehrlos lasse ich mich von den Wachen hinter W300 her schleifen. Wir fahren jedoch nicht zum Legionsführerpalast, wie ich es erwartet hätte, sondern zu einem anderen Gebäude, dass ich bisher kaum wahrgenommen habe, weil es von außen sehr unscheinbar aussieht. Es ist eines der kleinsten Gebäude der Stadt. Nach außen wirkt es wie ein Wohnhaus, doch im Inneren führt ein einziger Fahrstuhl in zehn verschiedene unterirdische Stockwerke. Wir halten im zweiten.

Als wir den Aufzug verlassen, erkenne ich, dass es sich um eine Art Gefängnis handeln muss. Eine Zelle reiht sich hier an die andere. Sie sind nur durch Gitterstäbe voneinander getrennt. In jeder Zelle sitzt jeweils nur ein Insasse. Sie tragen die unterschiedlichsten Farben, egal ob das Braun der D-

Klassifizierten oder das strahlende Weiß der Legionsführer. Offenbar halten sich viele nicht an die Regeln und landen deshalb früher oder später hier. Wenigstens bringt die Legion ihre Widersacher nicht um, sondern schließt sie nur weg. Wobei die Frage ist, was davon auf längere Sicht schlimmer ist? Ein Leben in ewiger Gefangenschaft oder der Tod und die darauffolgende Freiheit?

In der Mitte des Gangs halten wir an. Meine Mutter schnellt sofort nach vorne an die Zellentür, als sie uns erblickt.

„Was ist passiert?“, stößt sie besorgt aus, als sie meine rote Wange sieht.

Bevor W300 ihr eine Lüge auftischen kann, schreie ich los: „Sie wollten, dass ich die Heranwachsenden auspeitsche.“

Der nächste Schlag von W300 trifft mich an der Lippe und ich sacke erneut zusammen, wobei Blut auf meinen weißen Anzug tropft.

„Lass sie in Ruhe!“, schreit WA350 und rüttelt wütend an den Gitterstäben.

„Ich konnte es nicht“, setze ich meine Rede fort und blicke meiner Mutter dabei entschuldigend in die Augen. Doch sie hat kein Gehör für mich, sondern hat sich völlig auf W300 fixiert. Sie wirkt so aufgebracht, wie ich sie zuvor noch nie erlebt habe. Es ist fast, als würde sie unter Strom stehen.

„Haltet sie fest!“, befiehlt W300 und die Wachen öffnen die Tür zu WA350s Zelle. Sie packen sie an ihren Handgelenken und drehen sie mit dem Rücken zu uns. Mit einem heftigen Ruck reißt W300 ihr den Stoff von den Schultern, sodass ihre schneeweiße Haut vor uns blank liegt.

Sofort rappele ich mich auf die Beine und schmeiße mich vor meine Mutter. „Das lasse ich nicht zu! Bestraf mich, wenn du jemandem wehtun willst!“

„Cleo, geh weg!“, schreit meine Mutter genauso panisch wie ich.

Der Peitschenhieb des Lasers trifft mich unerwartet auf der Wange und raubt mir das Bewusstsein. Der Schmerz ist überwältigend und zwingt mich in die Knie. Ich spüre, wie ich unter den Armen gepackt und fortgezerrt werde. Den nächsten Hieb kann ich zwar hören, aber weder spüren noch sehen. Doch es folgt kein Schrei. Ich ringe um mein Bewusstsein und zwinge mich, die Augen zu öffnen. In dem Moment trifft der zweite Peitschenschlag auf den Rücken meiner Mutter, doch sie schreit immer noch nicht. Ich versuche mich erneut loszureißen, doch die beiden Wächter des Gefängnisses halten mich fest zwischen sich gefangen. Ich habe keine Chance und keine Kraft. Mutlos lasse ich mich zu Boden sinken und beginne zu weinen wie ein kleines Kind. Warum bin ich nur so verdammt schwach? Sowohl Iris als auch meine Mutter leiden meinetwegen. Finn befand sich meinetwegen in der Gefangenschaft der Legion. Ich bringe den Menschen, die ich liebe, nur Unglück, während ich selbst danebenstehe und weine. Meine Tränen helfen niemandem und mir selbst am wenigsten.

Als W300 fertig mit meiner Mutter ist, gleicht ihr Rücken einem Schlachtfeld. Blut sickert aus allen Striemen und färbt den unteren Teil ihres Anzugs rot. Sie zittert am ganzen Körper, als sie sie wie ein Stück Dreck zu Boden fallen lassen. Auf meinen Knien krabbele ich zu ihr und nehme ihren Kopf in meine Hände. Ich streichele über ihr dunklen Haarstoppeln. Sie sind von derselben Farbe, wie mein Haar bei den Rebellen war. Im Gefängnis ist es egal, wie die Insassen aussehen. Niemand kümmert sich um ihre Haare oder ihre Augenfarbe. WA350 hält ihre Augen geschlossen, auf ihren Lippen liegt jedoch ein Lächeln. „Du hast das Richtige getan“, flüstert sie schwach.

W300s Hand schließt sich brutal um meinen Oberarm und er reißt mich von meiner Mutter fort. Ich will bei ihr bleiben. Ich will nicht zurück und weiter seine Marionette spielen.

„Ich hoffe, das ist dir eine Lehre“, brüllt er mir zufrieden entgegen.

Zur Antwort spucke ich ihm ins Gesicht.

Geschockt lässt er meinen Arm los, sodass ich zurücktaumele. Die beiden Wachen kommen ihm sofort zur Hilfe und halten mich fest. W300 wischt sich meine Spucke mit dem Handrücken aus dem Gesicht, bevor er mit seinem Fuß ausholt und meiner Mutter einen heftigen Tritt in den Magen verpasst. Dieses Mal schreit sie vor Schmerz laut auf.

Ich trete um mich. „Du widerlicher Mistkerl! Ich werde mich an dir rächen. Wenn die Legion brennt, wirst du der Erste sein, der in Flammen steht.“

W300 baut sich direkt vor mir auf und blickt bedrohlich auf mich hinab. „Was hast du da gesagt?“

„Du hast mich deutlich verstanden. Ich werde dich töten mit meinen eigenen Händen.“

„Willst du mir etwa drohen?“

„Nein, denn für eine Warnung ist es zu spät. Das ist ein Versprechen!“

16. Finn

In der Einsamkeit und Finsternis halten Finn einzig seine Erinnerungen am Leben. Sie umhüllen ihn wie einen Mantel. Mal ist es das Gefühl der Geborgenheit, das nur eine Mutter vermitteln kann, die ihr Kind in den Armen wiegt. Es ist ein Gefühl der frühen Kindheit, an das man sich nicht bewusst erinnert, aber trotzdem weiß, wie es sich angefühlt hat. Er kann dabei den unverkennbaren Geruch von Maggies sonnengebräunter Haut riechen und spürt ihre weichen braunen Locken über sein Gesicht streichen.

Ein anderes Mal ist es Zoes glockengleiches Lachen. Sie kann sich über Kleinigkeiten freuen wie niemand sonst. Ihr Lachen kommt direkt aus ihrem Bauch heraus und steckt jeden unmittelbar an. Sie war immer fröhlich, selbst wenn es keinen Grund gab, über den man sich hätte freuen können. Tief in seinem Unterbewusstsein fragt sich Finn, ob seine Schwester je wieder so sein wird, vorausgesetzt, dass sie überhaupt noch lebt.

Die Erinnerungen an Cleo kommen nicht so leicht und selbstverständlich wie die an seine Mutter und Schwester. Er muss sie sich bewusst in den Kopf rufen und fest daran denken, um sich in die gemeinsamen Momente zurückversetzen zu können. Zudem ist ihm aufgefallen, dass Cleos Gesichtszüge immer unschärfer werden. Manchmal hat er das Gefühl, sich gar nicht mehr richtig erinnern zu können. Natürlich weiß er noch, dass ihre natürliche Augenfarbe genauso braun wie ihr Haar ist. Er weiß auch, dass sie volle Lippen und eine schmale Nase hat, aber er kann die Feinheiten ihres Gesichts nicht mehr vor sich sehen. Er kann nicht rekonstruieren, wie es sich bei Freude, Angst oder Überraschung verändert. Ihre einzelnen Emotionen sind wie Fotografien eingefangen. Sie bewegen sich nicht, sondern sind für die Ewigkeit eingefroren. Er versucht sich vorzustellen, wie sie ihn anlächeln würde, wenn er ihr über das kurze Haar streicht, aber er bemerkt dabei jedes Mal, dass irgendetwas nicht stimmt. Ihre gemeinsame Zeit war viel zu kurz. Sie hatten nie eine wirkliche Chance. Und alles, was ihr von ihm bleiben wird, ist sein Verrat. Denn er hat mittlerweile keinen Zweifel mehr daran, dass er hier sterben wird. Nur die Frage WIE steht noch offen. Er kann nicht genau sagen, seit wann er schon in diesem Loch sitzt, aber er schätzt, dass es bereits eine Woche sein muss. Denn einmal am Tag lassen ihm die Fremden einen Eimer mit Wasser runter. Zu essen gibt es nichts.

Doch der Hunger ist nicht das Schlimmste, auch nicht der Gestank der Knochen und seiner eigenen Exkremente. Selbst die Dunkelheit ist zu ertragen. Das, was ihn wirklich wahnsinnig werden lässt, ist die Einsamkeit. Selbst die Gesellschaft von A566 wäre eine Erlösung. Er könnte ihn beschimpfen, verprügeln und ihm an allem die Schuld geben. Alles wäre besser, als alleine mit den eigenen Gedanken zu sein.

Plötzlich öffnet sich die Falltür erneut. Offenbar ist es wieder Zeit für seine tägliche Wasserration. Er hebt träge den Blick und kann nur die Umrisse von drei Personen gegen das Licht der untergehenden Sonne erkennen. Dieses Mal wird der Eimer nicht nach oben gezogen.

Einer der Fremden sagt etwas zu ihm, doch Finn kann nichts verstehen. Er ist sich nicht einmal sicher, ob man überhaupt mit ihm gesprochen hat.

Im nächsten Moment springt einer von ihnen zu ihm in das Loch und tritt mit dem Fuß gegen sein Bein.

„Steh auf!“

Die Stimme ist rau und klingt wie bei jemandem, der sich Mühe gibt, in einer fremden Sprache zu sprechen. Irritiert starrt Finn zu dem Mann empor. Hat er wirklich zu ihm gesagt, dass er aufstehen soll, oder spielt seine Fantasie ihm einen Streich? Bisher hatte er nicht das Gefühl, dass die Fremden auch nur ein Wort von dem verstehen, was er ihnen zu sagen versucht hat.

Der Mann starrt wartend auf ihn hinab. Vorsichtig zieht sich Finn an der Wand in die Höhe. Doch dem Wesen scheint es zu lange zu dauern, denn er packt ihn grob unter den Armen und hebt ihn in die Höhe. Er ist deutlich größer als jeder Mensch, den Finn kennt, sodass er bereits halb aus dem Loch schaut und nun von einem anderen auf den Boden außerhalb des Verlieses gezerrt wird. Der Fremde steigt ohne Hilfe aus dem Loch und schmeißt mit einem Ruck hinter sich die Falltür zu. Er packt Finn erneut am Arm und zerrt ihn auf die Beine.

„Was habt ihr vor?“, krächzt Finn mit heiserer Stimme. Sie scheint in der Woche eingerostet zu sein.

Er erhält keine Antwort. Hat das Wesen wirklich mit ihm gesprochen? Sie treiben ihn nur wenige Meter vorwärts, bis sie erneut eine Falltür im Sandboden freilegen. Ohne in vorzuwarnen, stoßen sie Finn hinab. Er stolpert und landet mit einem Aufschrei auf seinen Knien. Die Fremden landen neben ihm auf ihren Füßen, wobei der Boden unter ihm erbebt. Es ist dunkel, aber der Schein eines Feuers spendet ein schwaches Licht. Befinden sie sich nun wieder in dem Raum, in dem er das erste Mal zu sich gekommen ist? Er hört verschiedene Stimmen, die eine Art Grunzen von sich geben. Es ist jedenfalls keine menschliche Sprache.

Die drei zerren ihn mit sich durch den schmalen Gang, in dem sie selbst kaum Platz haben, sodass Finn immer wieder gegen die raue Felswand stößt. Steine und Wurzeln reißen ihm die Haut an den Armen auf, aber er spürt keinen Schmerz. Adrenalin schießt durch seine Venen und er ist plötzlich hellwach. Ist das der Tag, an dem er sterben wird?

Hinter der nächsten Abbiegung treten sie tatsächlich in den ihm bereits bekannten runden Raum mit dem großen Lagerfeuer. Dieses Mal liegt er jedoch nicht verlassen da, sondern ist so voll, dass Finn vor Schreck zurückweicht. Es sind mehr als dreißig der Fremden anwesend. Alle übermenschlich groß, schmutzig und vor allem entstellt. Sie sehen aus wie die Monster einer Horrorgeschichte. Er kann nicht einmal sagen, ob sich auch Frauen unter ihnen befinden. Sie sehen alle in gewisser Weise gleich aus. Doch plötzlich erstarrt er. An der hintersten Wand kauern vier winzige Gestalten am Boden. Panik ist in ihre Gesichter geschrieben. Für Finn gibt es kein Halten mehr. Er hastet los und bahnt sich wie ein Wiesel einen Weg durch die Ungeheuer, bevor er vor seiner Schwester auf die Knie sinkt. Er küsst sie auf die Stirn, die Wangen und streichelt ihr ungläubig über das Gesicht, während Zoe schluchzend zu weinen beginnt. Sie lebt, genau wie Clyde, Pep und Devon. Im nächsten Moment wird Finn im Nacken gepackt und geschüttelt wie ein ungehorsamer Hund. Sein Entführer steht hinter ihm und schleudert ihn praktisch auf die anderen Gefangenen. Clydes Ellbogen stößt hart gegen Finns Augenbraue. Während Finn die Orientierung verloren hat, drücken ihn die Fremden zu Boden und fesseln ihn, wie die anderen, mit den Händen an einen der Eisenringe, die aus der Wand ragen.

Nun befindet sich Finn zwischen Zoe und Clyde.

„Geht es dir gut?“, zischt er seiner Schwester besorgt zu.

Sie verzieht ihr Gesicht zu einem mitleidigen Lächeln. „Ich lebe noch...“

„… was man von James nicht behaupten kann“, fügt Pep hinzu.

„Was ist passiert?“, fragt Finn.

„Das, was uns wohl allen bevorsteht“, knurrt Zoe.

„Sie haben ihn geschlachtet“, erklärt Devon.

„Habt ihr das gesehen?“

Zoe senkt den Blick, während Pep und Clyde den Kopf schütteln.

„Ich schon“, erwidert Devon ausdruckslos. „Als nächstes stehe ich auf ihrer Speisekarte.“

„Das weißt du doch gar nicht“, faucht Zoe.

„Ich bin am längsten von uns da“, beharrt Devon.

„Das hat sie auch nicht daran gehindert, die Sizos vor dir zu essen.“

„Welche Sizos?“, fragt Finn verwirrt.

„Vor etwa drei Tagen haben sie sich fünf Sizos geschnappt und alle auf einmal umgebracht“, erklärt ihm seine Schwester und fügt hinzu: „Sie haben uns gezwungen zuzusehen. Deshalb sind wir auch heute hier. Wie lange haben sie dich schon?“

„Etwa eine Woche.“

„Also eine Woche umsonst gehofft“, sagt Zoe deprimiert.

„Sie war der festen Überzeugung, dass du uns retten würdest“, sagt Clyde entschuldigend an Finn gewandt.

Obwohl Finn sich selbst noch vor wenigen Minuten sicher gewesen war, dass er hier den Tod finden würde, spürte er nun neue Hoffnung in sich aufsteigen. „Wir werden fliehen. Zusammen schaffen wir das.“

„Wie denn? Sie halten uns getrennt voneinander gefangen und hier sind wir ihnen zahlenmäßig weit unterlegen, zumal sie um einiges stärker sind als wir.“

„Uns wird schon etwas einfallen“, beharrt Finn. „Sprechen sie unsere Sprache?“

„Wenn sie wollen“, antwortet Pep.

Also hat Finn sich doch nicht getäuscht. Sie verstehen jedes Wort, was er sagt. In dem Moment tritt eines der Wesen auf sie zu und drückt Devon mit den Schultern zu Boden, wobei es mit bloßen Klauen dessen Fesseln durchreißt und ihn mit sich nimmt. Devon wehrt sich nicht einmal, dafür beginnt Zoe jedoch leise zu wimmern und Pep und Clyde blicken sich hilflos an. Sie sind gefesselt, und wenn sie auch nur einen Ton von sich geben, sind sie als nächstes dran. Doch Finn hat noch nicht miterleben müssen, was sie gesehen haben. Er reißt an seinen Fesseln und beginnt laut zu schreien: „Lasst ihn in Ruhe!“

Niemand beachtet ihn. „Ihr Monster! Wie könnt ihr ihn nur essen?“

Es ist sinnlos. Niemand hört ihm zu.

Devon wird derweilen mit Händen und Füßen auf einer Art Tisch festgebunden. Einer der Fremden beginnt, ein scharfes Metallstück an einem Stein zu schleifen, während ein anderer eine Blechschüssel in das Lagerfeuer schiebt. Der Geruch deutet erstaunlicherweise auf Rüben hin.

Mit einem lauten Knall schlägt das Metallstück auf dem Tisch auf und trennt Devons Kopf von seinem Körper. Zoe beginnt summend vor und zurück zu wippen, während Clyde ausdruckslos zu Boden starrt. Pep hingegen beobachtet das Schauspiel der Monster. Finn ist fassungslos und fängt an, wie wild zu schreien. Zwar hatte er bereits damit gerechnet, aber es auch noch tatsächlich mitansehen zu müssen, ist mehr, als er verarbeiten kann.

„Unmenschen!"

Ein einziges Wesen dreht sich zu ihm herum. Finn bemerkt es zum ersten Mal. Es ist kleiner als die anderen. Ein Buckel bedeckt seinen Rücken und die Finger einer Hand sind zusammengewachsen wie die Schwimmhäute bei einem Frosch. Über sein gesamtes Gesicht zieht sich quer eine wulstige feuerrote Narbe. Seine Augen ähneln sowohl in der Form als auch in der Farbe denen einer Wildkatze.

„Wir haben Hunger", sagt es leise mit einer erstaunlich hellen Stimme. Erst jetzt bemerkt Finn die langen Wimpern und das lange pechschwarze Haar, welches in einem Zopf zurückgebunden ist. Offenbar handelt es sich um eine Frau.

Er hatte nicht mit einer Antwort gerechnet, sodass er im ersten Augenblick sprachlos ist. „Ihr müsst aber keine Menschen essen. Ihr habt doch Rüben!", ruft er anklagend aus.

„Nicht immer. Lange Zeit gab es nichts. Wir waren alleine."

Versucht sie ihm damit zu sagen, dass sie sogar einander gegessen haben?

Doch bevor er noch etwas erwidern kann, dringt ein Grunzen durch den Raum in ihre Richtung. Erschrocken fährt das weibliche Wesen zusammen und kehrt ihnen den Rücken zu. Einer der anderen blickt wütend in ihre Richtung und zieht mit der Hand über seine Kehle. Diese Geste versteht Finn auch ohne Worte.

Abschätzend betrachtet er den Rücken des Wesens. Ist sie vielleicht ihre Schwachstelle?

Devons Körper wird in Stücke geschnitten und an die Anwesenden verteilt. Nichts bleibt von ihm übrig, nicht einmal der Kopf. Es ist, als hätte er nie existiert. Doch obwohl er komplett verzehrt wird, reicht sein Fleisch nicht für alle. Ein paar der Fremden gehen leer aus. Eine von ihnen ist das weibliche Wesen. Ist es eine bewusste Entscheidung? Hat sie vielleicht aufgehört, das Fleisch zu essen?

Aus dem Augenwinkel bemerkt Finn, dass er nicht der Einzige ist, der sie beobachtet. Pep starrt ebenfalls nachdenklich zu ihr hin. Doch als einer der abgenagten Knochen vor ihn fällt, tut er etwas sowohl Unerwartetes als auch Entsetzliches. Er greift wie ein Tier mit den Zähnen nach dem Knochen und beginnt, an den letzten Fleischresten zu nagen.

Finn kann seinen Augen kaum glauben und spürt Galle aufsteigen. „Pep, was tust du da?“, ruft er angewidert aus.

Sein Verhalten bleibt auch von den Fremden nicht unbemerkt. Sie starren erstaunt zu ihnen und mustern Pep. Dieser zuckt nur unschuldig mit den Schultern, während er sich über die Lippen leckt. „Was denn? Ich habe Hunger!“, ruft er aus, so als ob er gerade die Reste von einem Schweinebraten verzehrt hätte.

Erstaunlicherweise erhebt sich einer der Männer vom Feuer und tritt mit einer Schüssel, in der sich eine Mischung aus Devons Blut und Rübenbrühe befindet, vor Pep. Er stellt die Schale, die aus einem Blechstück geformt wurde, vor Pep.

Dieser beginnt sofort hemmungslos zu trinken. Der Fremde fängt an zu lachen. Offenbar gefällt ihm Peps Verhalten. Auch die anderen beginnen zu johlen. Sie werden jedoch von einem lauten Rumpeln unterbrochen. Jemand ist durch die Falltür gekommen. Es folgt ein wütendes Schimpfen. Finn erkennt die Stimme, noch bevor er sie sieht. Sie strotzt vor Selbstbewusstsein und Mut. Eines der Wesen tritt mit Ruby im Schlepptau ein.

Er schleudert sie von seinen Schultern direkt vor Finns Schoß.

Als Ruby zu ihm aufblickt, verstummt sie augenblicklich.

Der Fremde, der mit ihr gekommen ist, beginnt mit den anderen zu reden. Jedoch versteht Finn nichts davon. Ihre Sprache setzt sich aus verschiedenen Handzeichen und gegrunzten Lauten zusammen. Plötzlich dreht sich das weibliche Wesen erstaunt zu ihnen um und starrt Ruby beinahe bewundernd an. Finn blickt ihr in die gelben Augen. „Was haben sie gesagt?"

„Nix. Sie lügen!", erwidert Ruby sofort, obwohl sie sicher genauso wenig versteht wie Finn.

Das Wesen zögert und blickt zu den anderen, doch niemand scheint sie zu beachten, stattdessen amüsieren sie sich anscheinend köstlich über die Geschichte.

„Sie haben gesagt, dass die Frau darum gefleht hat, mitgenommen zu werden. Sie ist die Letzte von euch, die übrig geblieben ist."

Verwirrt wendet sich Finn an Ruby. „Was soll das heißen?"

„Die anderen sind weitergezogen", gesteht sie, ohne ihn anzusehen. Stattdessen fixiert sie einen Punkt hinter ihm an der Wand.

„Ohne uns?", ruft Zoe fassungslos aus.

„Sie hatten keine andere Wahl. Unser Benzin reicht ohnehin nicht mehr und das Essen ist aufgebraucht", verteidigt Ruby sie, wobei sie Zoe nicht in die Augen blicken kann.

„Sie haben uns aufgegeben", stellt Pep fest, wobei ihm die Reste seines Essens noch am Kinn kleben.

„Und was tust du dann noch hier?", stellt Finn Ruby zur Rede.

Wieder wendet sie den Blick ab. „Ich konnte nicht gehen."

Sie verstummt, doch dann fügt sie kaum hörbar hinzu. „Nicht ohne dich."

17. Cleo

Als ich in der Bildungsanstalt eintreffe, werde ich bereits von zwei Wachen erwartet. Offenbar reicht eine für mich alleine nicht mehr aus.

„W300 hat befohlen, dass du ab heute eine neue Arbeit beaufsichtigen wirst. Folge uns!"

Es hat mich schon gewundert, dass er nicht bereits am letzten Abend damit gekommen ist. Wahrscheinlich war er von meiner Drohung zu verärgert, um daran zu denken. Auch einen Tag später meine ich es noch völlig ernst. Es ist nicht so, dass ich vorhätte, ihn jetzt umzubringen, aber ich werde so lange warten, bis meine Zeit gekommen ist, und dann wird er büßen. Ich weiß nicht, wie lange es dauern wird, aber ich kann warten. Egal, ob es nun Tage, Wochen oder Monate sind. Zu Jahren werde ich es nicht kommen lassen.

Überraschenderweise steigen wir nicht in ein Flugmobil, sondern gehen zu Fuß. Nach wenigen Metern klärt sich, warum. Denn nur fünf Häuser von der Bildungsanstalt entfernt betreten wir ein tiefschwarzes Gebäude. Es hat weder Fenster, noch strahlt uns Licht aus seinem Inneren entgegen. Mir wird etwas mulmig zu Mute, als wir eintreten. Was hat sich W300 dieses Mal für mich ausgedacht?

Das Innere des Gebäudes wird nur von wenigen Leuchtstäben erhellt. Ein schmaler Gang führt zu einer Treppe, die uns nach unten führt. Ein fauliger Geruch schlägt mir entgegen. Je tiefer wir gehen, umso stärker wird er, bis es so schlimm ist, dass ich mir die Hand vor Mund und Nase halte. Ein immer lauter werdendes Plätschern ist zu hören. Ein Fluss in der Wüste?

Schließlich sehe ich durch das schwache Licht, dass wir bald das Ende des Tunnels erreichen. Als wir aus der Öffnung treten, stürze ich beinahe in das stinkende Wasser, doch einer der Wachen hält mich an der Schulter zurück. Tatsächlich fließt hier unten ein reißender Fluss. Er ist schwärzer als die Nacht und sein Rauschen so laut, dass ich kaum das Wort der Wachen verstehe.

„Deine neue Aufgabe ist es, den Abfluss zu beobachten. Sobald du Gegenstände darin entdeckst, musst du versuchen, sie rauszufischen." Er drückt mir einen Stab mit einem Netz am Ende in die Hand.

Ich blicke mich um, doch es gibt hier unten niemanden außer mir. „Bin ich hier die Einzige?"

Einer der Wachen schüttelt den Kopf. „Nein, aber du bewachst den Endlauf. Vor dir gibt es noch andere Stationen."

Also ist die Chance, tatsächlich einen Gegenstand in der Brühe zu entdecken, sehr gering. Für mich bedeutet das, dass ich die Tage im Dunkeln verbringen werde. Es ist kaum besser, als tatsächlich im Gefängnis bei WA350 zu sitzen. Wobei ich dort wenigstens nicht alleine wäre.

Die Wache blickt mich an, als sei ich schwer von Begriff. „Hast du verstanden, was ich dir gerade gesagt habe?"

Zur Bestätigung nicke ich. Selbst den Wachen muss bewusst sein, dass ich das unterste Glied in der Kette der Legionsführer darstelle.

„Sobald deine Arbeit beendet ist, leuchtet hier oben", er deutet an die Decke, „ein grünes Licht auf. Du darfst den Tunnel auf keinen Fall früher verlassen!"

Wieder nicke ich gehorsam und die beiden Wachen gehen. Kaum, dass sie verschwunden sind, lasse ich mich gegen die feuchte Steinwand sinken. Mittlerweile ist der Geruch nicht mehr ganz so stark, da ich mich wohl daran gewöhnt habe. Ich mache mir gar nicht erst die Mühe, in den Fluss zu starren. Diese Aufgabe dient ohnehin nur meiner Bestrafung, aber so kann ich meiner Mutter wenigstens nicht schaden. Es gibt nichts, was ich bei diesem Job falsch machen könnte. Ich schließe die Augen und träume mich an einen schöneren Ort. In Gedanken versuche ich mich an den Geruch des Sees bei den Rebellen zu erinnern. Er roch ein bisschen wie das Moos im Wald und der Tau am frühen Morgen. Ich weiß noch genau, wie die Wellen mich zum ersten Mal an meinen nackten Füßen kitzelten. Oder wie der Wind sanft um meinen Körper strich, als ich wieder aus dem See auftauchte. Aber am besten erinnere ich mich an Finn. Ich kann ihn mit seinem honigblonden Haar vor mir sehen. Feine Wassertropfen perlen von seinen Haarspitzen und laufen an seinen himmelblauen Augen vorbei über seine Wange bis zu seinem schönen Mund. Einmal hat er die Zunge rausgestreckt und so einen Tropfen aufgefangen. Damals spürte ich zum ersten Mal das Verlangen in mir, ihn zu küssen, doch ich konnte es nicht deuten, so wie die meisten Gefühle. Wenn ich die Zeit noch einmal zurückdrehen könnte, würde ich alles noch einmal genauso machen. Egal, was auch aus mir werden wird, die Wochen mit Finn sind die schönsten in meinem Leben. Zum ersten Mal habe ich wahrhaftig gelebt. Zu lieben und wieder geliebt zu werden, ist das größte Glück der Erde. Es ist wie ein Wunder, dass ich zu den Glücklichen zähle, die es erfahren durften.

Ich lege meinen Handrücken gegen meinen Mund und versuche mir vorzustellen, dass es Finns weiche Lippen sind, die die meinen berühren. Sein Geruch nach Sonne, Sand und Tannennadeln liegt mir in der Nase. Die Erinnerungen an ihn sind so überwältigend, dass ich ihn beinahe vor mir spüren kann, solange ich nicht die Augen öffne.

Es ist schön, sich einfach in eine Traumwelt fallen zu lassen. Wenn ich an Finn denke, kann ich alles andere um mich herum ausblenden. Ich vergesse Raum und Zeit.

Plötzlich packt mich jemand grob an den Schultern und reißt mich in die Höhe. Ich schnappe nach Luft und blicke verwirrt um mich. Offenbar bin ich tatsächlich eingeschlafen. Angsterfüllt schaue ich in das Gesicht eines Kämpfers. Hinter ihm reihen sich fünf weitere auf.

„Was ist passiert?“, stoße ich aus.

„WA518, dir wird vorgeworfen, W300 ermordet zu haben.“

Fassungslos starre ich ihn an. W300 ist tot? Eigentlich sollte ich mich darüber freuen, doch der Schock ist zu groß. Wie soll ich ihn umgebracht haben, wo ich die ganze Zeit hier unten festsaß.

„Aber ich war die ganze Zeit hier…“, stoße ich verwirrt aus.

„Er wurde bereits in der Nacht getötet. Ich bitte dich, uns widerstandslos zu folgen.“

Sofort nicke ich, doch der Griff des Kämpfers lockert sich nicht. Er schiebt mich, patrouilliert von den anderen Wachen, durch den schmalen Gang, hinauf an die Oberfläche. Der Geruch von Teer und Desinfektionsmitteln kitzelt mich in der Nase, als wir auf die Straße treten. Mir ist zuvor nie aufgefallen, dass es hier so riecht. Vor dem Gebäude wartet bereits ein Flugschiff auf uns, das uns vor dem Legionsführerpalast absetzt.

Ich werde geradewegs in den Konferenzsaal geführt. Alle Legionsführer sind bereits da. Dieses Mal darf ich jedoch nicht meinen Platz bei den anderen westlichen Führern einnehmen, sondern werde in der Mitte des Saals hart auf einen Stuhl gedrückt. Überraschenderweise sitzen Asha und Iris direkt neben mir. Während Ashas Gesichtszüge wie zu Stein erstarrt sind, wirkt Iris verängstigt.

„Was macht ihr hier?", zische ich ihnen zu.

„Dasselbe wie du", entgegnet Asha kalt. Ihnen wird auch der Mord an W300 vorgeworfen?

Die Wachen positionieren sich hinter uns dreien und N300 tritt an das Mikrofon. Er blickt anklagend auf uns hinab.

„Heute Morgen wurde unser geachteter Anführer W300 tot in seinem Bett aufgefunden. Er wurde in der Nacht heimtückisch erwürgt."

Ein erschrockenes Raunen geht durch die Menge hinter uns. Ich versuche mich umzudrehen, um einen Blick zu erhaschen, doch einer der Kämpfer drückt meinen Kopf sofort wieder nach vorne.

„Am Vorabend übernahm W300 die Aufgabe, WA518 für ihr wiederholtes ungehorsames Verhalten zu bestrafen. Dabei drohte sie ihm, ihn zu töten."

Die Menge schreit fassungslos auf. Ich höre, wie sie mich beschimpfen.

„Verräterin!"

„Mörderin!"

„Monster!“

Ich fühle mich verpflichtet, etwas zu sagen. „Ich habe ihm gedroht…“

N300 unterbricht mich sofort. „Niemand hat dir erlaubt zu sprechen!“

Er deutet auf Asha und Iris. „Das sind Verbündete der Verräterin! Beide haben sich schon rebellisch verhalten, ohne dafür bestraft zu werden. Wir ließen Milde aufgrund ihrer Unwissenheit walten. Das ist ihr Dank! W300 musste dafür sein Leben lassen!“

„Das ist nicht wahr!“, schreie ich aus vollem Halse, aber meine Stimme geht in dem Geschrei der Menge unter. Ich blicke verzweifelt zu meinen beiden Freundinnen, aber Asha ignoriert mich völlig und Iris weint panisch, wobei sie immer wieder den Kopf schüttelt.

„Es gibt keine Beweise!“, rufe ich zu unserer Verteidigung aus.

„Ist es denn nicht wahr, dass du als Legionsführerin die Türen eures Schlafzimmers jederzeit selbstständig öffnen kannst?“

„Doch, aber…“

„Ist es nicht wahr, dass die beiden Mitangeklagten sich dieses Zimmer mit dir teilen?“

„Doch, aber wir haben es nicht verlassen.“ Der letzte Teil meines Satzes geht in dem wütenden Geschrei unter.

„Tötet sie!“ oder harmloser „Deklassifizierung!“ höre ich die Menschen hinter mir schreien.

Plötzlich ertönt eine Stimme aus einem Mikrofon von der rechten Seite. Es ist die Seite, in der die ehemals westliche Legion sitzt. Ich drehe meinen Kopf und sehe, dass WA233 sich erhoben hat.

„Ich kenne WA518…“ Trotz des Mikrofons kommt sie nicht gegen den wütenden Mob an. „Hört mich an!“, schreit sie aufgebracht und blickt auffordernd zu den Mitgliedern der Führungsebene. Es dauert einen Moment, aber dann hebt N300 die Hände und gebietet so den anderen Legionsführern Einhalt.

WA233 fährt fort: „Ich kenne WA518 und weiß, dass sie oft etwas befremdliche Ansichten vertritt, aber sie ist kein Feind der Legion. Sie hat in der westlichen Legion viel Positives bewirkt und ich schwöre bei meiner Ehre als Legionsführerin, dass sie niemals einen der Unseren ermorden würde.“

Bei ihren Worten wird es erstaunlicherweise still im Konferenzsaal. Ich selbst bin überrascht von ihrem Einsatz. Sie war immer fair zu mir, aber jetzt scheint sie die Rolle meiner Mutter, die nicht anwesend ist, zu übernehmen.

„Gibt es Kameraaufnahmen, die zeigen, wie WA518 die Räume von W300 betritt?“, fragt sie weiter an die Führungsebene gewandt.

„Die Räume der Führungsebene sind nicht videoüberwacht“, erklärt N300 kurz.

„Wie könnt ihr euch dann so sicher sein, dass WA518 die Tat begangen hat? Eine ausgesprochene Drohung ist noch lange keine Tat.“

„Es gibt keinen anderen Verdächtigen“, antwortet S300 nun aufgebracht. „Sie muss es getan haben.“

„In der alten Welt gab es einen Richtspruch, der besagte, *im Zweifel für den Angeklagten*.“

„Wir können W300s Tod nicht ungesühnt lassen“, schimpft S300 aufgebracht.

„Niemand verlangt das! Aber es wäre falsch, einen Unschuldigen zu verurteilen. Lasst uns darüber abstimmen, um sicher zu sein, dass es der Wille der Mehrheit ist."

Ich blicke bewundernd zu WA233. Selbst hier in der Zentrallegion, in der sie genauso fremd ist wie ich, strahlt sie eine ungebrochene Autorität aus.

Die Führungsebene beratschlagt sich kurz, bevor sie auf WA233s Vorschlag eingeht. „Wer dafür ist, WA518 zu bestrafen, der hebe seine Hand."

Da ich nicht hinter mich blicken kann, bekomme ich nichts von dem Ergebnis mit und muss so auf die Zusammenfassung der Führungsebene warten.

„Das Urteil wurde abgelehnt", erklärt N300 und ich höre Iris erleichtert aufatmen. Asha bleibt weiterhin still. Fast scheint es mir, als wäre es ihr egal gewesen zu sterben. Ich schaue sie von der Seite an. Sie reagiert nicht auf meinen Blick. Ist es möglich, dass sie zu Recht auf der Anklagebank sitzt? Sie kennt den Code für die Tür und sie hasst die Legion nach wie vor. Sie hat bereits A566 im Kampf fast umgebracht und hätte auch ohne weiteres den Tod von W600 in Kauf genommen. Nachdem ich ihr davon erzählt habe, was W300 meiner Mutter und den Kindern angetan hat, war sie außer sich vor Wut. Würde das reichen, um sie zu einem Mord zu drängen? Sicher! Aber würde sie wortlos dabei zusehen, wie Iris und ich mit ihr verurteilt werden? Ich will es nicht glauben.

Ein Räuspern reißt mich aus meinen Gedanken. Links von dem Pult der Führungsebene hat sich ein junger Mann erhoben. Über seinem rechten Auge zieht sich eine hellrosafarbene Narbe und sein Gesicht ist von gelbgrünen Flecken übersät. Es ist W600. Er ist zurück.

„Es steht noch eine Entscheidung an. Wir sollten über die Nachforschung in der westlichen Legion abstimmen."

Die Führungsebene wirkt erbost über seinen Vorschlag. „W300 ist erst heute von uns gegangen, die Abstimmung hat Zeit."

„W300s Tod ändert nichts an der Bedrohung durch die Rebellen. Wenn wir nicht Nachforschungen über ihren Verbleib anstellen, werden bald sehr viele von uns zu Tode kommen. Es ist unsere Pflicht gegenüber den unteren Klassifizierungen. Wir sind für ihre Sicherheit verantwortlich."

„Nun gut, wer für eine Nachforschung ist, hebe nun die Hand", sagt S300, wobei sie selbst ihre Hand hebt, genau wie O300. N300s Hand bleibt weiterhin unten.

Nach mir endlos erscheinenden Sekunden räuspert sich S300. „Die Legion hat sich gegen eine Nachforschung entschieden mit einer Stimme Vorsprung. Die Entscheidung ist somit gefallen."

S300 wendet sich bereits zum Gehen, doch W600 meldet sich erneut zu Wort. „Nicht so schnell. Wir sind nicht vollzählig. WA350 ist nicht anwesend. Beim letzten Mal hat sie für eine Nachforschung gestimmt. Das würde einen Gleichstand bedeuten."

„Dann sollten wir die Entscheidung bis zu ihrer Rückkehr vertagen."

W600 blickt zu mir. In seinem Blick kann ich keine Verachtung erkennen. „WA518 wurde freigesprochen und hat somit das Recht, an der Abstimmung teilzunehmen. Ihre Stimme ist entscheidend. WA518, bist du für eine Nachforschung?"

Ich lächele ihm entgegen. Obwohl er schwer enttäuscht von mir und den aufsässigen D-Klassifizierten sein muss, setzt er sich weiter für meine Wünsche ein. „Ja, das bin ich“, erwidere ich, ohne zu zögern, und blicke gespannt zu den drei verbliebenen Führungsmitgliedern.

Sie sehen sich ratlos an und beginnen, miteinander zu tuscheln. Sie selbst stehen nun nicht länger im Zwiespalt, da sowohl O300 als auch S300 für eine Nachforschung sind. W300 ist tot und somit steht N300 mit seinem Widerspruch alleine da.

S300 wendet sich erneut dem Mikrofon zu. „Die Führungsebene stimmt einer Nachforschung zu. Am nächsten Morgen wird ein Hubschrauber sich auf den Weg zur ehemaligen westlichen Legion machen. Bereits am Abend werden wir über ausreichendes Bildmaterial verfügen. Die Konferenz ist hiermit beendet.“

Sobald sich die Kämpfer hinter mir entfernen, springe ich auf und renne zu W600. Er scheint mich bereits erwartet zu haben, denn er ist als einziger zukünftiger Zentralführer sitzen geblieben.

„Wie geht es dir?“, frage ich leicht besorgt.

„Es wird jeden Tag besser“, lächelt er mir entgegen, doch dann blickt er betrübt zu Boden. „Ich hatte gehofft, du würdest mich auf der Krankenstation besuchen.“

Seine Worte überraschen mich. Ich hätte nicht gedacht, dass er mich überhaupt jemals wiedersehen wollen würde, nach dem, was vorgefallen ist. „Der Aufstand gegen dich war meine Schuld. Ich wusste nicht, dass die Arbeiter so reagieren würden. Aber man hat mich dennoch versetzt.“

„Ich weiß", erwidert er schlicht. „Ich habe dich heute Morgen bereits vermisst."

„Ich arbeite jetzt in der Endstation des Abflusssystems."

Er hebt überrascht eine Augenbraue. „Das ist aber eine harte Bestrafung."

„Es war nicht nur deshalb, sondern auch, weil ich W300 bedroht habe, nachdem ich mich geweigert habe, Heranwachsende zu bestrafen."

Ein Lächeln tritt auf seine Lippen. „Du lässt dir von niemandem etwas sagen, oder?"

Überrascht starre ich ihn an. „Ich versuche, mich so gut es geht an die Regeln zu halten, aber …"

Er winkt ab. „Du brauchst dich nicht zu rechtfertigen. Ich bewundere dich dafür!"

18. Finn

Ruby sitzt mit dem Rücken zu Finn. Ihre Hände wurden aneinander gebunden. Obwohl Finn jetzt nicht mehr alleine ist, fühlt sich Rubys Anwesenheit eigenartig an. Er kann ihre Atmung an seinem Rücken spüren, genau wie sie seine. Sie sind einander näher als je zuvor, aber gerade das bereitet ihm Unbehagen. Er hatte schon in den letzten Tagen vor seiner Entführung das Gefühl, dass ihr an ihm mehr liegt als an den anderen. Doch es war leicht, es abzutun und aus seinen Gedanken zu verdrängen. Die knallharte Ruby verliebt sich doch nicht! Und schon gar nicht in ihn, den zehn Jahre jüngeren Finn. Wobei das Alter für ihn keine Rolle spielt. Aber Cleo spielt für ihn eine Rolle! Er mag Ruby, er bewundert sie und er wünscht ihr, dass sie glücklich ist. Er wünscht ihr jemanden, der sie zum Lachen bringt und die harte Schale zum Schmelzen. Aber er kann und will nicht dieser jemand sein. Finn versucht, nicht einmal daran zu denken, was wäre, wenn es Cleo nicht gäbe. Oder was wäre, wenn er sie nie wiedersehen würde. Ruby ist die stärkste und mutigste Frau, die er kennt, und er will nicht der Mann sein, der ihr das Herz bricht.

Sie ist still, doch ihr Herzschlag scheint zu rasen. Erwartet sie, dass er etwas erwidert? Sie hat nicht direkt gesagt, dass sie ihn liebt, aber offenbar ist sie als Einzige zurückgeblieben und das nur seinetwegen. Kommt das einem ‚Ich liebe dich' nicht sehr nahe? Cleo war die Erste, der er diese Worte sagen konnte. Obwohl es vor ihr andere gab, hatte er es nie geschafft, eine engere Bindung zu ihnen aufzubauen. Die drohende Gefahr der Legion stand zu jeder Zeit im Mittelpunkt. Es waren Rebellinnen der anderen Legionen, die er bei den Schwarzmärkten kennengelernt hatte. Eine von ihnen hatte er sogar für wenige Wochen in den Süden begleitet, nur um dort festzustellen, dass er nicht bereit war, das Leben einer anderen Person über sein eigenes zu stellen. Er war wortlos verschwunden und hatte sie nie wieder gesehen. Auch jetzt war sie nicht bei den anderen dabei. Vermutlich war sie tot.

Finn war das Schweigen leid. Die Stille zwischen zwei Menschen ist unerträglich, wenn nichtgesagte Worte eine Mauer zwischen ihnen bilden.

„Seit wann sind die anderen weg?"

Er spürt und hört sie aufatmen. „Nicht lange. Sie sind erst heute Morgen aufgebrochen."

„Was haben sie vor?"

„Sie haben das Benzin aus allen Fahrzeugen gesammelt und benutzen es jetzt nur noch für einen Geländewagen. Damit transportieren sie die Sachen. Aber sie selbst gehen zu Fuß."

„Was ist mit den Sizos? Sind sie mitgegangen?"

„Die meisten schon, aber einige mussten sie zwingen."

„Sie hätten sie dalassen sollen", knurrt Finn.

Obwohl er Ruby nicht sehen kann, weiß er, dass sie bei ihren nächsten Worten grinst. „Plötzlich so unsozial?"

„Sie hatten genug Zeit, um sich zu entscheiden, ob sie leben oder sterben wollen."

„Was würde Cleo dazu sagen?", zieht ihn Ruby boshaft auf. Sie ist sich bewusst darüber, dass sie ihm damit einen Stich versetzt. Vielleicht will sie ihm so zeigen, dass die Sizos immer zwischen ihm und Cleo stehen werden.

„Sie hätte sie niemals zurückgelassen und sie würde für meinen Spruch mindestens zwei Tage nicht mit mir reden, aber dann würden wir uns wieder vertragen.“

„Du meinst wohl, du würdest dich bei ihr entschuldigen“, korrigiert ihn Ruby abfällig.

„Kann schon sein. Aber so ist das, wenn man liebt.“

„Nur, wenn man die Falsche liebt.“

Finn wüsste einiges, was er darauf erwidern könnte. Zum Beispiel, dass es langweilig ist, wenn Liebende immer einer Meinung sind. Oder, dass er an Cleo besonders ihren eigenen Willen liebt. Sie ergänzen sich perfekt. Wenn sie zu schwach ist, gibt er ihr Stärke. Und wenn er zu hart ist, erweichen ihre selbstlosen Worte sein Herz. Er liebt selbst die Streitereien mit ihr, so sind sie sich immerhin näher gekommen. Aber er sagt nichts von alldem.

Stattdessen wechselt er das Thema: „Was ist mit meiner Mutter? Ist sie mitgegangen?“

„Sie hat natürlich dagegen gestimmt, euch aufzugeben, aber sie wusste auch, dass sie alleine nichts ausrichten kann. Du darfst es ihr nicht übel nehmen. Sie war zwei Jahre eine Gefangene und jetzt kann sie ihre Freiheit nicht kampflos aufgeben.“

Finn weiß nicht, ob er seiner Mutter vorwirft, dass sie gegangen ist. Es ist ohne Zweifel das Richtige. Aber irgendwie hat er wohl erwartet, dass sie, genau wie Ruby, bleiben würde. Doch auch Paul und die anderen enttäuschen ihn. Er würde niemals ohne sie gehen, solange er nicht mit eigenen Augen ihre Leichen gesehen hätte.

„War es eine knappe Entscheidung?“

„Warum quälst du dich und mich damit? Es ist, wie es ist, und deine Fragen ändern nichts daran“, faucht Ruby plötzlich.

Finn verstummt sofort und die Stille breitet sich erneut aus. Dieses Mal ist er nicht bereit, den ersten Schritt zu machen. Er wird schweigen, egal wie lange es dauert. Obwohl seine Beine bereits angewinkelt sind, rutscht er noch ein Stückchen näher an die Wand, soweit wie möglich weg von Ruby. Nur ihre Hände berühren sich durch die Fesseln weiterhin. Er lässt seinen Kopf auf die Knie sinken und schließt die Augen. Den Geruch von Verwesung nimmt er bereits seit Tagen nicht mehr wahr. Wahrscheinlich riecht er selbst schon danach.

Auch wenn er es nie zugeben würde, beruhigt ihn Rubys Anwesenheit. Und zum ersten Mal seit seiner Entführung schafft er es tatsächlich bewusst einzuschlafen. Doch sein Schlaf ist nur von kurzer Dauer, denn bereits Minuten später weckt ihn Ruby wieder.

„Hörst du das?“, flüstert sie in die Stille.

Finn lauscht, aber er kann nichts hören. „Nein, was denn?“, erwidert er genervt.

„Musik“, haucht Ruby und rutscht mit dem Rücken näher an ihn.

Finn schließt erneut die Augen und hält den Atem an. Tatsächlich! Leise Klänge dringen durch den Boden zu ihnen hindurch. Es hört sich fast nach einer Gitarre an. Es ist eine traurige Melodie. Schwer und klagend. Auch wenn es sich völlig anders anhört als das, was er von Pep gewohnt ist, weiß Finn, dass es kein anderer sein kann.

„Pep“, sagt er leise zur Erklärung.

„Er ist bei den Mutanten geblieben“, fügt Ruby hinzu.

Mutanten nennt sie die Wesen also. Er kam nie auf die Idee, aber vielleicht ist es passend. Sie sind stärker und größer als normale Menschen und scheinen all die Jahre hier draußen überlebt zu haben. Ihre Verformungen könnten Folgen der radioaktiven Strahlung sein. Wie alt mögen sie wohl sein? Wenn sie bereits zur Zeit des Dritten Weltkriegs gelebt haben, müssten die meisten von ihnen schon um die hundert Jahre alt sein. Keiner von ihnen wirkt so alt.

„Sie machen sich lustig über ihn“, fährt Ruby fort.

„Ich kann nicht verstehen, wie er sich ihnen anschließen konnte.“

„Ich schon“, erwidert sie leise, während beide seinem Gitarrenspiel lauschen.

Überrascht dreht Finn seinen Kopf in ihre Richtung. „Er hat Devons Blut getrunken.“

„Er versucht zu überleben. Du weißt, dass er der Nächste auf ihrer Liste wäre.“

„Lieber würde ich sterben, als das Blut meiner Freunde zu trinken.“

„Devon ist tot, ihm ist es egal, was nun mit seinem Körper passiert. Und wenn es Pep das Leben rettet, hätte er sicher nichts dagegen.“

„Es ist abartig!“

„Die ganze Welt ist absurd!“

„Es liegt in unseren Händen, was wir daraus machen.“

„Oh, Weltverbesserer Finn“, zieht ihn Ruby verächtlich auf. „Manchmal hörst du dich schon an wie *sie*. DAS ist abartig!“

Finn wusste immer, dass Ruby Cleo nicht leiden kann, aber so deutlich hat sie es noch nie gesagt.

„Wir sind eben doch nicht immer unterschiedlicher Meinung."

„Falsch! Du passt dich ihr an. Du bist nicht besser als Pep."

„Das kannst du doch gar nicht vergleichen!" Komischerweise ist es ihm nicht egal, was Ruby von ihm hält.

„Stimmt. Pep tut es, um zu überleben, und du bist einfach nur blind."

Finn schüttelt wütend den Kopf. Wie kann sie so etwas nur behaupten? Sie verdreht sich die Tatsachen, wie es ihr gefällt. Sie ist doch nur eifersüchtig. Fast bereut er es, dass er sich am Vortag noch Gesellschaft gewünscht hat. Auf Ruby und ihre Lügen könnte er gerade gut verzichten.

Natürlich könnte er jetzt wieder von ihr wegrutschen, aber das wäre albern, zumal das Loch sie ohnehin aneinander drängt. Also bleibt er auf der Stelle sitzen und lauscht weiter Peps Spiel. Tut er ihm unrecht, wenn er ihn für sein Verhalten verurteilt? Es ist ja nicht so, als hätte er Devon umgebracht.

Finn sitzt zwischen seiner Schwester und Ruby an die Wand gekettet. Obwohl er sich natürlich freut, dass Zoe weiterhin am Leben ist, beunruhigt es ihn, dass die Mutanten sie wieder aus ihren Löchern geholt haben. Das letzte Mal haben sie Devon umgebracht. Wer ist es dieses Mal?

Pep wohl kaum. Denn dieser sitzt mittlerweile ohne Ketten zwischen den Monstern und zupft tatsächlich auf den Saiten eines Gegenstandes, der entfernt an eine Gitarre erinnert. Das Mutantenmädchen sitzt neben ihm und lauscht mit geschlossenen Augen seinem Spiel. Man könnte fast

Mitleid mit ihr bekommen. Sie wirkt völlig friedlich, so als könne sie keinem Menschen etwas zuleide tun. Aber Finn weiß es besser. Sie muss das Fleisch vieler Hundert gegessen haben, um überhaupt noch am Leben zu sein.

Offenbar bemerkt sie seinen Blick und schaut beinahe ängstlich in seine Richtung. Sie sagt etwas zu Pep, woraufhin er in die Richtung der gefangenen Rebellen blickt. Doch er wagt es nicht, einem von ihnen in die Augen zu sehen, und schaut schnell wieder weg.

Zoe hingegen zittert am ganzen Körper. Sie ist als Nächste dran. Ihr Gesicht wirkt eingefallen und unter ihren Augen haben sich dunkle Schatten gebildet.

„Dir passiert nichts", flüstert Finn ihr beruhigend zu und stupst sie leicht mit der Schulter an.

„Was willst du tun? Du bist genauso gefesselt wie ich", zischt sie erbost.

Aber nicht nur Zoe, sondern auch die Mutanten wirken heute unruhig. Es sind deutlich weniger als beim letzten Mal. Die Anwesenden laufen angespannt um das Feuer oder fauchen einander wie Tiere an. Es wirkt fast so, als würden sie auf etwas warten.

Clyde, der Pep und dem Mutantenmädchen am nächsten sitzt, räuspert sich vorsichtig und starrt in ihre Richtung.

Erschrocken fährt das Mädchen erneut herum.

„Stimmt irgendetwas nicht?", fragt Clyde, so als wäre es völlig normal, dass sie hier als lebende Nahrungsmittel sitzen und auf ihren Tod warten.

„Die Jäger sind spät dran“, erwidert die Mutantin zögerlich, wobei sie stets darauf achtet, dass niemand sieht, wie sie mit Clyde spricht.

Das ist neu. Offenbar sind die Mutanten in verschiedenen Gruppen organisiert. Finn sieht sich nach seinem Entführer um. Er ist nicht da. Also wohl auch ein Jäger.

„Waren sie auf der Jagd nach den restlichen Rebellen?“, erkundigt sich Clyde weiter. Finn bewundert ihn dafür, dass er in dieser Situation einen ruhigen Kopf bewahren kann. Das muss wohl an seiner Erziehung in der Legion liegen. Er ist darauf trainiert, schwierige Situationen zu meistern. Ruby ist zwar deutlich ruhiger als Zoe und Finn, aber selbst sie kann ihre panischen Blicke nicht verbergen.

Das Mädchen seufzt leise. „Ich darf nicht mit euch reden.“

„Sie wollen sich so viele wie möglich schnappen, bevor sie weiterziehen“, antwortet Pep für sie, wofür er einen entsetzten Blick von der Mutantin erntet.

„Du hast mir versprochen, es nicht weiterzusagen“, klagt sie ihn vorwurfsvoll an.

„Ich habe gelogen. Du darfst mir nicht trauen“, erwidert Pep kalt, woraufhin sich das Mädchen verletzt erhebt und ihn alleine zurücklässt.

„Wann sind sie aufgebrochen?“, hakt Clyde weiter nach.

„Vor Stunden. Sonst jagen sie nie in einer großen Gruppe und greifen auch keine Menschenmassen an. Sie haben sich zuvor darüber gestritten, ob sie es überhaupt riskieren sollen.“

Ein dunkler Schatten fällt auf Peps Gesicht. Vor ihm hat sich einer der Mutanten aufgebaut. Bereits im nächsten Moment trifft seine Faust Pep mitten im

Gesicht. Er schlägt mit dem Kopf gegen die Felswand und jault vor Schmerz auf wie ein verletztes Tier.

„NICHT REDEN!“, schreit der Mutant, wobei er die Silben ungewöhnlich betont.

Derselbe Mutant wendet sich nun den Rebellen zu und greift hinter Zoe, um sie loszuschneiden. Zoe beginnt sofort zu weinen und wild um sich zu treten. Doch der Mutant wirkt immun gegen ihre verzweifelten Schläge. Er wirft sie sich einfach über die Schulter und trägt sie zu der Steinplatte, auf der sie bereits Devon geschlachtet haben.

Finn, Clyde und Ruby werfen sich gleichermaßen gegen ihre Fesseln, zwecklos.

„Nehmt mich!“, schreit Finn immer wieder, ohne jedoch erhört zu werden.

Sobald Zoe an Händen und Füßen festgeschnürt ist, wimmert sie nur noch leise. „Bitte nicht!“

Die Mutanten beginnen, das Beil zu schleifen, während sich das Mädchen die Hände auf die Ohren presst. Sie kann Zoes Geschrei nicht ertragen.

„Nehmt uns beide anstatt ihr!“, schreit nun Clyde und spricht für sich und Finn.

„Nehmt uns!“, bekräftigt Finn den Vorschlag.

Aber die Mutanten beachten sie gar nicht. Einer von ihnen stellt sich nun mit erhobenem Beil vor Zoe.

„Bitte, ich bin schwanger!“, keucht diese in einem letzten verzweifelten Versuch. Keiner von ihnen erwartet, dass es irgendetwas ändert, doch überraschenderweise hält der Mutant inne und starrt sie misstrauisch an.

Er lässt das Stahlstück sinken und mustert Zoe skeptisch, dann deutet er mit seinen Fingerstumpen auf ihren Bauch. „Kind?“, fragt er ungläubig und Zoe nickt unter Tränen.

Im nächsten Moment packt der Mutant grob das Mädchen bei der Schulter und schleift sie vor den Tisch. Sie starrt ihn ängstlich an. Er grunzt einen Befehl in ihre Richtung und sie beugt sich über Zoe.

„Ich muss deinen Bauch freilegen“, erklärt sie behutsam und schiebt Zoes grünen Pullover nach oben, sodass ihr nackter Bauch zu sehen ist. Tatsächlich ist bereits eine kleine Wölbung zu erkennen.

Danach tut sie etwas Ungewöhnliches. Denn sie streift sich ihr schwarzes Haar hinter die winzigen Ohren und legt ihren Kopf auf Zoes Bauch. Sie schließt die Augen und alle verstummen augenblicklich. Wenige Sekunden später reißt das Mädchen ihren Kopf in die Höhe, so als hätte sie sich verbrannt.

„Ein Wunder!“, keucht sie geschockt und zeigt mit zittrigen Fingern auf Zoes nackten Bauch. „Es lebt!“

Die Mutanten brechen in lauten Freudenjubel aus und klatschen sich gegenseitig auf die Schultern. Zoe kann sich darüber jedoch nicht freuen. Ganz im Gegenteil, ihr macht dieser plötzliche Stimmungsumschwung Angst. Was hat das zu bedeuten?

„Warum freut ihr euch?“, fragt sie mit zittriger Stimme das Mädchen.

„Das ist das erste Kind seit dem Weltuntergang.“

Verständnislos starrt Zoe sie an. Weltuntergang? Meint sie etwa den Dritten Weltkrieg?

„Wie alt bist du?“, stößt sie ungläubig hervor.

Das Mädchen erstarrt und jegliche Freude verschwindet aus ihren Gesichtszügen. „Ich bin die Jüngste und einhundertsechszehn. Als der Krieg ausbrach, war ich geradenmal fünfzehn Jahre alt."

Das ist unglaublich! Zoe und die anderen können gar nicht fassen, was sie da gerade erfahren haben. Doch bereits im nächsten Moment wird Zoe von ihren Fesseln befreit und erhält einen Platz an dem großen Lagerfeuer. Sie ist verschont und zum ersten Mal wagt es Zoe, eine Hand auf ihren Bauch zu legen. Das Kind, das sie so sehr hasst und verabscheut, hat ihr das Leben gerettet.

Doch das bedeutet gleichzeitig, dass nun ein anderer den Hunger der Mutanten stillen muss. Sie wenden sich bereits Clyde zu, als ein lautes Gepolter zu hören ist. Die Jäger sind zurückgekehrt und haben Beute mitgebracht. Es sind fünfzehn Sizos, die sie wie Vieh vor sich her in die Tiefe treiben.

Der Mutant lässt Clyde sofort mit den Worten „Legionäre" links liegen. Zwei der Sizos werden direkt auf den Stein gespannt, während die anderen bei den Rebellen festgebunden werden. Weder Finn noch ein anderer versteht ihr Handeln. Sie scheinen Unterschiede zwischen den Rebellen und den Sizos zu machen.

Zoe wendet sich an Pep, der sich neben sie gesetzt hat. „Warum töten sie die Sizos vor uns?"

„Die Legionäre haben uns ausgesperrt und verhungern lassen", antwortet ihr das Mutantenmädchen stattdessen. Zum ersten Mal flammt auch in ihren Augen der Hass auf. Vielleicht ist das ihre Chance.

19. Cleo

Obwohl ich von dem Vorwurf, W300 ermordet zu haben, fürs erste freigesprochen wurde, ist meine Aufgabe als Legionsführerin die gleiche geblieben: Die Überwachung des Endabflusses.

Während es mir am Vortag leicht fiel, mich in meine Gedankenwelt zurückzuziehen, zähle ich heute die Sekunden. Ich kann kaum erwarten, die Aufnahmen aus dem Hubschrauber zu sehen. Ich versuche zwar mir einzureden, dass sie nichts als eine verlassene Wüstenlandschaft mit den verbrannten Ruinen der westlichen Legion zeigen werden, aber ich spüre deutlich, wie die Flamme der Hoffnung in mir brennt. Ich bin machtlos dagegen. Doch die nächste Frage ist, was würde ich tun, wenn die Rebellen tatsächlich noch leben? Ich kann unmöglich von hier fliehen und selbst wenn, wäre ich dann nur ein weiteres Maul, das es zu stopfen gilt. Hier bin ich ihnen weit nützlicher als in der Wüste. Aber vielleicht könnte ich Verbündete finden, so wie Asha es bereits von Anfang an versucht.

Der Gedanke an Asha löst ein ungutes Gefühl in mir aus. Ich habe sie nicht auf den Mord an W300 angesprochen. Zwar hatte ich es vor, aber als wir dann alleine in unserem Zimmer saßen, habe ich keinen Ton herausgebracht. Obwohl wir keinen Streit mehr hatten, herrscht Schweigen zwischen uns. Ich weiß, dass sie von mir erwartet, mich mehr gegen die Zentrallegion aufzulehnen, aber ich habe Angst davor. Immerhin haben sie meine Mutter. Warum versteht Asha das nicht? Vielleicht kann sie es nicht verstehen, weil sie keine Mutter hat, genauso wenig wie Iris. Ich selbst habe die meiste Zeit meines

Lebens auch keine gehabt und mich auch nie danach gesehnt, bis ich Grace und Emily kennenlernte. Ich habe den behütenden Blick gesehen, mit dem Grace auf ihre Tochter hinabschaut, und es hat etwas in meinem Inneren für immer verändert. WA350 wird niemals wie Grace sein und ich werde sie nie mit der bedingungslosen Liebe von Emily ansehen können, aber dennoch verbindet uns mehr als die Vergangenheit in der Legion.

Doch es beruhigt mich zu wissen, dass Finn an meiner Stelle nicht anders handeln würde. Er würde niemals das Leben seiner Mutter oder das von Zoe aufs Spiel setzen. Immer wenn ich an Finn denke, spüre ich, wie die Zweifel an mir nagen. Ich versuche, es zu ignorieren, aber ich kann nicht vergessen, wie er vor dem Hubschrauber stand und hinter mir die Tür zuschlug. Wir hatten davor miteinander geschlafen und einander unsere Liebe gestanden. Trotzdem hat er sich für die Rebellen und gegen mich entschieden. Er wollte lieber mit ihnen sterben, als mit mir in der Zentrallegion leben. Heißt das, dass er sie mehr liebt als mich? Und wenn, kann ich es ihm verübeln? Sie sind seine Familie und ich… Was bin ich für ihn?

Asha hat mir vorgeworfen, dass ich ihn mehr als jeden anderen Menschen lieben würde. Stimmt es? Ich kenne Clyde weitaus länger als Finn, aber ‚kennen‘ ist dafür der falsche Ausdruck. Wir haben vor meiner Zeit bei den Rebellen kaum ein Wort miteinander gewechselt. Nur weil ich mit Menschen jahrelang dieselben Räume geteilt habe, bedeutet das noch lange nicht, dass ich sie wirklich kenne. Es war wie unter Fremden aufzuwachsen. Obwohl die

Legion von Menschen überbevölkert war, bin ich stets allein gewesen.

Die traurige Wahrheit ist, dass ich niemanden besser als Finn kenne, und selbst er ist für mich oft ein großes Fragezeichen. Er steht für mich für all das, was im Leben erstrebenswert ist: Liebe, Freundschaft und vor allem Freiheit. Wenn er mit mir gekommen wäre, hätte er sich gegen seine Freiheit entschieden und dann wäre er wohl nicht mehr derselbe. Würde ich ihn dann trotzdem noch lieben?

Ich hasse diese Zweifel und wünschte, ich könnte Finn sehen, um sie auszulöschen. Nur eine Minute mit ihm und ich könnte mir wieder sicher sein.

Es kommt mir wie Tage vor, als endlich das grüne Licht über meinem Kopf aufleuchtet. Sofort rappele ich mich hoch und stürme über die Treppen an die Oberfläche. Vor dem Eingang zu den Kanälen steige ich schnell in das nächste Flugschiff. Die anderen Klassifizierten halten Abstand zu mir, sei es wegen meines Status´ als Legionsführerin oder wegen des abscheulichen Geruchs, den ich verströmen muss. Sie verlassen das Flugschiff an der Station zu den Schlafunterkünften, sodass ich alleine weiter zu dem Palast der Legionsführer fahre. Die Empfangshalle liegt verlassen da und ich nehme den nächsten Aufzug zu den Konferenzräumen. Dort angekommen stelle ich fest, dass alle anderen bereits vor mir eingetroffen sind. Ich bin gezwungen, mir einen Weg zu dem Sitzbereich der westlichen Legionsführer zu bahnen. Dabei merke ich deutlich, wie die anderen sich angewidert von mir abwenden. Mein Geruch muss unerträglich sein. Selbst WA233 rückt ein Stück von mir weg, als ich mich neben ihr niederlasse.

„Du stinkst!“, tadelt sie mich mit angeekeltem Gesicht.

Ich zucke nur entschuldigend mit den Schultern. Schließlich habe ich mir die Arbeit nicht selbst ausgesucht.

S300 tritt an das Podest und eröffnet die Konferenz.

„Es gibt beunruhigende Neuigkeiten, aber seht selbst.“ Mit diesen Worten schaltet sie den Monitor über unseren Köpfen an und es sind Kameraaufnahmen aus der Luft zu sehen. Wüste, weit und breit. Doch das wäre nichts Neues. Irgendetwas müssen sie gesichtet haben. Mein Herz rast wie wild. Haben die Rebellen tatsächlich überlebt?

Der Hubschrauber bewegt sich über die Ruinen der ehemaligen Legion. Sie liegt verlassen da, doch Leichen sind keine zu sehen. Es wäre möglich, dass alle in den Flammen verbrannt sind. Aber das glaube ich nicht. Von der Legion aus erstreckt sich eine Spur aus breiten und schmalen Reifen in eine bestimmte Richtung. Die Kamera folgt der Spur und ich erkenne die Höhlen. Rund um das ehemalige Lager der Rebellen stehen Wüstendrifts, Panzer, Lastwagen und Autos. Doch allesamt verlassen. Aber es beweist, dass sie vor der Explosion flüchten konnten.

Der Hubschrauber kreist über dem Wald und ich sehe durch die Baumspitzen den kleinen See, der in der Sonne golden schimmert. Das Bild erlischt.

Fassungslos blicke ich zu der Führungsebene.

„War das alles?“, stoße ich ungebremst aus. Mein Mikrofon ist abgeschaltet, dennoch schallt meine Stimme durch den stillen Konferenzsaal.

S300 rümpft zwar die Nase, antwortet mir aber dennoch. „Die Bilder beweisen, dass die Rebellen es geschafft haben, der Explosion zu entkommen. Sie sind verantwortlich für den Überfall auf die Flüchtlinge aus der südlichen Legion.“

Wie bitte? Nur weil die Rebellen nicht auf der Kameraaufnahme zu sehen sind, ist das doch noch lange kein Beweis dafür, dass sie den Süden überfallen haben.

„Sie müssen schwach gewesen sein. Wie sollen sie den weiten Weg hinter sich gebracht haben?“, rufe ich aufgebracht aus. „Warum hat der Hubschrauber nicht weiter nach ihnen gesucht?“

„Das tut er. Wir haben sogar vier weitere in alle Himmelsrichtungen losgeschickt. So planen wir das Lager der Rebellen ausfindig zu machen, um es dann zerstören zu können.“

Ich sacke zurück auf meinen Stuhl. Ich wollte unbedingt wissen, ob Finn und die anderen noch leben, aber mir war nicht bewusst, dass ich sie dadurch in noch größere Gefahr bringe. Ich bin mir sicher, dass sie nicht für den Überfall im Süden verantwortlich sein können.

Verzweifelt suche ich den Blick von W600, doch er schweigt nachdenklich.

„Sollten wir morgen schon über neue Informationen verfügen, werden wir eine weitere Konferenz einberufen. Sofern niemand noch Fragen hat, erkläre ich die Sitzung für beendet“, schließt S300. Sie wendet uns den Rücken zu und verlässt mit den verbleibenden beiden Führungsmitgliedern den

Saal. Auch die anderen Legionsführer brechen auf. „Mach, dass du in dein Zimmer kommst, du brauchst eine Dampfdusche“, rät mir WA233 im Vorbeigehen. Doch anstatt in Richtung des Ausgangs stürme ich auf W600 zu. Dieses Mal hat er nicht auf mich gewartet. Er wirkt auch nur wenig erfreut über meine Anwesenheit. Aber ich lasse mich davon nicht abschrecken.

„Die Legion kann doch nicht einfach die Überlebenden umbringen“, beginne ich klagend.

„Wenn es Rebellen sind“, erwidert mein Bruder ausweichend.

„Es können unmöglich alle Bewohner der Sicherheitszone tot sein. Dafür gibt es gar nicht genug Leichen.“

„Vielleicht haben sie sich den Rebellen angeschlossen, verübeln könnte man es ihnen nicht.“

„Glaubst du denn, dass ehemalige Bewohner der westlichen Sicherheitszone die Menschen aus dem Süden umbringen würden? Sie sind doch in der gleichen Situation. Das ergibt gar keinen Sinn!“

„Ich weiß nicht, was ich glauben soll“, weicht mir W600 aus. „Aber ich habe jetzt auch keine Zeit. Entschuldige mich bitte!“ Er schaut mir nicht einmal in die Augen, während er sich an mir vorbeidrängt. So einfach lasse ich ihn nicht davon kommen. Ich lege meine Hand auf seine Schulter und halte ihn daran fest.

„Bist du wütend auf mich? Habe ich irgendetwas Falsches gesagt oder getan? Was in der Lagerhalle passiert ist, tut mir…“

Er unterbricht mich und fährt aufgebracht zu mir herum. „Nur weil ich dich gut leiden kann, bedeutet das nicht, dass ich dir jede Sekunde zur Verfügung stehen muss.“

Sein Ausbruch verunsichert mich. Irgendetwas ist anders, das spüre ich doch. Sonst hat er die Gespräche mit mir genauso sehr genossen wie ich. Er war es, der mir sagte, dass wir auf derselben Seite stünden. War er sich etwa nicht bewusst, wozu ich gehöre?

„Tut mir leid, dass ich deine wertvolle Zeit in Anspruch genommen habe“, keife ich verletzt zurück und stürme an ihm vorbei in Richtung Ausgang. Als ich die Tür erreiche, ertönt seine Stimme.

„Warte!“

Ich bleibe stehen und drehe mich zögernd wieder um. „Was ist?“

Er ist mir nachgeeilt und steht nur noch wenige Treppenstufen unter mir. Sorgen zeichnen sein Gesicht, während er meines mustert. Was verheimlicht er mir?

„Komm mit“, sagt er schließlich kurzangebunden und schiebt mich aus der Tür. Vor dem Palast der Legionsführer wartet bereits ein Flugmobil auf uns. Ohne zu zögern, steige ich ein. Mittlerweile vertraue ich ihm blind. Er ist mein Bruder und mein einziger Freund zugleich. Im Gegensatz zu Asha und Iris scheint er mich immer zu verstehen. Zudem ist er in der Position, mir wirklich helfen zu können.

„Wohin fahren wir?“, frage ich dennoch.

„Ich dürfte dich gar nicht mitbringen“, entgegnet er verärgert. Ich bin mir unsicher, ob er auf mich oder sich selbst wütend ist. Mir fällt auf, wie er unruhig seine Hände knetet. Er blickt mir gehetzt in die Augen.

„Das ist eine reine Vorsichtsmaßnahme“, erklärt er mir eindringlich und im nächsten Moment habe ich seinen Laser vor meiner Nase.

Panisch reiße ich die Augen auf, doch da ist es schon zu spät. Sein Schuss trifft mich und im Bruchteil einer Sekunde verliere ich mein Bewusstsein und falle in ein bodenloses Nichts.

Es ist still um mich herum, als ich die Augen wieder öffne. Verschwommen blicke ich in das Gesicht einer Person, die sich über mich gebeugt hat. Benommen schließe ich erneut die Augen, und als ich sie wiederaufmache, erkenne ich W600. Er schaut ich besorgt an, während seine Hand beruhigend über meinen rechten Arm streichelt.

„Es tut mir leid, aber ich konnte nicht zulassen, dass du unseren Aufenthaltsort kennst.“

Verwirrt blicke ich hinter ihn und sehe nichts als blanken Stahl. Meine Augen suchen den Raum ab und ich schrecke überrascht zurück, als ich im Hintergrund drei weitere Legionsführer erkenne. Es ist ein Mädchen aus der sechsten Generation, wie mein Bruder. Ein junger Mann in meinem Alter und eine weitere Frau, die ich ebenfalls auf die fünfte Generation schätzen würde. Sie wirken mir gegenüber misstrauisch.

Ich setze mich auf. W600 scheint mich auf einer Art Truhe abgelegt zu haben. „Was ist hier los?“

W600 lässt seine Hand von meinem Arm gleiten und geht vor mir in die Hocke. „Ich wollte nicht, dass du wütend auf mich bist. Aber ich konnte dir auch nicht einfach unseren Plan verraten.“

Das Mädchen in seinem Alter schnaubt laut auf. „Hast du aber“, zischt sie wütend.

„Sie weiß gar nichts“, verteidigt sich mein Bruder.

„Noch nicht“, erwidert sie bissig und wirft mir einen gehässigen Blick zu.

Der junge Mann stöhnt nun auf. „Lasst das, nun ist es ohnehin zu spät.“

Er stellt sich vor mich und reicht mir seine Hand. „Ich bin A5215 und ich begrüße dich zu einem geheimen Treffen der FDF.“

„FDF?“

„Für die Freiheit“, erklärt die Frau, die sich nun ebenfalls zu uns gesellt hat. Nur das Mädchen steht noch beleidigt im Hintergrund. „A5998“, stellt sie sich mir freundlich vor.

Ich ergreife die Hand von A5215 und lasse mich von ihm auf die Beine ziehen. „Seid ihr Rebellen?“

„Könnte man wohl so sagen, allerdings haben wir nichts mit den Rebellen außerhalb der Zentrallegion zu tun. Wir sind ein innerer Widerstand“, erklärt mir der Mann und führt mich durch den schmalen Raum, vorbei an dem Mädchen. „Das ist N600. Sie hat nichts gegen dich persönlich, sondern ist nur eifersüchtig“, grinst er mir zu, woraufhin N600 empört nach Luft schnappt.

„Eifersüchtig? Worauf?“

A5215 beginnt zu lachen, wie ich es von Legionsführern nicht kenne. Es ist ein ehrliches Lachen. „Da mische ich mich lieber nicht ein.“

Er öffnet die einzige Tür in dem Raum und ich blicke in viele hunderte Gesichter. Es sind Legionsführer sowie Menschen jeder Klassifizierung, die mich alle erwartungsvoll anstarren.

„Seid ihr alle Rebellen?“, wende ich mich schüchtern an W600, der nun an meiner anderen Seite aufgetaucht ist.

„Wir bevorzugen den Begriff ‚Freiheitskämpfer'. Wir sind keine Gegner der Legion, sondern möchten sie nur zu ihrem Besseren verändern."

„Das will ich auch", stoße ich hervor. Genau danach habe ich mich immer gesehnt. Menschen, die sind wie ich. In der westlichen Legion war ich alleine, aber hier scheint es viele Hundert zu geben, die denken wie ich.

„Ich weiß, deshalb habe ich dich mitgenommen", lächelt mir W600 zu und mich überkommt eine Welle der Dankbarkeit. Es ist, als hätte er mir ein Geschenk gemacht. Ich schließe meine Arme um seinen Hals und drücke ihn an mich. „Ich danke dir", stoße ich mit Tränen in den Augen hervor. Obwohl ich nichts von diesen Menschen weiß, habe ich das Gefühl, endlich angekommen zu sein.

W600 erwidert meine Umarmung und tätschelt mir sanft den Rücken. „Wir sind alle gespannt darauf, deine Geschichte zu hören", flüstert er mir zu.

Ich drehe mich zu den Anwesenden um. In ihren Augen lese ich Mitgefühl und Offenheit. Trotzdem bin ich in den letzten Monaten sehr viel vorsichtiger geworden, als ich es früher war. „Woher weiß ich, dass ich euch vertrauen kann?"

N600s Augen sind zu Schlitzen geformt, als sie mir antwortet: „Woher wissen WIR, dass wir DIR vertrauen können?!"

A5215 ergänzt ihre Aussage: „Auch wenn N600 sich etwas unfreundlich ausdrückt, so hat sie dennoch recht. Wenn du uns verrätst, werden viele Hunderte dafür bestraft, wenn nicht sogar getötet werden. W600 hat großes Vertrauen in dich bewiesen, indem er dich mit zu uns genommen hat.

Jetzt liegt es an dir, ob du auch bereit bist, ihm zu vertrauen."

Ich blicke von A5215 zu meinem Bruder und lächle erneut. Er hat gegen den Willen der anderen gehandelt, nur um mich in sein Geheimnis einzuweihen. Offenbar spürt er ebenfalls diese besondere Verbindung zwischen uns. Es ist an der Zeit, dass ich ihm dafür eine Erklärung liefere. Aber nicht heute. Stattdessen lächle ich ihn an und sage: „Ich vertraue dir."

Danach wende ich mich den anderen Freiheitskämpfern zu und beginne zu erzählen: „Meine korrekte Bezeichnung lautet WA518, aber meine Freunde nennen mich Cleo…"

20. Finn

Ruby ist erneut in eine ihrer stillen Phasen verfallen. Sie sind für Finn neu, jedoch war er ihr auch noch nie zuvor so nah wie jetzt. Zudem beunruhigen sie ihn, weil er sie dann nicht einzuschätzen weiß. Es begann am Vorabend, nachdem sie von den Mutanten zurück in ihr Loch gesteckt worden waren. Pep und Zoe dürfen nun bei ihnen in der Höhle bleiben, während Clyde nun ohne Zoe in das Loch muss und Finn und Ruby weiterhin zusammen gehalten werden. Nachdem sie zwei von den Sizos direkt geschlachtet hatten, haben sie die anderen ebenfalls woanders hingebracht. Offenbar können sie ihren Anblick nicht täglich ertragen.

In der Nacht konnte Finn Rubys Schweigen noch ignorieren, aber jetzt, Stunden später, liegt es wie eine dunkle Wolke über ihnen.

„Ist alles okay bei dir?“, fragt er schließlich. Er nimmt an, dass außerhalb ihres Gefängnisses bereits die Sonne aufzieht. Es ist jedoch nur eine Ahnung, sicher kann er sich nie sein. In dem Loch ist es immer dunkel.

Ruby gibt ihm keine Antwort. Schläft sie?

„Ruby?“

„Ich möchte nicht reden“, erwidert sie kaum hörbar. Ihre Stimme klingt schwer, fast so, als hätte sie geweint. Wenn es so ist, hat Finn davon nichts mitbekommen, dabei sitzt er direkt hinter ihr. Sein Rücken berührt ihren.

Eigentlich sollte er ihren Wunsch akzeptieren und seinen Mund halten. Immerhin konnte er das tagelang, als sie noch nicht bei ihm war. Doch jetzt, wo sie da ist, wirkt sie auf Finn wie ein

Aufputschmittel. Er kann sich in ihrer Nähe nicht in seine Träume fallen lassen. Solange sie da ist, hat er Hoffnung, dass sie es irgendwie schon schaffen werden zu fliehen.

Er wünschte, dass er ihr ins Gesicht blicken oder wenigstens mit den Fingern über ihre Wangen streichen könnte, um zu spüren, ob sie geweint hat. Dabei weiß er nicht einmal, warum es ihn so sehr interessiert, ob sie Tränen vergossen hat. Er selbst hat schon mehr als einmal in dem Loch vor Verzweiflung geheult und Zoe weint eigentlich immer, wenn er sie sieht. Es wäre kein Wunder, wenn Ruby nun auch die eine oder andere Träne zulassen würde. Es gibt hier schließlich mehr als genug Gründe. um zu weinen. Aber so kennt er sie nicht. Ruby ist die Frau, die niemals weint.

Finn zieht erneut an seinen Fesseln, die seine Handgelenke an Rubys ketten. Ein scharfer Schmerz zieht sich durch seine wunde Haut. Mittlerweile muss sie aufgescheuert sein und die Fesseln von Blut getränkt. Er hat sich in den ersten Tagen seiner Gefangenschaft immer wieder zu befreien versucht, und als Ruby da war, haben sie gemeinsam dagegen angekämpft.

Sobald er an den Fesseln zieht, müssten ihre Gelenke genauso sehr schmerzen wie seine. Doch sie gibt keinen Mucks von sich.

Finn dreht seine Hände hin und her, doch die Stricke sitzen bombenfest.

„Lass uns nach einem spitzen Stein oder Knochen suchen", schlägt er vor. Sie haben seit Stunden nicht mehr versucht, auf diese Weise zu fliehen.

„Das bringt nichts", erwidert Ruby schwach.

Finn hört nicht auf sie und tastet unter seinen Händen über die Knochen der Opfer vor ihnen. Doch keiner von ihnen fühlt sich spitz an. Sie sind eher wie geschliffene Steine. Als er seine Hand so tief es geht in die Knochen gräbt, spürt er plötzlich, wie sich die Fessel von seiner verkrusteten Haut löst. Sobald er sie zurückzieht, drückt sich die Fessel jedoch erneut dagegen. Er versucht es noch einmal und wieder entsteht eine winzige Lockerung. Finn versucht, seine Hand noch tiefer zu graben und krümmt dabei seinen halben Körper. Ruby muss es spüren, aber sie sagt nichts und tut auch nichts, um ihm zu helfen.

Mit der Hand bekommt er einen der kleineren Knochen zu fassen und schiebt diesen zwischen seine Haut und die Fessel. Als er die Hand zurückzieht, presst sich der Knochen schmerzhaft gegen seine wunde Haut und er jault auf.

„Was tust du da?", zischt Ruby genervt.

„Ich versuche, uns zu befreien", erwidert Finn.

„Lass es! Du machst es nur schlimmer."

„Wenigstens redest du so wieder mit mir."

Sie stöhnt wütend auf. „Dann mach eben weiter. Mir egal, wenn du dir dein Handgelenk brichst."

In Finns Kopf beginnt es zu arbeiten. Wenn seine Hand gebrochen wäre, könnte er sie einfach aus der Fessel ziehen. Das ist genial!

Er schiebt seine Hand erneut soweit es geht in die Knochen, dabei rutscht der, den er zwischen Haut und Fesseln geschoben hatte, wieder heraus. Aber das macht nichts, denn er sammelt mit den Händen weitere Knochen und schiebt einen nach dem anderen in die Fesseln. Sie schaben jedes Mal über die offene Haut an seinem Handgelenk, sodass er sich auf die Unterlippe beißt, um nicht zu schreien. Als die Fesseln selbst in dieser ungewohnten Haltung spannen, atmet er einmal tief ein und aus. Er weiß, dass der Schmerz entsetzlich sein wird, doch das ist nichts im Vergleich zu dem, was er empfindet, als er dann seine Hand tatsächlich aus der verkrümmten Haltung zieht. Der Knochen in seinem Handgelenk bricht nicht sofort, sondern scheint nur leicht anzubrechen, so wie wenn man versucht, einen dicken und stabilen Ast zu entzweien. Der Riss zieht sich in quälender Langsamkeit durch den Knochen. Für einen Moment befürchtet Finn, dass er gar nicht brechen wird und er nun diese Qual immer weiter ertragen muss. Aber als dann endlich der Bruch erfolgt, kann er sich nicht länger beherrschen und stößt einen gemarterten Schrei aus. Tränen rinnen ihm über die Wangen und er keucht nach Luft. Ruby reagiert unbändig. „Du verdammter Vollidiot, was hast du gemacht?“, schreit sie und windet sich in ihren Fesseln.

Finns Hand erschlafft, sodass die fremden Knochen nicht länger in seine Haut gequetscht werden.

Er ringt nach Luft wie nach einem Marathonlauf. Schweiß läuft ihm vom Haaransatz über seine Stirn bis in seine Augen. Er kann seine Hand nicht mehr bewegen. Er spürt sie nur noch durch ein unangenehmes Pochen.

„Du kannst deine Hand jetzt aus der Schlinge ziehen“, presst er zwischen den Zähnen hervor.

Ruby versteht erst nicht, aber dann beginnt sie ebenfalls, mit einer Hand an ihren Fesseln zu zerren und schafft es tatsächlich freizukommen. Sofort bearbeitet sie mit ihrer freien rechten Hand die

Fesseln der linken. Die Seile sitzen fest und sie reißt sich mehr als einen Fingernagel ein bei dem Versuch sich zu befreien. Ihr Körper steht unter Adrenalin, sodass sie es nicht einmal spürt. Es kommt ihr wie eine Ewigkeit vor, bis sie es endlich schafft, den Knoten zu lösen und auch ihre zweite Hand aus der Fessel zu ziehen. Danach wendet sie sich sofort Finn zu und befreit auch ihn. Sie fallen sich automatisch in die Arme und drücken sich an den anderen. Durch ihre Körper strömt Glücksgefühl, so als wären sie bereits jetzt gerettet. Rubys Wange presst sich gegen Finns. Sie atmet seinen Geruch aus Schweiß, Verwesung und schmutziger Haut ein. Eigentlich müsste man es Gestank nennen, aber für Ruby ist es in diesem Moment der schönste Duft der Welt. Sie reagiert, ohne nachzudenken, und presst ihre Lippen vor Freude auf die von Finn. Das Überraschende ist, dass er den Kuss erwidert. Er stößt sie nicht von sich, sondern hält sie weiter in seinen Armen. Jedoch nur wenige Sekunden, denn dann scheint er zu realisieren, was gerade passiert, und drückt Ruby sanft, aber bestimmt zurück.

Sie ist froh, dass er ihr Gesicht in der Finsternis nicht sehen kann. „Lass uns versuchen, die Klappe zu öffnen“, schlägt sie schnell vor, um nicht für ein unangenehmes Schweigen zu sorgen.

Finn nimmt ihren Vorschlag gerne an und verdrängt jeden Gedanken an den Kuss. Er bereut, dass es passiert ist, aber er kann es nicht mehr ändern.

Sie krabbeln beide über die Knochen an die Wandseite, an der sich die Luke immer öffnet. Auch stehend ist sie zu weit oben, um sie erreichen zu können.

„Klettere auf mich!“, fordert Finn Ruby auf. Sie reagiert sofort und steigt mit dem einen Bein auf sein Knie und zieht sich dann weiter bis zu seinen Schultern. So erreicht sie zwar die Decke, aber öffnen kann sie die Luke dennoch nicht. Sie drückt mit beiden Händen dagegen und stemmt sich gegen Finn, aber es ist, als hätte es dort nie eine Öffnung gegeben.

„Versuch es weiter“, drängt Finn sie. Ruby drückt so fest sie kann. Danach tastet sie die Ränder ab.

„Ich brauche einen Knochen“, sagt sie dann und steigt von Finn. Sie greift am Boden nach einem, der sich besonders stabil, und lässt sich von Finn erneut hochheben. Sie versucht, mit dem Knochen eine Lücke in der Decke zu finden, um so vielleicht die Luke aufhebeln zu können, aber sie löst lediglich Dreck, der auf sie beide herabrieselt und in ihren Augen brennt. Sie will nicht so leichtfertig aufgeben, aber schließlich ist es Finn, der dem Ganzen ein Ende setzt.

„Ich brauch eine Pause“, gesteht er und Ruby klettert erleichtert von ihm runter. Ihr geht es genauso, doch sie ist zu stolz, um es zuzugeben.

Finn lässt sich gegen die Wand zu Boden sinken. Er fühlt Ruby neben sich. Er spürt ihren Herzschlag und hört ihre beschleunigte Atmung. Sie zu küssen war wie selbstverständlich. Sie waren beide überwältigt von ihrer Freude über das Lösen der Fesseln. Es hat nichts zu bedeuten. Wenn er bei klarem Verstand gewesen wäre, hätte er niemals ihren Kuss erwidert. Vielleicht war es auch die Erinnerung an Cleo. Mit ihr saß er ebenfalls schon einmal in einem Loch fest. Sie waren als Feinde hineingestürzt und als so etwas wie Freunde wieder herausgekommen. Es war der Wendepunkt in ihrer Beziehung und er hatte ihr vertrauen müssen, um fliehen zu können. Er kann nur hoffen, dass Ruby sich jetzt nicht wegen des Kusses Hoffnungen macht. Aber wahrscheinlich interessiert sie ohnehin nur ihre Flucht und sie bereut schon längst, dass sie seinetwegen zurückgeblieben ist. Sie hätte mit den anderen gehen sollen.

„Weiter?“, hört er Ruby neben sich sagen. Er ist dankbar für die Ablenkung.

21. Cleo

Obwohl ich den Freiheitskämpfern alles erzählt habe, angefangen bei meiner Entführung durch die Rebellen und geendet bei der Flucht aus der untergehenden westlichen Legion, waren sie am Ende nicht bereit, mich ohne einen Augenschutz gehen zu lassen. Ich bekam ein Tuch um den Kopf gebunden und wurde von W600 aus dem mir unbekannten Gebäude geführt. Er bestieg mit mir erneut ein Flugschiff.

Während ich neben ihm sitze, gehen mir tausend Fragen durch den Kopf: Seit wann gibt es die Freiheitskämpfer? Was für Pläne haben sie? Werden sie mit den Rebellen zusammenarbeiten?

Ich hatte keine Zeit, auch nur eine davon zu stellen, stattdessen durfte ich ihre Fragen beantworten. Manche von ihnen gingen sehr ins Detail und waren auch ziemlich persönlich. N600 fragte mich zum Beispiel, ob ich ieine Beziehung mit Finn hätte. Es fiel mir schwer, die Frage zu beantworten, denn als Beziehung kann man das, was zwischen Finn und mir ist, nicht gerade bezeichnen. Florance und Paul führen eine Beziehung. Sie wachen am Morgen nebeneinander auf und gehen am Abend zusammen zu Bett. Sie verbringen ihr Leben miteinander. Finn und ich hingegen verbringen mehr Zeit voneinander getrennt als zusammen. Trotzdem habe ich geantwortet: „Ich liebe Finn."

Vielleicht gibt es für uns auch irgendwann einmal die Möglichkeit, so etwas wie eine Beziehung zu leben. Doch das wäre nur Wunschdenken, wenn er bereits tot wäre. Nur weil einige der Rebellen offenbar überlebt haben, bedeutet das nicht, dass Finn unter ihnen ist.

N600 schien meine Antwort erstaunlicherweise zu gefallen, denn sie schenkte mir zum ersten Mal so etwas wie ein Lächeln, wobei es dennoch etwas Hinterhältiges an sich hatte. Mein Bruder verspannte sich dafür spürbar neben mir. Wahrscheinlich ist ihm Liebe noch fremd.

Wir sind bereits seit einigen Minuten mit dem Flugschiff unterwegs. „Darf ich die Binde jetzt abnehmen?“, frage ich ihn, um die Stille zwischen uns zu beenden.

Statt mir zu antworten, löst er den Stoff von meinen Augen.

Als ich nach draußen blicke, ist es bereits dunkel. Wir befinden uns auf der Straße, die zu den Nachtunterkünften führt.

Ich wende mich erneut meinem jüngeren Bruder zu. „Ich kann gar nicht in Worte fassen, wie dankbar ich dir für diesen Abend bin.“

Er schenkt mir ein Lächeln mit seinen perfekten, schneeweißen Zähnen. „Ich bin froh, dir nichts mehr vormachen zu müssen. Jetzt kannst du mir vertrauen.“

„Das habe ich schon immer“, gestehe ich ihm und greife erneut nach seiner Hand. Er zieht sie nicht zurück.

„Warum? Du kanntest mich doch gar nicht.“

Jetzt wäre der perfekte Moment, um ihm zu sagen, dass er mein Bruder ist. Doch mein Herz klopft bei dem Gedanken daran so heftig, dass ich kein Wort über die Lippen bekomme. Was ist, wenn er mich genauso verachtet, wie ich meine Mutter verachtet habe, als ich die Wahrheit erfahren habe?

Ich würde alles, was ich an diesem Abend gewonnen habe, sofort wieder verlieren. Der Gedanke ist egoistisch, aber ich brauche die Freiheitskämpfer, um eine Chance zu haben, die Rebellen zu retten. Gemeinsam können wir die Legion neu aufbauen. Wir hätten eine Zukunft.

„Ich habe es einfach gespürt", weiche ich ihm aus und lasse seine Hand los. Er hält weiter Blickkontakt zu mir, obwohl das Flugmobil mittlerweile vor dem Haus mit den Unterkünften gehalten hat.

„Ich werde mich dafür einsetzen, dass wir wieder zusammen arbeiten können. Du fehlst mir."

„Das wäre toll, aber riskiere nicht zu viel. Es ist wichtig, dass die Führungsebene keinen Verdacht schöpft", erwidere ich und begebe mich zu dem Ausgang. Die Türen gleiten auf. „Wir sehen uns morgen bei der Konferenz."

„Schlaf gut."

„Du auch", antworte ich, als ich bereits auf der Straße stehe und zurück in das Innere des Schiffes blicke. Die Tür schließt sich erneut und das Mobil setzt sich in Bewegung.

Ich fühle mich seltsam beschwingt, als ich mit dem Aufzug in mein Stockwerk fahre. Es ist der schönste Abend seit langem. Wenn nicht gar in meinem Leben. Klar, mit Finn hatte ich viele schöne Abende, aber immer lagen das Unheil und der nahende Abschied über uns. Heute wage ich zum ersten Mal zu hoffen. Ich habe Menschen gefunden, die wie ich sind. Ich fühle mich mehr zu Hause denn je.

Als ich unser Zimmer betrete, sitzen Asha und Iris aufrecht in ihren Betten und atmen erleichtert aus, als sie mich sehen.

„Zum Glück bist du wieder da“, sagt Iris.

„Wo warst du die ganze Zeit?“, knurrt Asha.

Ich muss gestehen, dass ich in den letzten Stunden kaum an sie gedacht habe. Zu gern würde ich mein Glück mit ihnen teilen, aber ich wage es nicht ohne die Erlaubnis der Freiheitskämpfer. Sie vertrauen mir noch nicht genug, um mir ihren Versammlungspunkt zu verraten. Wenn ich jetzt unerlaubt noch mehr Menschen einweihe, werden sie mich womöglich wieder ausschließen. Aber ich werde sie, sobald ich sie wiedersehe, bitten, Asha und Iris ebenfalls einzuführen.

„Es gab eine Konferenz“, rede ich mich heraus, was zum Teil immerhin der Wahrheit entspricht.

„So lange?“, fragt Asha skeptisch. Sie besitzt unglücklicherweise die Gabe, jede meiner Lügen zu erahnen.

„Sie haben uns Kameraaufnahmen der westlichen Legion vorgespielt. Es gibt nicht genug Leichen, als dass alle Rebellen gestorben sein könnten. Sie sind wahrscheinlich noch am Leben.“

„Aber das ist doch fantastisch!“, ruft Iris freudig aus und springt mir von ihrem Bett aus leichtfüßig in die Arme. „Ich wusste es die ganze Zeit! Die Rebellen sind zu schlau, um sich so leicht auslöschen zu lassen.“

„Hast du sie gesehen?“, will Asha etwas besänftigt wissen.

„Wen?“, frage ich. Es fällt mir schwer, mich zu konzentrieren, während ich mit meinen Gedanken noch bei den Freiheitskämpfern bin.

„Na, die Rebellen“, sagt Asha und mustert mich misstrauisch.

„Ach so, nein. Sie sind geflohen, aber die Legion sucht weiter nach ihnen."

„Werden sie ihnen helfen, wenn sie sie gefunden haben?", fragt Iris hoffnungsvoll, woraufhin Asha in ein bitteres Lachen verfällt. „Träum doch nicht! Die bringen sie um!"

Natürlich hat Asha wie meistens recht. Ich stimme ihr unglücklich zu. „Aber das werde ich nicht zulassen!"

„Du?", braust sie auf. „Ich wüsste nicht, dass du irgendetwas unternommen hättest, seitdem wir hier sind."

„Du weißt genau, dass sie meine Mutter haben", fauche ich zurück.

„Dann lass uns fliehen! Wenn du nicht hier bist, kann sie auch niemand für etwas bestrafen, das du getan hast. Außerdem ist W300 tot."

Erneut drängt sich der Gedanke, dass Asha etwas damit zu tun haben könnte, in mein Gedächtnis. Dieses Mal frage ich sie direkt: „Kann es sein, dass du daran nicht ganz unschuldig bist?"

Sie starrt mich fassungslos an. „Ist das dein Ernst? Nicht, dass ich nicht jeden einzelnen Legionsführer auslöschen würde, wenn ich es könnte, aber wie soll ich das bitte gemacht haben? Du bist die Einzige von uns, die diese Räume frei verlassen kann."

Da hat sie natürlich recht, aber vielleicht hat sie einen Weg gefunden, den Schließmechanismus zu umgehen. „Sag du es mir!"

Sie blickt mir erst enttäuscht in die Augen und schüttelt dann traurig den Kopf. „Ich kann nicht glauben, dass du mir das zutraust. Im Gegensatz zu dir habe ich keine Geheimnisse vor euch. Wenn ich es getan hätte, wärt ihr die ersten gewesen, denen ich es erzählt hätte."

Ihre Worte treffen genau ins Schwarze. Sie durchschaut mich, ohne dass ich auch nur ein Wort zu sagen brauche. Es ist, als könne sie durch mich wie durch Glas hindurchsehen. Ich fühle mich schuldig und will, dass wir wieder so gut miteinander zurechtkommen, wie es in der westlichen Legion der Fall war. Damals war ich ihre einzige Freundin und sie ein einziger Scherbenhaufen. A566 hatte sie völlig zerstört und meine Freundschaft war ihr einziger Trost gewesen. Sie hat mir ihr Herz geöffnet und ich weise sie zurück, indem ich nicht ehrlich zu ihr bin. Sie spürt es und ich belüge sie auch noch.

Ich würde gerne zu ihr gehen und sie einfach in die Arme nehmen, aber Asha würde es nicht zulassen. Solange meine Geheimnisse zwischen uns stehen, verschließt sie sich mir.

„Lass uns schlafen", sage ich zu Iris und lege mich in mein Bett. Es ist die erste Nacht seit Tagen, in der wir wieder getrennt voneinander schlafen. Anstatt Ashas Misstrauen entgegenzuwirken, lasse ich mich darauf ein und bestätige sie auch noch durch mein Verhalten darin. Immer wenn ich denke, dass es gerade bergauf geht, kommt in der nächsten Minute auch schon ein Vorfall, der mich eines Besseren belehrt.

Ich sitze mit offenen Augen in der Kanalisation und blicke anstatt in das rauschende Wasser an die gegenüberliegende Wand. Natürlich konnte W600 nicht so schnell dafür sorgen, dass ich eine neue Aufgabe bekomme. Vielleicht muss ich erst darauf warten, dass ein anderer Legionsführer sich so sehr daneben benimmt, dass er diese Bestrafung mehr verdient als ich.

Plötzlich blendet mich etwas und ich blicke verwirrt nun doch in den Abfluss. Nur noch wenige Meter von mir entfernt strömt ein funkelnder Gegenstand auf mich zu. Was ist das?

Ich rappele mich schnell auf die Beine und greife zum ersten Mal nach dem Netz, doch als ich mich zurück zu dem Wasser drehe, ist der glitzernde Gegenstand bereits an mir vorbeigetrieben. Ich beginne zu rennen und folge dem Lauf des Abflusses. Immer wieder lasse ich den Stab mit dem Netz auf das Wasser niedersausen, ohne den Gegenstand zu erreichen. Ich habe das Gefühl, je weiter ich laufe, umso schneller wird das Wasser. Es ist mittlerweile so aufbrausend, dass es gegen die Steinwände schlägt und mir gegen die Beine klatscht.

Plötzlich nimmt der schier endlose Tunnel ein Ende. Ich sehe in etwa zwanzig Meter Entfernung eine Wand aufragen, die meinen Lauf stoppen wird. Ich bin nun auf einer Höhe mit dem Gegenstand, den ich immer noch nicht identifizieren konnte. Aber anstatt noch einmal zu versuchen ihn herauszufischen, steigere ich mein Tempo und renne so schnell ich kann zu der Wand. Dort angekommen werfe ich das Netz ins Wasser und warte meine Beute ab. Im ersten Moment glaube ich sie wieder nicht erreicht zu haben, doch dann spüre ich einen schwachen Ruck in dem Netz und ziehe es triumphierend aus dem braunen Wasser. Es ist eine kleine Kugel, übersät von glitzernden Spiegelscherben.

Ich hole sie aus dem Netz und betrachte sie verwundert. Wofür soll das gut sein?

Der kleine Ball ist praktisch schwerelos in meinen Händen. Doch seine vielen kleinen Spiegel werfen unzählige Lichter an die Decke über mir. Während ich die Kugel in meinen Händen hin und her drehe, spüre ich plötzlich einen spitzen Stich und lasse vor Schreck den Ball fallen. Ich starre auf meinen Zeigefinger. Er blutet. Ich muss mich an einer der Scherben geschnitten haben. Schnell presse ich den Finger gegen meine Lippen und beginne daran zu saugen. Noch vor nicht einmal einem Jahr hätte ich gedacht, dass ich bei dem kleinsten Blutstropfen sterben muss. Wie lachhaft!

Ich knie mich auf den Boden und greife nach dem Ball, da sehe ich, dass seine Hülle gebrochen ist. In seinem Inneren steckt ein zusammengefaltetes Papier. Das wird ja immer unglaublicher! Vorsichtig löse ich das Papier aus der Hülle und falte es auseinander.

„Hast du dich je gefragt, wo der Abfluss hinführt?
Langweile dich nicht zu sehr,
W600 (Weißt du nicht einen besseren Namen für mich?)"

Ich beginne zu lachen und kann kaum glauben, was ich da gelesen habe. Vor lauter Freude lese ich den kleinen Brief direkt noch einmal. W600 hat die Kugel gebastelt, nur um mir hier unten eine Freude zu bereiten. Er ist fantastisch!

Mit einem breiten Lächeln auf den Lippen setze ich mich wieder auf den Boden und wiege die gebrochene Kugel in meinen Händen. Ich halte sie dicht vor mein Gesicht, sodass sich meine Augen in den kleinen Scherben spiegeln. Sie sind lichtblau, so wie die Augen von jedem hier. Welche Augenfarbe hätte wohl W600 ohne die Tabletten der Legion? Wären seine Augen so braun wie meine? Er möchte einen Namen und ich darf ihn aussuchen. Früher wählten die Eltern die Namen für ihre Kinder, doch WA350 hat mir meinen auch nicht gegeben. Bereits Asha gab ich ihren Namen, um ihr Hoffnung zu spenden, nachdem sie versucht hatte, ihrem Leben ein Ende zu bereiten.

Welcher Name würde zu meinem Bruder passen?

Glücklicherweise schaffe ich es heute pünktlich in den Konferenzsaal, doch das ändert nichts an meinem unerträglichen Gestank. Ich eile schnell zur rechten Seite des Saals und lasse mich auf dem äußersten Platz nieder. Als WA233 erscheint, rückt sie einen guten Meter von mir ab. „Nimm es mir nicht übel“, entschuldigt sie sich mit gerümpfter Nase. Sie ist die älteste Legionsführerin, die ich kenne, und steht voll und ganz hinter den Gesetzen, dennoch halte ich sie für gerecht.

„Darf ich dich etwas fragen?“

„Wenn ich ‚nein‘ sage, wirst du mich dann trotzdem fragen?“

Ich spüre, wie ich rot anlaufe. „Glaubst du, dass die Rebellen die südlichen Bewohner der Sicherheitszone überfallen haben?“

Sie seufzt. „Ich hatte bereits so eine Ahnung, dass sich die Frage darum drehen würde. Ganz ehrlich, ich halte es für sehr unwahrscheinlich. Wenn Legionsführer unter ihnen gewesen wären und sei es auch nur einer, würde ich nicht eine Sekunde zweifeln, aber es waren nur Menschen der D-Klassifizierung. Die Rebellen hätten davon nichts.“

„Die Einzigen, die von dem Tod der Menschen profitieren, sind doch im Grunde wir. In der Zentrallegion wäre kein Platz für so viele Menschen gewesen."

„Daran habe ich auch schon gedacht, aber du solltest deine Vermutungen lieber für dich behalten", rät sie mir streng und sieht sich besorgt im Konferenzsaal um, der nun immer voller wird.

„Aber, wenn es stimmt? Das können wir doch nicht einfach so hinnehmen!"

„Wir können es nicht beweisen und selbst wenn, würde man uns zum Verstummen bringen. Denk an deine Mutter!"

Ich halte überrascht inne. WA233 weiß, dass WA350 meine Mutter ist?

„Jetzt sieh mich nicht so geschockt an. Ich wusste von Anfang an, wer du bist."

„Von Anfang an?", wiederhole ich verwirrt.

WA233 stöhnt genervt auf. „Ich habe sie vor vielen Jahren dabei erwischt, wie sie in den Dateien herumschnüffelte. Aber anstatt sie zu bestrafen, habe ich sie beschworen, sich von dir fernzuhalten. So ganz scheint das aber nicht geklappt zu haben."

Ich war meiner Mutter also noch nie egal, selbst als Kleinkind nicht.

„Sie hatte immer ein Auge auf dich und es hat ihr das Herz gebrochen, als man dich nur als D-lerin qualifizierte. Sie hat dich immer als Legionsführerin gesehen."

Ich schlucke den Kloß in meinem Hals hinunter und blinzele die Tränen in meinen Augen weg. Ich möchte WA233 noch mehr fragen, doch S300 eröffnet die Sitzung. Ich habe den ganzen Tag darauf gewartet und jetzt kann ich mich kaum darauf konzentrieren. Der Wunsch, meine Mutter wiederzusehen und ihr sagen zu können, dass ich nicht länger wütend auf sie bin, erscheint mir übermächtig. Sie muss doch wissen, dass ich sie liebe.

„Wir haben die Rebellen gefunden", verkündet S300 und schaltet die Videoprojektion ein. Die Kamera befindet sich dieses Mal deutlich höher als beim letzten Mal. Sie zeigt die rote Wüste und eine gigantische Menschenmenge. Doch ist die Kamera so weit entfernt, dass man nichts erkennen kann. Die Menschen wirken wie kleine Ameisen, die wild durcheinanderrennen.

„Von wo stammt die Aufnahme?", will WA233 wissen.

„Die Rebellen befinden sich östlich von der westlichen Legion. Sie bewegen sich direkt auf uns zu."

„Somit ist es doch unmöglich, dass sie im Süden den Transport überfallen haben", stellt WA233 ohne Zweifel fest.

„In der Tat", gesteht S300 mit zusammengekniffenen Lippen.

„Ist es möglich, das Bild zu vergrößern?", fragt nun ein anderer Legionsführer. Ich erkenne ihn von den Freiheitskämpfern wieder. Es ist A5215.

S300 erteilt Befehle an die anwesenden Techniker in grünen Anzügen. Sie gehören der B-Klassifizierung an. Augenblicklich zoomt die Aufnahme näher an das Geschehen, wird dabei jedoch unschärfer. Unter den Menschen sind nun einige wenige zu erkennen, die deutlich größer als die anderen zu sein scheinen. Ich kneife die Augen zusammen, um besser sehen zu können. Die Menschen rühren sich nicht von der Stelle, wie es für einen Marsch üblich wäre, sondern scheinen vielmehr miteinander beschäftigt zu sein.

„Geht es noch näher?“, frage ich ungeduldig.

Der Techniker reagiert sofort.

Jetzt ist es eindeutig. Es sind viele hundert Menschen, doch nur etwa zwanzig sind so groß, dass sie aus der Masse herausstechen. Sie befinden sich hauptsächlich an einem Ende des Zuges. Sie scheinen durchweg in den Farben der Wüste gekleidet zu sein, während in dem Rest des Zuges die grünen und blauen Anzüge der Legion aufleuchten.

Wenn ich nur ihre Gesichter erkennen könnte, doch dafür ist das Bild viel zu schlecht.

„Warum ist der Hubschrauber nicht näher an das Geschehen gegangen?“, beschwert sich in diesem Moment W600 verärgert.

„Die Gefahr, entdeckt zu werden, war zu groß“, erwidert S300.

Ich starre auf das Bild und versuche zu verstehen, was sich dort vor meinen Augen abspielt. Die übermäßige Größe einiger der Menschen erinnert mich an irgendetwas. Wie ein Gedankenblitz taucht die Aufnahme des unbekannten Wesens vor meinem inneren Auge auf. Ich vergleiche es mit den unscharfen Gestalten auf dem Videoband. Es könnte passen. Natürlich! Deshalb befinden sie sich auch nur am Ende des Zuges. Das ist ein Angriff!

„Das sind nicht nur die Rebellen“, stoße ich alarmiert aus. „Am Ende des Zuges sind die Fremden. Sie greifen die Rebellen an!“

„Die Mutanten?“, fragt S300 ungläubig und erteilt den Technikern den Befehl, den Bildausschnitt auf das Ende des Zuges zu beschränken.

Alle drei Führungsmitglieder starren nun angestrengt auf das Video und nicken schließlich zustimmend. „Du hast recht“, gestehen sie einstimmig.

„Wir müssen den Rebellen helfen!“, rufe ich verzweifelt aus. Es darf nicht sein, dass sie wie durch ein Wunder die Explosion überleben, nur um jetzt von Mutanten getötet zu werden.

„Warum sollten wir? Es ist doch ganz in unserem Interesse, dass die Mutanten die Arbeit für uns übernehmen“, erwidert O300 empört.

„Wir können doch nicht dabei zusehen, wie sie abgeschlachtet werden!“, dränge ich und spüre, wie meine Stimme vor Panik zittert.

WA233 kommt mir zu Hilfe. „Was ist, wenn nicht die Rebellen, sondern die Mutanten für den Überfall auf den Süden verantwortlich sind?“

„Die Bedrohung durch die Mutanten hat sich bisher nur auf den Westen beschränkt“, erwidert O300 abwehrend.

„Dennoch wäre es möglich“, fällt ihr S300 überraschenderweise in den Rücken.

„Die Rebellen sind Menschen. Wir sind es den Gesetzen der Legion schuldig, ihnen zur Hilfe zu kommen“, ruft W600 aus.

„Was soll das heißen?“, fragt O300, die nach wie vor strikt dagegen zu sein scheint.

„Das oberste Gesetz der Legion ist *Frieden zu bewahren*“, unterstütze ich meinen Bruder, *„und das menschliche Leben zu schützen.*“

S300 steht weiterhin auf unserer Seite. „Mit den Rebellen werden wir fertig, aber wir haben nie gegen Mutanten gekämpft. Sie kennen keinen Schmerz und haben keinen Respekt vor dem Leben.“

„Solange wir uns von den Mutanten fernhalten, werden sie keinen Angriff auf uns wagen“, beharrt O300.

Die beiden Frauen senden einander wütende Blicke. Ihre Uneinigkeit überträgt sich auf alle Legionsführer, die nun wild durcheinander reden.

N300, der Mann in der Führungsebene, bereitet dem ein Ende. „Ruhe!“, brüllt er wütend durch den Saal. Seine Stimme hallt wie ein Echo von den Wänden.

„Heute ist nicht der richtige Tag, um darüber zu entscheiden. Wir werden weitere Aufnahme abwarten, bevor wir ein Urteil fällen. Die Konferenz ist beendet.“ Seine Worte dulden keinen Widerspruch.

„Wir haben keine Zeit“, rufe ich aus, doch meine Stimme geht in der Menge unter, die sich bereits von ihren Stühlen erhebt und den Saal verlässt.

Ich dränge mich durch die Legionsführer zu W600.

„Ich muss die Aufnahmen noch einmal sehen. Kannst du mir helfen?“

„Warum?“, will er verwirrt wissen.

„Ich muss wissen, ob ich jemanden unter den Rebellen wiedererkenne.“

Er mustert mein Gesicht zögernd. „Du meinst diesen Finn, oder?“

Es gefällt mir nicht, wie er seinen Namen betont. „Hilfst du mir oder nicht?“

Er steht in der Rangfolge über mir. Ohne ihn habe ich kaum eine Chance, das Band noch einmal zu sehen. Dieses Mal zeigt er sich nicht so hilfsbereit wie sonst, doch schließlich nickt er und winkt einen der Techniker zu sich. Er ist aus meiner Generation und somit noch nicht lange qualifiziert.

Als alle anderen den Konferenzsaal verlassen haben, gehen wir mit dem Videoband in einen kleinen Nebenraum. Der Techniker gibt das Band nun auf einem handgroßen Monitor wieder.

„Er gehört auch zu uns“, flüstert mir W600 erklärend zu, sofort lächle ich dem jungen Mann entgegen.

Dadurch, dass das Video nun auf dem winzigen Gerät und nicht auf der großen Leinwand abgespielt wird, ist es bereits um einiges schärfer. Ich zoome das Bild so nah es geht auf die Menschen und fahre die Gesichter einzeln ab. Die meisten von ihnen sind mir fremd und scheinen Bewohner der ehemaligen Sicherheitszone zu sein. Eigentlich sollte ich ihre Gesichter besser kennen als die der Rebellen, doch in den fast zwei Wochen ohne die das Aussehen manipulierenden Tabletten der Legion, haben sie sich bereits so sehr verändert, dass sie nicht mehr dem Stereotyp der Legion entsprechen. Es sind lauter Fremde für mich.

„Hast du heute eine Kugel im Abfluss gefunden?“, unterbricht mich plötzlich W600.

Ich nicke, ohne weiter zu reagieren.

„Hast du sie geöffnet?“

„Da!“, stoße ich aus und deute auf ein Gesicht in der Menge. „Das ist Florance!“, jubele ich. Ich erkenne sie an ihren blonden Locken zweifellos wieder.

Ich beginne, in ihrem näheren Umfeld weiterzusuchen. „Und das ist Paul.“

Danach entdecke ich sowohl Grace und Emily als auch Sharon und Raymond sowie mit einigen

Schwierigkeiten Maggie. Aber Finn bleibt weiter verschwunden, was mein Herz wie verrückt klopfen lässt. Er darf nicht tot sein!

Doch auch Zoe, Clyde, Ruby und Pep bleiben verschwunden. Irgendetwas stimmt da nicht. Natürlich wäre es möglich, dass Finn nicht überlebt hat, aber sowohl Clyde als auch Ruby sind bestens für solche Situationen gerüstet. Als Kämpfer der Legion wurden sie ihr Leben lang auf Notfälle vorbereitet. Sie wissen besser als jeder andere, was zu tun ist.

Plötzlich reißt mir W600 das Gerät aus den Händen und schaltet es einfach aus. Er blickt mich wütend an. „Es reicht!“, knurrt er.

„Gib es mir zurück!“, fordere ich ihn auf und versuche, ihm den Monitor wieder wegzunehmen, doch er reicht ihn weiter an den Techniker, der ihn zurück in den Schrank legt und verschließt.

„Was soll das?“, fauche ich meinen Bruder an.

„Entweder lebt dein toller Finn oder nicht. Du kannst nichts daran ändern.“

„Warum sprichst du so herablassend über ihn? Du kennst ihn ja nicht einmal!“, fahre ich ihn an. So kenne ich W600 gar nicht.

„Und warum lobst du ihn in den Himmel? Er ist der einzige Mann, den du kennst.“

„Was willst du damit sagen?“

„Er ist nur der Erste, den du je kennengelernt hast. Woher willst du wissen, dass es nicht jemanden gibt, der viel besser zu dir passt als er?“

„Darum geht es doch gar nicht!“, rufe ich verärgert aus.

„Doch, es geht dir immer nur um ihn. Sobald du von ihm sprichst, ist alles andere vergessen!“

„Das stimmt nicht!“

„Natürlich tut es das! Du hast mir ja nicht einmal mehr zugehört.“

Ich schnaube wütend Luft aus. „Es geht um Finns Leben und nicht nur um einen bescheuerten Namen“, schreie ich ihm entgegen. „Ich habe deine Kugel gefunden und auch deine Nachricht gelesen. Ich wollte dir eigentlich sagen, wie glücklich ich darüber bin, dich kennengelernt zu haben.“

W600s Gesichtszüge glätten sich schuldbewusst und er hebt beruhigend seine Hände. „Cleo…“, versucht er es, doch jetzt aus seinem Mund meinen Namen zu hören, macht mich nur noch wütender. „Du willst also wissen, wie ich dich nennen würde?“, brülle ich ihn an.

Er nickt. „Es tut mir wirklich leid“, flüstert er betrübt.

„Felix, der Glückbringende. Ich hoffe, er gefällt dir“, zische ich herablassend und stürme an ihm vorbei aus dem Raum. Natürlich läuft er mir hinterher.

„Cleo!“

Ich höre nicht auf ihn. Fast bereue ich es, ihm meinen Namen verraten zu haben. Er fühlt sich falsch aus seinem Mund an. Ich möchte Finns Stimme hören und nicht seine.

Ich atme erst aus, als sich die Aufzugstüren direkt vor der Nase meines Bruders schließen. Er weiß nichts von Liebe! Sonst wüsste er, wie sehr ich darunter leide, nicht zu wissen, ob Finn noch am Leben ist. Und seine Vorwürfe sind völliger Blödsinn! Als ob ich Finn nur lieben würde, weil er der erste Mann war, den ich besser kennengelernt habe. Es gab schließlich auch Paul, Pep oder Jep.

Aber ich habe mich für Finn entschieden, und das, obwohl er mich nicht einmal leiden konnte. Ich habe mich in Finns Seele verliebt und nicht in sein Äußeres. Und ihm geht es nicht anders! Wir sind füreinander bestimmt. Das hat er bewiesen, indem er sich als Gefangener der Legion ohne Gedächtnis erneut in mich verliebt hat. Es ist völlig egal, was mein Bruder denkt oder sagt, Finn und ich gehören zusammen und ich werde ihn wiederfinden! Mit oder ohne Felix' Hilfe.

22. Finn

Nachdem weitere Versuche, die Klappe zu öffnen, gescheitert sind, haben Ruby und Finn stattdessen beschlossen, sich aus Knochen eine Waffe zu bauen. Es ist jedoch nicht gerade leicht, im Dunkeln einen Knochen mit einem Stein anzuschleifen, ohne sich dabei selbst zu verletzen. Finn hat Ruby mehr als einmal neben sich fluchen gehört.

Plötzlich sind dumpfe Schritte zu hören. Panisch lassen die beiden ihre Arbeit fallen und kauern sich Rücken an Rücken wieder aneinander. Gerade rechtzeitig, bevor sich die Luke öffnet.

Der Mutant scheint jedoch nichts zu merken, denn er lässt wie üblich den Eimer mit dem frischen Wasser runter. Heute scheint jedoch ihr Glückstag zu sein, denn er schmeißt ihnen zusätzlich zwei Rüben vor die Füße. Er wartet nicht länger und lässt die Klappe mit einem lauten Knall zukrachen. Kaum, dass seine Schritte verklingen, stürzen die beiden sich gleichermaßen auf die Rüben und das Wasser. Das Gemüse ist steinhart und schmeckt irgendwie erdig, aber es ist das erste Essen seit Tagen. Sie nehmen beide jedoch nur einen großen Schluck von dem Wasser, denn es muss vermutlich bis morgen reichen.

Ruby seufzt glücklich und lässt sich gegen Finns Schulter sinken. „Ich glaube, die Rübe war faulig, aber das ist mir gerade total egal.“

Finn beginnt, über die unsinnige Situation zu lachen, und legt seinen Arm um Ruby. „Lieber verfaultes Gemüse, als Menschenfleisch.“

„Wir werden diesen Bastarden alles heimzahlen, verlass dich drauf."

Finn räuspert sich. „Vielleicht sollten wir uns eher mit ihnen verbünden."

Ruby setzt sich abrupt auf und Finn spürt, wie sie ihn durch die Dunkelheit anstarrt. „Verbünden?!"

„Sie hassen die Legion mehr als uns. Wir haben einen gemeinsamen Feind, das sollten wir ausnutzen."

„Wofür? Selbst wenn sie uns helfen, werden sie uns danach umbringen."

„Warum sollten sie? Sie töten uns doch nur, um zu überleben. Wenn es die Legion nicht mehr gibt, haben sie dieselben Chancen wie wir."

„Sie hätten gestern fast deine Schwester geschlachtet. James und Devon haben sie gegessen. Kannst du das einfach vergessen? Wie kannst du solchen Monstern vertrauen wollen?"

„Wir sind in einer aussichtslosen Situation! Selbst wenn wir es schaffen zu fliehen, stehen wir ohne Nahrung da und die Legion wartet nur darauf, den finalen Schlag gegen uns ausführen zu können. Mit den Mutanten hätten wir wenigstens die Chance auf einen Sieg."

„Und was dann? Sie werden sich uns niemals unterordnen."

„Noch nie etwas von Demokratie gehört?"

Obwohl er Ruby nicht sehen kann, weiß er, dass sie über seine Worte nachdenkt. „Okay, und wie willst du sie dazu bringen, dir zuzuhören?"

„Pep muss mit ihnen sprechen…"

Sie fällt ihm ins Wort. „Pep? Den halten sie sich doch auch nur als Schoßhund für die kleine Prinzessin."

„Redest du von dem Mutantenmädchen?"

„Von wem denn sonst?!"

„Sie ist anders als die anderen. Vielleicht hilft sie uns…"

„…Sie isst genauso Menschenfleisch wie alle anderen."

„Tut sie nicht! Ich habe sie beobachtet."

„Sie hat nichts zu sagen!"

„Sie ist eine von ihnen!"

Es wird still. Offenbar gehen Ruby die Widerworte aus. Sie lässt sich wieder neben ihn sinken. „Sie hat ein Auge auf Pep geworfen. Sie himmelt ihn förmlich an."

Finn weiß nicht, wie ihnen das weiterhelfen soll, doch Ruby fährt fort: „Er könnte so tun, als würde er ihre Gefühle erwidern."

Als sie es sagt, hört sie sich selbst nicht glücklich über ihren Vorschlag an. Finn will ihr im ersten Moment widersprechen, doch dann überdenkt er ihre Worte. Cleo wurde im Grunde erst zu einer richtigen Rebellin, als sie mit ihm zusammenkam. Die Liebe hat sie aneinandergebunden und seine Ziele wurden zu ihren. Er selbst sieht die Legion mit anderen Augen, nur wegen Cleo. Vielleicht könnte es also auch bei den Mutanten funktionieren. Wenn das Mädchen glauben würde, dass Pep sie trotz ihres abstoßenden Äußeren und ihrer Taten mag, würde sie alles daran setzen, ihn und seine Freunde zu schützen. Sie würde zu dem Sprachrohr der Rebellen werden. Und wenn sie erst einmal Verbündete wären, würde es niemanden mehr interessieren, ob Pep ihr mit seiner Lüge das Herz bricht. Das Wohl der Mehrheit würde über dem des Mädchens stehen. Es ist kein guter Plan. Er ist kaltherzig und berechnend, aber im Moment vielleicht der einzige Weg aus diesem Gefängnis.

„Wenn wir ihn das nächste Mal sehen, schlage ich es ihm vor“, stimmt Finn ihr zu.

Sie schweigt, doch Finn spürt, dass ihr noch etwas auf der Zunge liegt.

„Frag schon“, drängt er sie. Ruby atmet hörbar aus. „Bitte hass mich nicht, aber war es bei Cleo genauso?“

„Nein!“, schimpft Finn sofort und rückt von ihr ab.

„Ich war nicht dabei, als ihr euch näher gekommen seid“, verteidigt sich Ruby. „Du bist der einzige Grund, warum sie für die Rebellen arbeitet.“

„Sie arbeitet nicht nur für die Rebellen, sie ist eine Rebellin! Cleo gehört zu uns“, sagt Finn bestimmt.

„Du weißt, dass es nicht stimmt, sonst hättest du sie nicht in die Zentrallegion geschickt“, argumentiert Ruby. Finn ist dieses Thema leid. Er will nicht mit Ruby streiten und er will nicht an Cleo denken. Beides schmerzt zu sehr.

Er antwortet ihr nicht, in der Hoffnung, dass sie dann endlich Ruhe gibt.

Aber Ruby scheint wie besessen von diesem Thema zu sein. „Was wäre gewesen, wenn ich nie als Spionin in die Legion gegangen wäre? Hättest du dich dann in mich verlieben können?“

Die Wahrheit ist, dass Finn in ihr nie mehr als eine große Schwester gesehen hat. Er hat sie nicht einmal sonderlich vermisst, als sie weg war. Aber das kann er ihr nicht sagen. Er will ihr nicht wehtun und sie ist in diesem Loch seine einzige Bezugsperson. Doch es ist auch gar nicht nötig, dass er ihr antwortet, denn Ruby fährt auch ohne Antwort fort.

„Weißt du, dass ich den Tag, an dem ich mich dazu entschlossen habe, bis heute verfluche? Ich war jung und naiv. Ich wollte eine Heldin sein und uns alle retten. Ich dachte, ich könnte die Welt verändern, aber ich hatte doch gar keine Ahnung, was ich dafür aufgeben müsste. Niemand hat mir gesagt, was die Legion von mir verlangt!"

Finn kann hören, wie aufgebracht sie ist. Ihre Stimme zittert und er ist sich sicher, dass sie den Tränen nahe ist. „Aber Gustav hat dich doch bestimmt über alles informiert…"

Sie fällt ihm wütend ins Wort: „Einen Scheißdreck hat er! Er hat behauptet, ich müsste nur Wache stehen und Nahrung in Tablettenform zu mir nehmen. Er wollte einen Spion in der Legion. Es war ihm egal, was er mir damit antut!"

Obwohl Gustav sich vor seinem Tod sehr zu seinem Nachteil verändert hat, fällt es Finn schwer, ihn als berechnenden Menschen zu sehen. Nachdem seine ganze Familie der Legion zum Opfer gefallen war, hatte sich Gustav wie ein Vater um ihn gekümmert. Er hatte zu ihm aufgesehen und sein Wort als Gesetz betrachtet.

„Es war deine eigene Entscheidung", verteidigt er Gustav weiter.

„Er hat mich dazu gedrängt. Wenn ich gewusst hätte, was die Legion mir antut, wäre ich niemals gegangen!"

Ruby schluchzt. Sie weint und zittert am ganzen Körper. Finn war nie gut darin, andere zu trösten. Tränen machen ihm Angst. Trotzdem schlingt er nun auch seinen zweiten Arm um Ruby und drückt sie gegen seine Brust.

„Was genau meinst du?"

Er spürt, wie sie nach Worten ringt und krampfhaft versucht, sich zu beruhigen. „Sie haben mir mein Kind genommen!“, presst sie schließlich hervor und drückt sich noch fester an Finn. Mittlerweile liegt sie fast auf ihm.

Finn wiegt sie hin und her. Er hätte sich denken können, dass es das ist. Für Ruby war es schließlich das zweite Mal, dass sie an den Paarungskämpfen der Legion teilnehmen musste. Doch beim letzten Mal durfte sie nicht selbst kämpfen, sondern musste sich den Samen eines ihr zugewiesenen Partners einpflanzen lassen. Vielleicht war sie deshalb bei diesem Mal auch so verbissen. Sie hatte es bis ins Finale geschafft.

„Vielleicht können wir rausfinden, wer sie oder er ist“, versucht er sie aufzumuntern, doch Ruby schüttelt energisch den Kopf.

„Die Legion ist zerstört und mit ihr alle Unterlagen. Ich werde niemals erfahren, ob es ein Mädchen oder ein Junge gewesen ist. Vielleicht lebt das Kind nicht einmal mehr!“

„So darfst du nicht denken!“

„Es ist leichter, als das Herz an Menschen zu verschenken, die meine Liebe nicht erwidern. Ich bin nicht ohne Grund so hart und kalt geworden. Für mich gab es nie einen Kämpfer, der mir in die Legion gefolgt ist, weil ihn die Sorge um mich umgebracht hätte.“

Jetzt spielt sie wieder auf ihn und Cleo an. Ruby kann sie offenbar nicht leiden, weil sie sie beneidet. Cleo hat alles, was sie sich selbst immer gewünscht hat. Sie ist erfolgreich, hat Freunde und wird geliebt. Aber dieses Mal kann Finn ihr nicht böse sein. Dafür tut sie ihm zu leid. Ruby hat es nicht verdient, immer nur das fünfte Rad am Wagen zu sein. Sie ist die stärkste Frau, die er kennt. Sie hat sich zum Wohl der Rebellen für ein Dasein in der Legion entschieden und trotz all ihrem Leid täglich für sie ihr Leben aufs Spiel gesetzt. Sie wäre eine gute Mutter geworden. Eine Mutter, die alles für ihr Kind riskiert hätte. Es gibt niemanden, der es mehr verdient, geliebt zu werden, als Ruby.

„Du bist für mich zurückgeblieben", erwidert Finn leise. Sein Mund befindet sich direkt an Rubys Ohr, sodass ihre kurzen Haare beim Sprechen an seiner Lippe kitzeln. Sie hält augenblicklich inne und wendet ihm ihr Gesicht zu.

„Und was bringt es mir?", stößt sie unglücklich aus.

Finn streichelt mit seiner freien Hand über ihre Wangen und wischt die Tränen mit dem Daumen fort. Er kann spüren, wie sie unter seiner Berührung erstarrt. In ihrem Gefängnis ist weder ein Morgen noch ein Wiedersehen mit Cleo gewiss. Es gibt nur Ruby und ihn. Sie ist alles, was er hat, und er möchte mehr als alles andere, dass sie glücklich ist.

Sanft zieht er sie an sich und legt seine Lippen auf ihre. Es ist ein Kuss, der Rubys Herz zum Klopfen bringt und ihren Kummer lindert. Es ist ein Kuss, der ihre Tränen trocknen lässt. Es ist ein Kuss, der sie vergessen lässt, dass sie in einem dunklen Loch zwischen Knochen sitzt. Es ist der Kuss, der sie hoffen lässt.

Finn fährt mit seinen Händen über ihren Rücken, als er plötzlich einen harten Gegenstand ertastet. Doch sobald er ihn berührt, fährt Ruby erschrocken zurück.

„Was ist das?", fragt Finn misstrauisch.

„Nichts“, erwidert Ruby sofort abwehrend. Eine blöde Antwort, schließlich hat er gespürt, dass sich dort ein kleiner viereckiger Kasten versteckt.

„Lüg mich nicht an!“, fordert Finn wütend. Gerade waren sie einander noch so nah und er wollte sich wirklich auf sie einlassen. Und jetzt belügt sie ihn!

„Ich kann es dir nicht sagen“, entgegnet Ruby hart. Sie scheint es nicht einmal zu bedauern.

„Du beklagst dich bei mir, wie einsam du bist, und dann lügst du mir ins Gesicht?!“

„Ich hab dich nicht gezwungen, mich zu küssen!“, faucht Ruby wütend.

Finn greift mit seiner gesunden Hand nach ihrem Oberarm, obwohl sie sich wehrt. Doch in ihrem winzigen Gefängnis hat sie keine Fluchtmöglichkeiten. „Wir stecken hier zusammen drin. Ich vertraue dir, also tue mir bitte denselben Gefallen und sag mir, was das ist.“

„Es ist ein Sender“, gesteht Ruby schließlich nach einigen Sekunden des Zögerns.

„Erklär es mir“, drängt Finn.

„Die Rebellen sind nur zum Schein weitergezogen. Sie empfangen durch den Sender ein Signal und können uns so orten. Sie planen einen Angriff, um uns zu befreien.“

Finn weiß nicht, ob er sich freuen oder sauer auf Ruby sein soll. Es beruhigt ihn zu wissen, dass die Rebellen ihn und die anderen nicht so leichtfertig aufgegeben haben, aber gleichzeitig schmälert es Rubys Opfer. Sie ist nicht allein seinetwegen zurückgeblieben. Zwar hat sie sich dennoch als Lockvogel bereitgestellt, aber es ist nicht damit zu vergleichen, wie er sich vor die Tore der Legion schmiss, weil er es nicht länger ertrug, nicht zu wissen, ob Cleo lebt oder tot ist.

„Wann greifen sie an?“

„Ich weiß es nicht. Eigentlich hätten sie das schon längst tun sollen. Der Angriff der Mutanten ist dazwischengekommen. Damit haben wir nicht gerechnet.“

„Warum hast du mir nicht von Anfang an davon erzählt?“

Ruby zögert. „Ich wollte, dass du weißt, wie ich empfinde. Wenn die Rebellen gegangen wären, wäre ich wirklich deinetwegen zurückgeblieben. Ich wäre niemals ohne dich gegangen“, beteuert Ruby, doch die Tatsache, dass auch seine Mutter und Freunde nicht ohne ihn gegangen wären, übersieht sie dabei. Ihr Opfer wirkt gering nach ihrer Lüge. Hätte er sie auch geküsst, wenn er davon gewusst hätte? Finn fühlt sich von Ruby verraten und schuldig gegenüber Cleo. Sie hat ihn nie belogen. Ihre Augen waren immer ein Spiegel ihrer Seele. Sie ist so ehrlich, dass man es schon fast als naiv bezeichnen könnte. Alleine die Vorstellung, dass sie sich in einen anderen verlieben könnte, ist absurd. Sie würde niemals einen anderen küssen. Was würde sie über ihn denken, wenn sie von ihm und Ruby wüsste? Er könnte ihr gerade nicht einmal in die Augen blicken. Vielleicht ist sie wirklich zu gut für ihn. Sie hat jemanden verdient, der sie mit derselben aufopferungsvollen Hingabe liebt wie sie ihn.

Zwei Tage später sitzt Finn wieder in der großen Gemeinschaftshöhle zwischen Ruby und Clyde. Als die Mutanten merkten, dass sie keine Fesseln mehr trugen, haben sie sie nur ausgelacht.

Pep und Zoe sitzen bei dem Mutantenmädchen am Feuer. Von den Sizos sind nur noch fünf übrig. Sie werden jedoch gegenüber von ihnen gehalten. Im Gegensatz zu ihnen scheinen sie bereits jeden Kampfgeist verloren zu haben, wenn sie überhaupt je welchen besessen haben. Finn blickt immer wieder in Peps Richtung, doch dieser ignoriert ihn völlig. Dafür bemerkt aber Zoe seine Blicke beunruhigt. Schließlich steht sie auf und kommt zu ihm, obwohl ihr der Kontakt zu den anderen Gefangen untersagt ist.

„Was ist denn los?“, fragt sie leise, während sie sich ängstlich umsieht.

„Ich muss mit Pep reden“, knurrt Finn.

„Warum? Du weißt, was letztes Mal passiert ist, als er mit dir gesprochen hat. Seine Nase ist vermutlich gebrochen.“

„Ich will mich entschuldigen“, behauptet Finn. „Schick ihn her und setz dich wieder hin.“

Er will nicht, dass Zoe sich seinetwegen in Gefahr begibt. Sie seufzt und trottet zurück zu Pep und dem Mädchen. Im nächsten Moment flüstert sie Pep auch schon etwas ins Ohr. Er reagiert abweisend, doch Zoe redet unbeirrt auf ihn ein. Finn kann die schüchternen und misstrauischen Blicke des Mädchens sehen. Sie scheint zu glauben, dass Zoe und Pep über sie reden. Vielleicht ist es nicht verkehrt, wenn nicht nur Pep, sondern auch Finn selbst nett zu ihr ist. Er zwingt sich, ihr ein schwaches Lächeln zu schenken. Sie wirkt überrascht, aber erwidert sein Lächeln nicht nur, sondern kommt direkt wie ein frommer Hund angelaufen.

„Möchtet ihr etwas trinken?“, fragt sie leise.

Ruby und Clyde nicken sofort. Da holt sie in einer rundgebogenen Blechscherbe Wasser und hält es allen nacheinander an die Lippen. Finn ist der Letzte. „Möchtest du auch etwas?“

Er nickt und trinkt die Schale leer. „Hast du eigentlich auch einen Namen?“

Sie blickt ihn erstaunt an, doch sofort kehrt Skepsis in ihren Blick zurück. „Warum fragst du mich so etwas?“

„Es interessiert mich einfach. Es ist doch kein Geheimnis, oder?“

Sie zögert, doch dann verrät sie ihm ihren Namen dennoch: „Lauren.“

In dem Moment stößt Pep zu ihnen. „Was willst du?“, knurrt er Finn entgegen. Seine Nase ist immer noch geschwollen und verfärbt sich mittlerweile von blau zu grün. Es sieht schmerzhaft aus.

Finn ignoriert seine Wut und wendet sich betont freundlich an Lauren. „Lauren, könntest du uns einen Moment alleine lassen? Ich würde mich gerne bei Pep entschuldigen.“

Lauren wirkt überrascht, aber dann lächelt sie Pep an. „Ich habe dir doch gesagt, dass sie es eines Tages verstehen werden.“ Daraufhin geht sie zurück zu Zoe.

„Warum schickst du sie weg, wenn du dich nur entschuldigen möchtest? Willst du etwa, dass sie mir direkt den nächsten Schlag verpassen?“, zischt ihm Pep wütend zu, wobei er sich panisch nach den Mutanten umsieht.

„Es tut mir leid, dass ich dir nicht mehr vertraut habe. Ich weiß, dass du immer noch einer von uns bist. Es gibt eine Möglichkeit, wie du uns helfen kannst“, fährt Finn unbeirrt fort.

„Wir haben einen Plan!“, fügt Ruby hinzu, so als ob ihnen das noch heute zur Flucht verhelfen würde.

„Was für einen Plan?“ will Pep nun doch interessiert wissen.

„Lauren ist der Schlüssel. Sie mag dich, und wenn sie glaubt, dass es dir genauso geht, wird sie dafür sorgen, dass wir freikommen.“

„Ist das etwa euer toller Plan? Ich soll ihr etwas vorspielen?!“, regt sich Pep sofort wieder auf.

„Meinetwegen musst du nicht nur so tun als ob. Sie ist unser einziger Freund hier“, lenkt Finn ein.

„Freund?!“, echot Pep abfällig. „Sie ist ein Monster!“

„Warum hast du dann Skrupel? Was scheren dich die Gefühle eines Monsters?“, mischt sich Ruby ein. „Du sollst schließlich nicht mit ihr ins Bett steigen! Sei einfach nett zu ihr.“

„Pep“, zischt in dem Moment Zoe und deutet mit dem Kopf in die Richtung der anderen Mutanten, die bereits zu ihnen herüberschauen.

Pep zieht sich sofort zurück.

Finn sieht mit Triumph, wie Pep wenige Minuten später Lauren etwas zuflüstert, woraufhin sie ihm ein schüchternes Lächeln schenkt. Pep ist wieder im Team.

23. Cleo

Obwohl ich nach wie vor wütend auf meinen Bruder bin, habe ich mich nicht gewehrt, als er in dem Tunnel des Abflusses bei mir mit einem Tuch auftauchte und mich bat, ihn zu dem nächsten Treffen der Freiheitskämpfer zu begleiten. Natürlich nur mit verbundenen Augen. Es wird wohl noch einige Zeit dauern, bis sie mir genug vertrauen, um mir ihr Versteck zu verraten.

Während der Fahrt im Flugmobil sprechen wir kein Wort miteinander, obwohl ich mir sicher bin, dass Felix immer wieder zu mir schaut.

Als wir den Treffpunkt erreichen, werde ich direkt in den Versammlungsraum geführt und bekomme dort auch die Augenbinde abgenommen. Ich lasse meinen Bruder links liegen und geselle mich stattdessen zu A5215, der in der Nähe mit einigen anderen Freiheitskämpfern steht. „Hallo", grüße ich höflich. Sofort verstummen ihre Gespräche und sie starren mich neugierig an. A5215 räuspert sich. „Hallo Cleo, schön, dass du wieder da bist."

Ich schenke ihm ein dankbares Lächeln. „W600 hat mich mitgebracht."

Er runzelt überrascht die Stirn. „Nennst du ihn jetzt nicht Felix? Er hatte es mir ganz stolz erzählt."

Nun muss ich doch über meinen Bruder grinsen. Offenbar gefällt ihm der Name. „Doch, aber ich wusste nicht, dass er euch schon davon erzählt hat."

„Doch, wir sind alle ganz neidisch", erwidert A5215 grinsend. „Hast du auch einen Namen für mich?"

Ich starre ihn ungläubig an, woraufhin er erneut in Lachen ausbricht. „Keine Sorge, es eilt nicht. Wir haben erst wichtigere Dinge zu besprechen, aber irgendwann werden wir alle einen Namen haben."

„Das finde ich gut", entgegne ich erleichtert.

A5215 legt mir seine Hand auf die Schulter und schiebt mich sanft beiseite. „Entschuldige mich bitte, aber wir sollten mit der Besprechung beginnen."

Ich nicke zustimmend und blicke ihm nach, wie er sich in die Mitte der Menschen stellt. Optisch sieht er natürlich aus wie jeder Mann in der Generation, aber etwas an seinem Verhalten erinnert mich an Finn. Offenbar ist er so eine Art Anführer der Freiheitskämpfer, vielleicht liegt es daran. Obwohl ich ihn kaum kenne, fühle ich mich in seiner Nähe wohl und genieße es, mit ihm zu reden, auch wenn mir dabei immer auf unerklärliche Weise ganz heiß wird. Verwirrt lege ich meine kalte Hand auf meine glühende Wange.

A5215 ruft die Menschen zusammen. „Hört mir bitte zu!"

Alle bilden einen Kreis um ihn.

„Die Führungsebene ist unentschlossen, ob sie die Rebellen im Kampf gegen die Mutanten unterstützen sollen. Die Tendenz sieht eher negativ aus. Doch ich bin der Überzeugung, vor allem nach Cleos Bericht, dass wir dieselben Ziele wie die Rebellen verfolgen. Wir müssen alles daran setzen, ihnen zu helfen."

Ich wundere mich darüber, wie offen A5215 über die Mutanten spricht, denn immerhin sind auch Bewohner niedrigerer Klassifizierungen anwesend. Aber offenbar sind sie bestens informiert.

„Wir könnten demonstrieren", schlägt einer vor. Die Stimme kommt mir bekannt vor.

„Dann weiß die Führungsebene, dass Verräter unter den Legionsführern sitzen", wirft Felix ein.

„Das ahnen sie doch ohnehin schon“, entgegnet der Mann. Ich recke meinen Kopf nach ihm, doch zu viele Menschen versperren mir die Sicht.

„Wir müssen auch gar nicht für die Rebellen demonstrieren, sondern nur gegen die Mutanten. Die Bedrohung durch die Fremden ist zu groß“, stimmt A5215 dem Mann mit der mir bekannten Stimme zu.

„Wir könnten uns weigern zu arbeiten“, schlägt der Mann vor und dieses Mal erhasche ich einen Blick auf sein Gesicht und erstarre. Es ist der Mann aus der Müllbeseitigung, der den Aufstand gegen Felix angeführt hat. Er hat ihn zusammengeschlagen und jetzt spielen sie in einem Team? Wie ist das möglich? Hat Felix ihn danach eingeweiht?

Ich bemerke, wie mich jemand von der Seite anstarrt, und drehe meinen Kopf. Meine Augen begegnen dem misstrauischen Blick von N600. Ich weiß, dass sie mich nicht gut leiden kann, dennoch frage ich sie: „Ist der Mann neu bei euch?“

Sie zieht skeptisch die Augenbrauen hoch. „Nein, warum fragst du das?“

„Er gehört zu den Männern, die Felix in der Müllbeseitigung zusammengeschlagen haben.“

Sie starrt mich wütend an. „Felix?“

Überrascht versuche ich mich zu erklären: „W600… Ich dachte er hätte dir…“

Sie unterbricht mich ruppig. „Ich weiß Bescheid, aber das heißt nicht, dass ich es gutheiße. Belästige jemand anderen mit deinen Fragen!“

Genervt drängt sie sich an den Menschen vorbei und stellt sich einige Meter entfernt von mir auf. Langsam ahne ich, warum sie mich nicht leiden kann. Es muss an Felix liegen. Sie scheint eifersüchtig auf mich zu sein. Dabei gibt es dafür gar keinen Grund, immerhin ist er mein Bruder. Wenn sie es wüsste, würde sie sicher anders auf mich reagieren.

Ich folge ihr und berühre sie leicht an ihrem Oberarm. „Bitte, hör mir kurz zu. Ich muss dir etwas sagen!“

Sie blickt mich feindselig an. „Und was, wenn ich es gar nicht wissen will?!“

„Ich bin mir sicher, dass es dich interessieren wird. Es geht um W600. Können wir kurz wohin gehen, wo wir ungestört sind?“

Sie bleibt weiterhin misstrauisch. „Es gibt nichts, was du über ihn erzählen könntest, wovon ich nicht bereits wüsste. Ich kenne ihn mein ganzes Leben lang und nicht erst wenige Wochen.“

„W600 weiß selbst nichts davon. Bitte hör mir zu“, flehe ich sie nun förmlich an. Sie zögert noch einen Moment, aber dann bahnt sie sich einen Weg durch die Menschen. Sie öffnet eine Tür und ich erkenne den Raum wieder, in dem ich beim letzten Mal erwacht bin.

„Jetzt spuck es aus!“, drängt sie mich, als die Tür hinter uns ins Schloss fällt.

Ich atme einmal tief durch. Sie ist die Erste, mit der ich mein Geheimnis teilen werde, und das, obwohl sie mich nicht einmal mag.

„W600 ist mein Bruder.“ Es fühlt sich gut an es auszusprechen und es ist fast, als fiele mir eine große Last von den Schultern. „Er weiß es noch nicht, also sag ihm bitte nichts. Das möchte ich selber machen.“

Sie wirkt völlig überrumpelt und starrt mich fassungslos an. „Bist du dir sicher?“, fragt sie ungläubig, wobei ihre Stimme bereits nicht mehr ganz so scharf klingt.

„Unsere Mutter hat es mir gesagt. WA350. Sie sitzt zurzeit in den Zellen für die Gefangenen fest."

„Wann hast du vor, es ihm zu sagen?"

„Ich wollte es schon längst tun, aber ich habe Angst davor, wie er reagieren wird", gestehe ich ihr.

„Er hat ein Anrecht darauf, es zu wissen."

„Ich weiß und ich werde es ihm auch sagen, aber nicht heute. Wirst du das für dich behalten?"

Sie reckt stolz ihren Kopf. „Ja, aber nicht ewig. Wenn du es ihm nicht bald sagst, werde ich es tun."

„Keine Sorge, ich mache das schon selber", versichere ich ihr.

Sie mustert mich erneut, doch dann nimmt ihr Gesicht plötzlich weichere Züge an. „Es tut mir leid, dass ich so unfreundlich zu dir war. Ich habe mir nur Sorgen um W600…Felix gemacht."

Ich lächle sie glücklich an und strecke ihr meine Hand entgegen. „Frieden?"

Sie nickt und erwidert mein Lächeln sogar, bevor sie meine Hand ergreift. „Frieden!"

„Lass uns zurück zu den anderen gehen!"

Wir verlassen den Raum wieder und stellen bestürzt fest, dass die Versammlung bereits dabei ist sich aufzulösen. Felix kommt auf uns zugestürzt.

„Da bist du ja!", ruft er vorwurfsvoll an mich gewandt aus. „Was habt ihr da drin gemacht?"

„Frauengespräche", antwortet N600 für mich und funkelt meinen Bruder dabei herausfordernd an. Wenn sie ihn wirklich mehr als einen Freund mag, dann zeigt sie das nicht besonders gut. Sie drängt sich an ihm vorbei, wobei sie ihn unsanft mit der Schulter anrempelt. Er schaut ihr verärgert nach, bevor er sich wieder mir zuwendet.

„Ich dachte, dich interessiert die Arbeit der Freiheitskämpfer?!", wirft er mir enttäuscht vor.

„Tut es auch, sehr sogar. Aber das hier war auch wichtig. Wir haben uns vertragen."

Er schnaubt verächtlich auf. „Es ist dir also wichtiger, was eine einzelne Person über dich denkt, als für deine Freiheit zu kämpfen?"

„Nein!", rufe ich aus, wobei ich mich gleichzeitig über seine Vorwürfe aufrege. „Was habt ihr besprochen?"

„Warum soll ich es dir erzählen, wenn es dich nicht interessiert?"

„Es interessiert mich!", schreie ich ihm entgegen. „Würdest du es mir bitte erzählen?"

Er seufzt. „Die Freiheitskämpfer, abgesehen von uns Legionsführern, legen morgen ihre Arbeit nieder und werden auf die Straße treten, um für einen Einsatz gegen die Mutanten zu demonstrieren."

„Wird die Legion sie nicht einfach niederschießen?"

„Wahrscheinlich schon, aber sie können nicht alle umbringen."

Ich erstarre. Den Freiheitskämpfern ist ihr Vorhaben so ernst, dass ihr gemeinsames Ziel über dem Leben des Einzelnen steht.

Ich weiß genau, wen die Führungsebene für das Vorhaben verantwortlich machen wird. Sie werden denken, dass ich damit zu tun habe. Ich kann nur hoffen, dass sie jetzt, wo W300 tot ist, nicht länger meine Mutter an meiner Stelle bestrafen werden.

Felix holt erneut das Tuch hervor. „Komm, ich bringe dich nach Hause!"

„Moment", entgegne ich. „Ich muss dich noch etwas fragen."

Er blickt mich verunsichert an. „Worum geht es?“

„Ich habe heute unter den Freiheitskämpfern einen Mann wiedererkannt, der bei dem Angriff auf dich in der Müllbeseitigung beteiligt war.“

Felix wirkt überrascht. „Ich dachte nicht, dass du dich an jeden einzelnen von ihnen erinnern würdest. Wir sehen doch im Grunde alle gleich aus…“

Ich schüttele energisch den Kopf. „Jeder von uns hat seine Eigenarten, man muss nur auf sie zu achten wissen. Aber das beantwortet auch nicht meine Frage. Hast du ihn erst danach zu den Freiheitskämpfern geholt?“

„Nein“, gesteht Felix, ohne mir in die Augen zu blicken. „Der Angriff war geplant. Die Führungsebene hatte mich bereits seit einiger Zeit im Verdacht, so haben wir sie vom Gegenteil überzeugt.“

„Es war abgesprochen?“, frage ich verwirrt und beginne nur langsam zu realisieren, was das für mich bedeutet. Ich wurde für den Vorfall verantwortlich gemacht und W300 ließ deshalb meine Mutter wegsperren. Hätte es den Angriff nie gegeben, hätte ich auch nicht die Arbeit wechseln müssen und meine Mutter wäre niemals ausgepeitscht worden.

„Du hast zugelassen, dass sie mich dafür verurteilen“, stoße ich fassungslos aus.

„Es tut mir leid, aber ich konnte nichts machen. Ich lag fast eine ganze Woche auf der Krankenstation.“

„Ich habe mich deinetwegen mit Asha gestritten“, rufe ich wütend aus und muss an all die Vorwürfe denken, die ich ihr gemacht habe. Ich habe sie sogar geschlagen, dabei hätte mein Bruder die Schläge verdient.

„Es tut mir wirklich leid“, beteuert Felix weiterhin.

„Wann hättest du es mir gesagt?“, frage ich ihn wütend, obwohl ich die Antwort bereits ahne. „Nie?“

„Es ist bereits so lange her und ich dachte nicht, dass es dir noch wichtig wäre.“

„Meine Mutter sitzt deinetwegen im Gefängnis!“, schreie ich wütend und unterschlage dabei die Tatsache, dass es genauso seine Mutter wie meine ist.

Er wirkt überrascht. Er wusste nichts von meiner Beziehung zu WA350. „Ich wusste nicht, dass sie deine Mutter ist.“

„Das ändert nichts!“ Mich überkommt plötzlich ein ganz neuer Verdacht. Im Stillen habe ich auch Asha verdächtigt, etwas mit dem Tod von W300 zu tun zu haben. Was ist, wenn das auch das Werk der Freiheitskämpfer ist? Würden sie soweit gehen?

„Was ist mit W300?“

„Was soll mit ihm sein?“, fragt Felix verwirrt.

„Seid ihr für seinen Tod auch verantwortlich?“

„Nein, natürlich nicht!“

„Wisst ihr, wer ihn umgebracht hat?“

„Nein, und es würde auch niemand gutheißen. Mord ist keine Option.“

Ich weiß nicht, ob ich ihm glauben kann. Nicht nach dem, was ich gerade erfahren habe. „Ich will jetzt zu meinem Zimmer.“

Felix blickt mich traurig an. „Es tut mir wirklich leid“, sagt er erneut, doch ich bleibe hart.

„Bring mich zurück!“

Er lässt das Tuch in seinen Händen sinken. „Das brauchen wir nicht. Ich vertraue dir!“

Ich stoße einen wütenden Schrei aus und reiße ihm das Tuch aus den Händen. Er braucht mir nicht auf diese Weise entgegenzukommen, nur weil er ein schlechtes Gewissen hat. Ich lege mir das Tuch selbst über die Augen. „Die anderen aber nicht und jetzt bring mich endlich zurück!"

Ich stehe mit verbundenen Augen vor ihm und warte auf seinen führenden Arm. Es dauert einige Sekunden, bis ich seine Hand spüre.

Als ich in unserem Zimmer ankomme, sind Asha und Iris noch nicht da. Nur Dumbo, der kleine Wüstenfuchs von Iris, springt mir entgegen. Er darf diesen Raum nicht verlassen und ist mehr gefangen als irgendein anderer. Es wäre das Beste für ihn gewesen, wenn Iris ihn bei den Rebellen gelassen hätte. Ein Wildtier sollte nicht in Gefangenschaft leben müssen.

Die Arbeit endet erst in wenigen Minuten. Ich setze mich auf Ashas Bett, während ich warte. Sie hatte die ganze Zeit recht. Ich bin es, die ihr Unrecht getan hat. Sie hat mich nie verraten. Der Aufstand in der Müllbeseitigung hätte auch stattgefunden, wenn sie kein Wort gesagt hätte. Es ist nicht ihre Schuld, dass W300 meine Mutter gefangen genommen hat.

Sobald sich die Tür öffnet und Asha in Begleitung von Iris eintritt, falle ich ihr um den Hals. Sie legt ihre Hände beruhigend auf meinen Rücken. „Was ist los? Ist etwas passiert?", fragt sie besorgt.

Ich lasse sie los und schüttele den Kopf. „Ich muss mich bei dir entschuldigen. Es tut mir leid, was ich dir alles vorgeworfen habe."

Sie wirkt überrascht, doch ich sehe, wie Tränen in ihren Augen glitzern. „Woher kommt die Einsicht?", fragt sie leise und ich erzähle ihr alles. Angefangen bei meinem Bruder, weiter zu den Freiheitskämpfern, ende ich schließlich bei dem heutigen Tag. Es gibt keinen Grund, ihr nicht zu vertrauen.

Sie lässt sich baff auf ihr Bett sinken. „Wow, ich glaube es nicht, dass es tatsächlich Freiheitskämpfer in der Zentrallegion gibt."

„Du darfst natürlich niemandem davon erzählen. Sobald sie mir vertrauen, werde ich sie bitten, euch ebenfalls aufzunehmen."

Asha ergreift meine Hand. „Es tut mir auch leid, dass ich dir vorgeworfen habe, nichts für den Widerstand zu unternehmen. Ich wusste im Grunde die ganze Zeit, dass ich falsch lag."

Iris schlingt ihre Arme um uns. „Ich liebe es, wenn wir uns vertragen."

Ein plötzlicher Lärm reißt mich aus dem Schlaf und ich fahre erschrocken hoch. In unserem Zimmer steht ein Kämpfer der Legion und leuchtet mit dem Strahl seiner Lampe direkt in mein Gesicht. Ich halte mir geblendet eine Hand vor die Augen.

„WA518, es wurde eine Konferenz der Legionsführer einberufen. Ich muss dich bitten, mir zu folgen!"

„Was ist passiert?", stoße ich aus und steige aus dem Bett. Ich trage nur ein weißes Nachthemd.

„Ich bin nicht befugt, Informationen weiterzugeben."

„Darf ich mich noch anziehen?"

„Ein Kleidungswechsel ist nicht nötig, bitte folge mir!"

Ich gehorche und eile dem Kämpfer hinterher. Was mag nur vorgefallen sein?

Als wir den Legionsführerpalast erreichen, treffen mit uns weitere Flugmobile mit Legionsführern in

Schlafkleidung ein. Sie wirken alle genauso alarmiert wie ich selbst. Hat es etwa einen Angriff gegeben? Gibt es neue Informationen über die Rebellen?

Das Gemurmel im Konferenzsaal ist lauter als sonst. Alle wirken verängstigt und Panik liegt in der Luft.

Sobald alle Stühle besetzt sind, eröffnet S300 die Konferenz. Sie und N300 sind die Einzigen, die ihre Anzüge tragen.

„O300 ist tot. Sie wurde ermordet."

24. Finn

Ruby liegt in Finns Armen. Sie hat ihren Kopf an seine Brust geschmiegt und lauscht seinem Herzschlag. Nach ihrem letzten Streit haben sie sich schnell wieder vertragen, was an der Situation liegen könnte, dass sie sich dieses winzige Verlies teilen. Doch zu einem weiteren Kuss ist es nicht mehr gekommen. Ruby hat es nicht versucht, da sie gehofft hatte, dass Finn auf sie zugehen würde. Sie kann ihn und seine Gefühle nicht einschätzen. Er scheint zu schlafen, während in ihrem Kopf die Gedanken wie in einem Karussell kreisen.

„Finn?", fragt sie in die Dunkelheit.

Er zuckt leicht unter ihr zusammen. „Ja?"

„Was wird aus uns, wenn unser Plan funktioniert?"

Er zögert, doch dann antwortet er: „Wir werde gegen die Zentrallegion kämpfen."

Sie schnaubt genervt auf. „Du weißt, dass ich das nicht gemeint habe. Ich meinte dich und mich. Werde ich immer noch so nah bei dir liegen dürfen, wenn wir nicht in einem Loch festsitzen?"

Finn seufzt. „Ich schätze schon. Ich mag dich und das wird sich nicht ändern, nur weil wir frei sind."

„Und was ist mit Cleo?"

„Wer weiß, ob wir sie je wiedersehen."

„Du hoffst es aber!"

„Natürlich hoffe ich es. Aber ich bin mir nicht mehr sicher, ob wir überhaupt zusammenpassen. Ich bewundere sie und schätze ihren Mut und ihre selbstlose Liebe, aber ich…" Er bricht ab. Er wollte sagen *‚aber ich glaube nicht, dass ich sie verdient habe'*.

Doch das würde sich anhören, als wäre Ruby weniger wert. So ist es nicht, sie ist nur anders als Cleo.

„Ich weiß es nicht, okay?“, schließt er ab.

Ruby löst sich von ihm und setzt sich auf. Er spürt ihren Blick auf seinem Gesicht. Plötzlich berührt ihre Hand seine Wange. Es ist jedes Mal aufs Neue überraschend, wie sanft Ruby sein kann. Er weiß nicht, ob es richtig ist. Doch er schmiegt sein Gesicht in ihre Handfläche und küsst ihr Handgelenk. Ruby beugt sich vor und gibt ihm einen Kuss auf den Mund. Finn erwidert den Kuss erst nicht, doch als Ruby sich von ihm zurückziehen will, zieht er sie dann doch an sich. Vielleicht ist es falsch und vielleicht wird er es bereuen, sobald Cleo vor ihm steht, aber er kann gerade nicht an morgen denken. Ihn quält der Hunger und die Angst und Ruby ist die Einzige, die bei ihm ist. Ihre Nähe gibt ihm Trost. Wenn er Cleo nicht selbst in den Hubschrauber gesetzt hätte, wäre sie vielleicht diejenige, die nun bei ihm wäre. Doch sie ist es nicht und Finn bereut es nicht. Selbst, wenn er sie dann bei sich hätte, würde er ihr dieses Schicksal niemals freiwillig zumuten. Er hat so oft über ihren letzten Tag nachgedacht und ist immer wieder zu dem Schluss gekommen, dass es die richtige Entscheidung war. Er hätte ihr nicht mehr seine Liebe beweisen können, ohne sich selbst zu verleugnen. Sein Platz ist nicht in der Legion, sondern bei den Rebellen. Vielleicht sogar bei Ruby.

Finn schätzt, dass es noch früher Morgen ist, als die Klappe zu ihrem Loch aufgerissen wird. Das schwache Licht, das von außen hereinfällt, bestätigt seine Annahme. Sein Entführer steht oben und blickt auf ihn herab. Er deutet mit dem Zeigefinger auf Finn. „Du! Mitkommen!“

Finn will gehorsam aufstehen, doch Ruby hält ihn am Arm zurück. „Warum?“, ruft sie dem Mutanten entgegen.

„Mitkommen!“, knurrt er nur erneut, anstatt zu antworten.

„Darf ich ihn begleiten?“, fragt sie, ohne Finn loszulassen.

Der Mutant schüttelt den Kopf. „Du nicht!“

Ruby blickt Finn besorgt an. „Geh nicht mit“, bittet sie ihn ängstlich.

„Ich hab keine Wahl!“, entgegnet er und löst ihre Hände von seinem Arm. Er steht auf und steigt an dem Seil, das der Mutant in die Höhle geworfen hat, nach oben. Kaum, dass er aus dem Loch gestiegen ist, schmeißt der Mutant die Klappe geräuschvoll wieder zu.

Er trottet ihm in Richtung des Eingangs zu der großen unterirdischen Höhle nach. Als sie hinabsteigen, ist es ungewohnt still. Im Inneren sitzt Zoe in der hintersten Ecke. Lauren und Pep sitzen bei einem weiteren Mutanten und an der Wand ist ein letzter Sizo festgebunden.

Sein Entführer drückt ihn vor dem anderen Mutanten auf die Knie, welcher Finn misstrauisch mustert.

„Dein Freund hat mir erzählt, dass ihr euch mit uns verbünden wollt“, beginnt der Mutant.

Finn nickt sofort zustimmend, doch der Mutant schneidet ihm durch eine schlichte Handbewegung das Wort ab. Finn verstummt.

„Warum solltet wir auf eure Hilfe Wert legen?“

„Ihr seid alleine zu schwach, um gegen die Legion zu kämpfen. Zusammen hätten wir eine Chance."

„Wer sagt, dass wir überhaupt gegen sie kämpfen wollen? Sie greifen uns nicht an."

„Sie haben euch ausgeschlossen und verhungern lassen. Seit Jahrzehnten müsst ihr so zurückgezogen leben. Ihretwegen hattet ihr keine andere Chance, als euresgleichen zu schlachten."

Der Mutant kneift verärgert die Augen zusammen. „Vertue dich da mal nicht! Mittlerweile haben wir uns an den Geschmack gewöhnt. Du könntest der Nächste sein."

„Wenn das so ist, warum hast du mich dann zu dir bringen lassen? Was willst du von mir?"

Der Mutant gibt Lauren ein Zeichen.

„Wir sind einer Zusammenarbeit nicht völlig abgeneigt, aber unser Anführer zweifelt an der Loyalität der Rebellen. Er erwartet, dass du deine Aufrichtigkeit unter Beweis stellst."

„Was soll ich tun?"

„Du musst beweisen, dass du unsere Geschichte verstehst." Sie blickt zu dem Sizo. „Er ist ein Feind."

Vor fast einem Jahr hätte er ihr noch, ohne zu zögern, zugestimmt, aber da kannte er Cleo noch nicht. „Er ist ein Niemand!", entgegnet Finn stattdessen. „Ein Opfer, wie du und ich."

Sie schüttelt den Kopf. „Nein! Er wurde genährt, ohne töten zu müssen. Er lebte in Sicherheit, ohne Angst vor morgen zu haben. Er lebte im Licht und schlief in einem Bett, ein Luxus, der uns seit Jahrzehnten verwehrt ist…"

Finn fällt ihr ins Wort. „Er ist ein Unwissender! Die Sizos haben doch von nichts eine Ahnung gehabt. Sie waren wie Roboter und die Legionsführer haben sie wie Opferlämmer zurückgelassen."

Lauren wirkt verzweifelt wegen seines Widerspruchs. „Finn, er ist schon halbtot. Er hat jeden Überlebenswillen verloren."

„Was wollt ihr von mir?", fährt Finn sie wütend an und blickt zwischen ihr und dem Anführer der Mutanten hin und her.

„Du musst ihn töten und von ihm essen", erklärt Lauren.

Finn schüttelt sofort den Kopf. „Auf keinen Fall! Was soll das?"

Der Anführer steht auf und schlägt wütend seine Faust gegen die Wand, sodass kleine Steine zu Boden rieseln. „Lügner!", schreit er Finn entgegen. „Du bist nicht besser als sie!"

Er meint die Legionäre. Lauren spricht zu ihm und versucht, ihn zu beruhigen.

„Es ist das Gesetz des Stärkeren. Du bist stärker als der Sizo und deshalb muss er sterben", redet sie weiter auf Finn ein. „Nur, wenn du ihn als Opfer bringst, werden die Mutanten bereit sein, dir und den Rebellen zu vertrauen."

„Ich werde ihn weder töten noch von ihm essen", schreit Finn. „Das ist abartig!"

Der Anführer geht auf ihn los und packt ihn am Hals. Er schließt seine Hände um Finns Kehle und drückt zu. Zoe und Lauren beginnen gleichzeitig loszuschreien. Zoe stürzt Finn zur Hilfe und will bereits auf den Anführer losgehen, doch Pep hält sie zurück, während Lauren versucht, den Anführer dazu zu bewegen, Finn wieder loszulassen. Sie redet auf ihn ein und zerrt an seinen Armen. Überraschenderweise lässt er Finn tatsächlich los, der röchelnd zu Boden stürzt. Der Anführer holt mit dem Fuß aus und tritt Finn in den Magen. Dieser stöhnt auf und ringt, weiter auf dem Rücken liegend, nach Atem.

Danach schnauzt er Lauren an, während der Mutant, von dem Finn entführt wurde, ihn bei den Schultern packt und wieder auf die Beine zieht. Er schleift ihn zurück zum Ausgang. Lauren rennt ihnen hinterher.

„Du hast bis heute Abend Zeit, um darüber nachzudenken. Vergiss nicht, dass es nur ein Leben gegen das von vielen Menschen ist."

Als Finn von dem Mutanten zurück zu Ruby ins Loch gestoßen wird, fällt er ihr praktisch in die Arme. Der kurze Lichteinfall reicht, dass Ruby den Schmutz in seinem Gesicht sehen kann.

„Geht es dir gut? Was wollten sie?"

„Das sind Monster!", stößt Finn immer noch wutentbrannt aus.

„Was wollten sie?", fragt Ruby erneut ungeduldig.

„Ich soll einen Sizo umbringen und essen. Sie sehen es als eine Art Vertrauensbeweis an."

„Aber du wirst es tun, oder?"

Er starrt sie durch die Dunkelheit entgeistert an. „Natürlich nicht! So etwas mache ich nicht."

„Finn, stell dich nicht so an! Es ist nur ein Sizo!"

„Er ist ein Mensch!" Er hört Cleo aus seiner eigenen Stimme heraus. Es ist unglaublich, wie sehr sie ihn in den wenigen Monaten verändert hat und immer noch beeinflusst, obwohl sie Meilen von ihm entfernt ist.

„Ich würde es sofort machen, wenn ich könnte."

„Dann schlag es ihnen doch vor!“, schnaubt er wütend. Er hatte ihre Unterstützung und nicht ihren Widerspruch erwartet.

„Das würde ich, wenn ich auch nur die geringste Hoffnung hätte, dass es etwas nutzen würde. Sie wollen dich und nicht mich.“

„Und ich werde es nicht machen!“

„Denk an Zoe…“, fleht ihn Ruby verzweifelt an.

„Sie wäre meiner Meinung!“

„Nicht, wenn es um ihr Baby geht. Sie würden jeden für das Wohl ihres ungeborenen Kindes umbringen, egal ob Sizo, Rebell oder Mutant.“

„Sie hasst das Kind.“

„Das sagt sie, aber ihr Körper spricht eine andere Sprache. Hast du nicht gesehen, wie sie immer ihre Hand auf ihren Bauch legt? Sie liebt es schon jetzt.“

Er würde ihr am liebsten entgegenschreien, dass sie keine Ahnung von seiner Schwester hat, aber vielleicht versteht sie mehr als er. Immerhin war Ruby mal in derselben Lage wie Zoe.

„Finn, bitte! Du könntest uns damit alle retten.“

„Nein!“

„Und nicht nur uns, auch die Sizos in der Zentrallegion. Wenn wir mit Hilfe der Mutanten die Zentrallegion zerstören, haben wir die Möglichkeit, uns eine bessere Zukunft zu erschaffen. Das Leben von tausenden Menschen liegt in deinen Händen. Es ist nur ein Sizo gegen Tausende.“

„Versetz dich doch mal in die Lage des Sizos. Wie würdest du es finden, wenn man dich opfern würde?“, entgegnet ihr Finn verzweifelt.

„Erstens denkt der Sizo darüber gar nicht nach und zweitens würde ich mich freiwillig opfern, wenn ich wüsste, dass dadurch meine Freunde und meine Familie leben werden."

„Nicht jeder kann so mutig sein wie du", seufzt Finn. Er will sich von ihr nicht zu etwas überreden lassen. Es geht hier nicht um eine gewöhnliche Mutprobe, sondern um Mord und Kannibalismus. Er weiß, dass ihn diese Tat für immer verändern würde.

„Ich bin nicht mutig, sondern genauso verzweifelt wie du. Wir leben in einer zerstörten Welt und ich sehne mich nach einer Zukunft außerhalb der Strommauern der Legion. Bitte, Finn! Tu es für Zoe und ihr Kind." Sie ergreift seine Hand und drückt sie fest. „Tu es für deine Mutter. Tu es für die Rebellen."

Sie legt ihre andere Hand auf seine Wange und nähert ihr Gesicht dem seinem. „Tu es für mich." Sie haucht ihm einen kurzen Kuss auf den Mund. „Bitte!"

In Finn sträubt sich alles gegen die Worte, die ihm über die Lippen kommen. „Ich werde es tun!"

Dieses Mal wünscht sich Finn, dass die Klappe sich nicht mehr öffnet. Er hofft, dass die Mutanten es sich anders überlegt haben. Er hofft, dass sie erkannt haben, wie unmenschlich es ist, was sie von ihm verlangen. Doch die Luke öffnet sich schneller, als ihm lieb ist. Ruby und er werden an die Oberfläche gezerrt und zu der Gemeinschaftshöhle geführt.

Es scheinen alle Mutanten versammelt zu sein, sodass die Höhle ungewöhnlich voll ist. Alle drängen sich dicht aneinander und mustern Finn neugierig, als er eintritt. Während Ruby neben Clyde an der Wand festgebunden wird, stößt einer der Mutanten Finn in die rechte Ecke, wo sich der große Stein befindet, auf dem sie ihre Opfer immer töten. Der Sizo wurde bereits darauf festgebunden. Finn sieht sich nach seiner Schwester um. Er muss Zoe sehen, um ihre Gedanken lesen zu können. Er entdeckt sie am Ende des Raums hinter dem Lagerfeuer. Sie sitzt zwischen Pep und Lauren.

Ihr Gesicht ist ihm nicht zugewandt, aber er sieht ihre Hand schützend auf ihrem Bauch liegen, wie Ruby gesagt hat. Vielleicht weiß sie es selbst nicht einmal, aber sie liebt das Kind in ihrem Bauch. Ihre Haltung sagt mehr als tausend Worte. Plötzlich blickt sie in seine Richtung, so als hätte sie ihn gespürt. Sie starrt ihm durch die Flammen des Feuers in die Augen. Dann nickt sie kaum merklich. Sie gibt ihm ihren Zuspruch.

Finn kann nicht mehr zurück. Die anderen haben eine Entscheidung für ihn getroffen, der er sich nun fügen muss.

Einer der Mutanten stößt ihn zu dem großen Stein, sodass er direkt vor dem gefesselten Sizo steht. Dieser starrt bewegungslos an die Decke und scheint keinerlei Angst zu verspüren. Es ist, als wäre sein Geist längst an einem anderen Ort.

Finn blickt fragend zu den Mutanten, doch keiner reagiert.

„Bekomme ich eine Waffe?“

Der Anführer schüttelt den Kopf. „Deine Hände werden reichen.“

Finn starrt ihn fassungslos an. Er soll den Sizo auch noch erwürgen? Verzweifelt blickt er auf den jungen Mann hinab. Er ist etwas älter als er, also wahrscheinlich in Rubys Alter. Seine Augen haben das Lichtblau der Legion verloren. Sie sind in dem schwachen Licht so dunkel wie Kohlen, wahrscheinlich braun. Genau wie das kurze Haar, das ihm aus der Kopfhaut sprießt. Braun wie Cleos Augen und Haare. Sie könnte hier nun genauso gut liegen, wenn sie damals nicht versehentlich entführt worden wäre. Er hätte sie niemals kennengelernt und dieses Opfer wäre völlig bedeutungslos.

„Fang an!“, drängt ihn der Anführer der Mutanten.

Finn streckt seine Hand nach dem Hals des Sizos aus, aber anstatt zuzupacken, legt er seine Handfläche auf dessen Wange und drückt sie in seine Richtung. Der Sizo löst den Blick von der Decke und starrt in Finns Augen. Finn schnappt erschrocken nach Luft und weicht zurück, wird jedoch sofort wieder von den Mutanten an den Stein gedrückt.

Er ergreift die Hand des Sizos und beugt sich zu ihm herab. „Wie heißt du?“

„Meine Bezeichnung lautet D499“, antwortet er mechanisch.

„Ich werde dich immer in meinem Gedächtnis behalten und allen von deinem Opfer erzählen. Du bist ein Held, D499.“

D499 starrt ihn ausdruckslos an, so als verstünde er kein Wort. Finn zögert sein Schicksal nicht länger hinaus und legt beide Hände fest um den Hals von D499. Dann drückt er zu, so fest er kann. In diesem Moment scheinen D499s Lebensgeister wieder zu erwachen. Er wirft sich gegen die Fesseln an seinen Armen und Füßen und beginnt unkontrolliert nach Luft zu schnappen wie ein Fisch auf dem Trockenen.

Finn presst beide Augen zu und lehnt sich mit vollem Gewicht auf den Sizo unter ihm. Er kann förmlich spüren, wie er die Luftröhre des Sizos in seinen Händen zerquetscht. Doch er hört nicht auf.

Er drückt weiter und lässt erst ab, als er von starken Händen zurückgerissen wird.

„Das reicht", fährt ihn der Anführer an. „Du solltest ihn nicht enthaupten!"

Finn blickt zu ihm auf wie betäubt. Sein Puls rast und er kann seinen Herzschlag bis zu seinem Hals spüren.

„Jetzt kommt Teil zwei", fährt der Mutant fort und sticht mit einer Art Dolch in den Körper des Sizos. Blut quillt aus der frischen Wunde. Der Mann dreht den Dolch, bis er ein Organ freilegt. Es ist das Herz.

Er hält es Finn entgegen. „Iss!"

Finn kann fühlen, wie jegliche Farbe aus seinem Gesicht weicht. Seine Knie zittern und er bekommt durch den Kloß in seinem Hals kaum noch Luft. Er hat D499 umgebracht. Wenn er jetzt seine Tat nicht vollendet, war D499s Tod umsonst. Er ergreift das noch warme Herz und starrt es angewidert an. In seine Augen treten Tränen. Er will es nicht tun. Warum mussten sie ihn erwählen? Warum haben sie es nicht Pep machen lassen, der ohnehin schon ihr Fleisch gegessen hat, oder Ruby, die vor nichts und niemandem Angst hat? Selbst Zoe oder Clyde wären stärker als er. Wenn er ehrlich ist, muss er sich selbst eingestehen, dass er jeden von ihnen dafür verurteilt hätte. Vielleicht wussten das die Mutanten und haben gerade deshalb ihn gewählt. Er soll wissen, wie es ist, wenn man keine andere Wahl hat.

Das Blut tropft von seinen Fingern auf den staubigen Boden. Vor seinen Füßen hat sich bereits eine winzige Pfütze gebildet. Er hält sich das Herz vor den Mund. Cleo wird ihm niemals verzeihen. Er beißt zu und tötet damit einen Teil von sich selbst.

Der Teil, der in der Lage war, ehrlich und mit ganzem Herzen zu lieben. Er wird nie wieder derselbe sein.

25. Cleo

Die Aussage trifft mich genauso wie alle anderen Legionsführer. Erst W300 und jetzt auch noch O300. Irgendjemand hat es ganz offensichtlich auf die Führungsebene abgesehen. Ich spüre Blicke auf mir und im nächsten Moment deutet auch schon einer der Legionsführer mit dem Finger auf mich.

„Was ist mit ihr?“, schreit er anklagend.

„Beruhige dich bitte. Sie kann es nicht gewesen sein. Seit dem Mord an W300 überwachen wir ihr Zimmer“, verteidigt mich S300 überraschenderweise. Zum ersten Mal kommt mir die permanente Überwachung der Legion zugute. Ich hoffe nur, dass sie mich nicht auch tagsüber beschatten, denn dann wüssten sie nun auch von den Freiheitskämpfern. Aber Felix wird darauf schon geachtet haben. Obwohl ich wütend auf ihn bin, suche ich nun seinen Blick. Er sitzt ruhig in seinem Stuhl neben N300. Während dieser aufgeregt in der Gegend herumblickt und mit seiner Nachbarin tuschelt, wirkt er sehr gelassen. Ich werde den Verdacht nicht los, dass er oder die Freiheitskämpfer doch etwas mit den Morden zu tun haben. W300 war seit jeher ein Gegner der Rebellen und O300 hatte sich in der letzten Konferenz gegen die Unterstützung der Rebellen ausgesprochen. Es kann kein Zufall sein, dass nun ausgerechnet sie tot ist.

„Was werden wir nun unternehmen? So darf es nicht weitergehen!“, ruft ein Legionsführer aus.

„Wir müssen den Verräter in unseren eigenen Reihen suchen. Nur ein Legionsführer kann sich Zugang zu den Unterkünften der Führungsebene verschaffen.“

Es wird erneut auf mich gezeigt. „Vielleicht hat sie jemanden beauftragt!“

Jetzt reicht es! Ich werde mich nicht noch einmal zu Unrecht beschuldigen lassen. „Ich bin neu hier und jeder misstraut mir, wer würde da Befehle von mir annehmen?!“, rufe ich wütend aus.

WA233 legt ihre Hand beruhigend auf meinen Arm. „Nicht! Das ist sinnlos. Bleib ruhig!“

„Aber ich war es nicht“, fauche ich aufgebracht.

„Das weiß ich. Wenn du dich aber zu sehr gegen die Vorwürfe wehrst, machst du dich nur umso verdächtiger.“

S300 ergreift erneut das Wort. „Bevor noch weitere von uns sterben, müssen wir eine Entscheidung treffen. Wer ist dafür, die Rebellen im Kampf gegen die Mutanten zu unterstützen?“

N300 springt wutentbrannt auf und drängt S300 von dem Podest. „Ist das dein Ernst?! O300 wurde wahrscheinlich genau deshalb ermordet und du willst ihren Mördern nun auch noch einen Gefallen tun?!“

„Wir müssen uns einig sein und dürfen uns nicht durch solche Vorfälle entzweien lassen!“, erwidert S300 energisch.

„Wir sind aber nicht einer Meinung“, schreit N300. „Ich war mir unsicher, aber jetzt, nachdem O300 tot ist, werde ich sicher nicht dafür stimmen, den Feinden auch noch zu helfen.“

„Die Gefahr durch die Mutanten ist viel größer als jede Unstimmigkeit innerhalb der Legion oder mit den Rebellen. Diese sind mittlerweile so sehr geschwächt, dass nur ein Schlag von uns ausreichen würde, um sie zu töten.“

„Die Mutanten haben uns seit Jahrzehnten nicht mehr angegriffen“, verteidigt N300 seine Ansicht.

„Weil sie keine Chance hatten, aber jetzt sind wir geschwächt. Das werden sie ausnutzen! Es sind blutrünstige Monster, die ihresgleichen fressen."

„Nein, ich verlasse mich nicht auf irgendwelche Vermutungen!"

„Es ist nicht unsere alleinige Entscheidung, sondern die aller Legionsführer", erwidert S300 beherrscht und wendet sich von N300 ab und den Anwesenden zu. „Ihr habt beide Ansichten gehört, nun entscheidet selbst. Seid ihr dafür, die Rebellen im Kampf gegen die Mutanten zu unterstützen?"

Meine Hand schnellt als erste nach oben. Es dauert keine Sekunde, bis weitere folgen. Die Mutanten sind den Menschen unbekannt und das verstärkt ihre Angst, sodass die Entscheidung deutlich positiv ausfällt.

Ein triumphierendes Lächeln umspielt S300s Lippen, als sie das Urteil verkündet. „Wir werden sofort eine Kampfeinheit losschicken, sodass sie noch heute Nachmittag bei den Rebellen eintreffen wird."

Sie stolziert erhobenen Hauptes an N300 vorbei, der nur ungläubig den Kopf schüttelt. „Ihr schaufelt euch euer eigenes Grab!", schreit er der Menge entgegen, bevor er sich ebenfalls zurückzieht.

Ich will mit den anderen westlichen Legionsführern den Saal verlassen, doch Felix bahnt sich einen Weg durch die Menge, direkt auf mich zu. „WA518, warte!"

Wenigstens ist er so schlau, hier meine Bezeichnung und nicht meinen Namen zu verwenden. Ich seufze genervt auf und drehe mich zu ihm um.

„Was ist denn noch?"

Er steht zwei Stufen unter mir und ist so gezwungen, zu mir aufzublicken. „Ich möchte mich noch einmal bei dir entschuldigen. Es tut mir wirklich leid und ich würde es ungeschehen machen, wenn ich könnte. Bitte hasse mich nicht, das kann ich nicht ertragen."

Seine Worte erweichen mein Herz. „Aber ich hasse dich doch nicht! Das könnte ich gar nicht", rufe ich aus und eile ihm entgegen. Egal, was er getan hat, er ist immer noch mein kleiner Bruder. Ich umarme ihn versöhnlich. „Sei in Zukunft einfach ehrlich zu mir und verheimliche mir nichts, versprochen?"

Er antwortet mir mit einer Gegenfrage. „Versprichst du mir dasselbe?"

Er weiß schon jetzt alles von mir, deshalb fällt es mir nicht schwer zu nicken. „Ich verspreche es dir!"

Er zögert noch einen Moment, aber dann nickt auch er. „Abgemacht!"

Es ist der falsche Ort, um ihn auf den Mord an O300 anzusprechen. Deshalb verschiebe ich es auf später.

26. Finn

Finn schluckt den letzten Rest des Herzens hinunter. Es grenzt an ein Wunder, dass es ihm nicht im Hals stecken geblieben ist und er sich nicht übergeben musste.

Der Anführer der Mutanten nickt ihm anerkennend zu. „Du hast uns bewiesen, dass du unsere Lage nachempfinden kannst. Wir werden dir und den Rebellen helfen."

Finn kann sich nicht einmal freuen. Der Anführer gibt den Befehl, alle Rebellen von ihren Fesseln zu befreien. Noch bevor Ruby und Clyde frei sind, stürmt Zoe auf ihren Bruder zu und schließt ihn in ihre Arme.

„Ich danke dir!", flüstert sie ihm ins Ohr, doch an Finn strömen ihre Worte wie ein reißender Fluss vorbei. Ihre Umarmung bedeutet ihm nichts mehr. Der Schmerz in seinem Inneren ist zu groß, um irgendetwas anderes zu fühlen als ihn. Am liebsten würde er zu Boden sinken und wie ein kleines Kind zu weinen beginnen. Aber er muss Stärke beweisen.

Ruby tritt an seine Seite und küsst ihn auf den Mund, obwohl dieser noch völlig mit Blut verschmiert ist. „Ich bin stolz auf dich!"

Zoe starrt sie verwundert an, doch dann beachtet sie die beiden nicht länger und drückt stattdessen Clyde an sich. „Wie geht es dir und dem Baby?"

„Uns geht es gut", erwidert Zoe und streichelt ihren Bauch grinsend.

Die Mutanten kümmern sich in der Zeit um die Leiche des Sizos, indem sie ihn in Stücke hacken und die Leichenteile über das Feuer hängen, um sie zu rösten.

Ein schrecklicher Knall erschüttert die Höhle und lässt nicht nur den Boden beben, sondern auch große Gesteinsbrocken von der Decke krachen. Finn kauert sich neben Ruby zu Boden. „Was war das?"

Seine Frage geht in einer weiteren Erschütterung unter. Die Erde stürzt über ihm zusammen. Er schnappt nach Luft und ergreift Rubys Hand. Gemeinsam bahnen sie sich einen Weg zum Ausgang, wo ihm bereits rote Laserstrahlen entgegenleuchten. Blaue Anzüge stürmen ihm entgegen. Erst bei genauerem Hinsehen erkennt Finn, dass es keine Kämpfer der Legion sind, sondern die neuen Verbündeten der Rebellen.

Von irgendwoher hört er jemanden schreien: „Nicht schießen!"

Die Kämpfer stürmen an ihm und Ruby vorbei, gefolgt von Rebellen. Unter ihnen ist auch seine Mutter, die ihn sofort an sich drückt. „Entschuldige die Verspätung!", sagt sie zu Ruby und umarmt auch diese freundschaftlich. In diesem Moment stoßen auch Zoe und Clyde zu ihnen.

„Wir machen diese Schweine jetzt dem Erdboden gleich!", verspricht ihnen Maggie und es sind bereits Schüsse in Hintergrund zu hören.

Finn schüttelt energisch den Kopf. „Nein! Das dürft ihr nicht. Wir haben uns gerade mit ihnen verbündet!"

„Lass sie. Ohne sie sind wir sicherer!", flüstert Ruby. Finn starrt sie entsetzt an. Heute Morgen hat sie ihm noch genau das Gegenteil gesagt.

„Du wolltest, dass ich mich mit ihnen verbünde."

„Nur, um frei zu kommen. Wir schaffen es auch ohne sie."

Maggie mischt sich nun auch ein. „Wenn Finn ihnen Frieden zugesagt hat, werden wir diesen nicht brechen. Die Rebellen halten ihr Wort!"

Sie stürmt an ihnen vorbei, mitten ins Geschehen. Finn lässt Rubys Hand los und folgt seiner Mutter. Genau wie sie schreit er laut: „Stopp!"

Er verliert sie in dem Getümmel aus den Augen und bahnt sich selbst einen Weg. Er erreicht eine Gruppe Rebellen, unter ihnen auch Paul. Sie haben ihre Waffen erhoben. Finn drängt sich an ihnen vorbei und erblickt Pep, der sich schützend vor Lauren gestellt hat. Offensichtlich ist sie ihm doch nicht so egal, wie er die ganze Zeit behauptet hat.

„Tut ihnen nichts!", schreit Finn. „Die Mutanten haben sich mit uns verbündet!"

Nur langsam dringt die Botschaft durch und das Kampfgeschrei verklingt bloß stockend.

Schließlich stehen sie schwer atmend in den Resten der eingestürzten Höhle. Zu ihren Füßen liegen Verletzte und auch einige Tote, sowohl von Seiten der Rebellen als auch der Mutanten.

Ihr Anführer hat eine große blutende Platzwunde am Kopf und starrt sie feindselig an. „Ihr habt uns überfallen!"

„Es war ein Missverständnis", verteidigt Maggie die Rebellen. „Wir wussten nichts von eurer Abmachung."

„Ihr habt unser Zuhause zerstört!"

„Die Legion hat auch unser Zuhause vernichtet. Wir werden ein besseres finden. Eines im Licht und nicht in der Dunkelheit. Wir werden friedlich wie Nachbarn nebeneinander leben."

Sie reicht ihm ihre Hand, völlig ohne Scheu. Finn ist sehr stolz auf seine Mutter. Sie ist diejenige, die sie zum Sieg führen wird. Sie ist eine Löwin.

Der Anführer ergreift ihre Hand, wobei ihre völlig in seiner großen Pranke verschwindet. „Gemeinsam gegen die Legion?"

„Gemeinsam gegen die Legion!", antwortet der Anführer schreiend. Seine Männer wiederholen seinen Ruf und schließlich stimmen auch die Rebellen mit ein.

„Gemeinsam gegen die Legion!"

Sie verlassen zusammen die eingestürzte Höhle und folgen Maggie und den anderen Rebellen zu ihrem Sammelpunkt, der mehrere Meilen entfernt liegt. Dort warten Grace und Florance mit den Kindern und den Menschen, die nicht kämpfen können. Sie sind im ersten Moment erschrocken, als sie die Mutanten sehen, doch als sie hören, dass sie nun ein Bündnis geschlossen haben, reagieren sie erleichtert. Finn kann jedoch die Freude und Hoffnung der anderen nicht teilen. In seinem Inneren wütet ein wilder Sturm. Die Mutanten bleiben Monster, die Freunde von ihm ermordet haben. Daran kann auch kein Bündnis etwas ändern. Er wird weder verzeihen noch vergessen.

Die Unterstützung der Mutanten ändert an ihrem Nahrungsmangel kaum etwas. Ganz im Gegenteil, die großen Fremden müssen nun mitversorgt werden, da das Essen von Menschen nun nicht länger gestattet ist. Sie haben nur wenige halb verdorrte Wurzeln und Knollen beizutragen. Doch es bringt nichts, sich darüber weiter den Kopf zu zerbrechen. Stattdessen machen sie sich direkt auf den Weg in Richtung der Zentrallegion. Je früher sie einen Angriff starten, umso besser.

In der Zeit, in der Finn und die anderen Gefangene der Mutanten waren, haben sich die verbleibenden Sizos sehr verändert. Sie haben neuen Lebensmut gewonnen und vor allem so etwas wie einen eigenen Willen. Cleo hatte also recht. Es gibt keine Roboter in der Legion. Manche von ihnen brauchen nur länger, um das selbst zu erkennen. Er kann sie förmlich vor sich sehen, wie der Stolz in ihren Augen glänzen würde. Genau das hatte sie sich immer gewünscht: Freiheit. Vielleicht werden sie bald schon alle sterben, aber dann sind die Sizos in dem Wissen gestorben, dass sie mehr waren als ein Stereotyp. Sie werden als Menschen sterben und nicht als Schachfiguren der Legion. Obwohl Finn Rubys Hand hält, kann er nicht aufhören, an Cleo zu denken. Es war leichter sie zu verdrängen, als er mit Ruby in einem dunklen Loch saß. Doch hier, mit dem blauen Himmel über sich, dem roten Sand unter den Füßen und die Sizos rund um sich, erinnert ihn alles schmerzlich an sie. Jeder einzelne Sizo erinnert ihn an ihre ersten Tage bei den Rebellen. So unbeholfen wie ein Jungtier und Augen, die Kleinigkeiten wie ein Weltwunder betrachten. Zum ersten Mal seit ihrem Abschied besteht eine geringe Chance auf ein Wiedersehen. Wahrscheinlich ist sie längst zu einer der obersten Legionsführer aufgestiegen. Die Menschen lieben Cleo, weil sie ehrlich ist und niemanden verurteilt. Sie besitzt Einfühlungsvermögen für jeden und alles, wahrscheinlich sogar für die Mutanten. Vielleicht hat sie ja einen Legionsführer gefunden, der ihre Ansichten teilt, und fühlt sich ihm nah. Vielleicht hat sie jemanden gefunden, den sie genauso sehr lieben kann wie ihn. Alleine bei dem Gedanken muss Finn schmunzeln. Nicht, dass er es Cleo nicht wünschen würde, auch wenn es ihm das Herz brechen würde. Aber er kennt sie zu gut, um zu wissen, dass sie gar nicht bereit wäre, sich auf einen anderen einzulassen, solange sie ihn nicht in Sicherheit weiß. Sie ist treu im Gegensatz zu ihm.

„Was ist so komisch? Warum grinst du?“, fragt Ruby neugierig und blickt ihn schmunzelnd an.

‚Das ist, weil ich an Cleo denke.‘ „Ich habe nur daran gedacht, wie wir die Legion fertig machen werden.“

Ruby erwidert sein Grinsen. „Das werden wir, und danach kann uns keiner mehr trennen.“ Sie drückt seine Hand leicht, während sie ihm einen Kuss auf die Wange gibt. „Ich habe mich nie stärker gefühlt, als mit dir an meiner Seite.“

‚Ich habe mich nie schlechter gefühlt‘, denkt Finn und hasst sich selbst für seine Gedanken. Es ist nicht so, dass er Rubys Nähe nicht genießen würde, aber das schlechte Gewissen nagt weiter an ihm. Zudem weiß er nicht, ob er überhaupt je wieder etwas anderes als Schmerz wird fühlen können. Wenn er nicht an Cleo denkt, dann an D499, der durch seine Hände gestorben ist. Es war Finn immer wichtig, sich selbst treu zu bleiben und immer hinter seinen Handlungen stehen zu können. Aus diesem Grund ist er bei den Rebellen geblieben, anstatt mit Cleo zu fliehen. Aber in den Höhlen hat er jegliche Achtung vor sich verloren. Vielleicht hatte er keine andere Wahl, aber hat man die nicht immer? Was hätte er stattdessen tun können? Sich weigern? Was wäre passiert? Die Mutanten hätten D499 trotzdem umgebracht, aber die Rebellen wären wenige Minuten später

gekommen und hätten sie befreit. Die Mutanten hätten keine Chance gehabt und Finn wäre frei gewesen, ohne sich selbst opfern zu müssen. Er hätte auf seine Freunde und Familie vertrauen müssen.

Plötzlich kommt ihr Zug abrupt zum Stehen.

„Was ist los?“, ruft Ruby nach vorne und zieht Finn mit sich zu dem Anfang ihrer Marschtruppe. Maggie steht neben einem der Kämpfer, der auf einen kleinen Monitor vor sich blickt. „Etwas nähert sich uns“, erklärt dieser. Der Monitor zeigt eine Art Radarbild, wie bei Schiffen. Es sind viele kleine Punkte zu erkennen, die ihren Zug kennzeichnen, aber es nähert sich ihnen ein großer Punkt sowie viele kleine.

„Was ist das?“, will Ruby ungehalten wissen.

„Ich kann es nicht sagen. Wir müssen näher ran.“

Nun stößt auch der Anführer der Mutanten zu ihnen. „Warum haben wir angehalten?“

„Es sieht aus, als würden wir Besuch bekommen“, antwortet Maggie grimmig. „Wir müssen näher ran, um etwas erkennen zu können.“

„Nein!“, entgegnet der Mutant streng. „Wir warten.“

Maggie starrt ihn ungläubig an. „Dann sind wir Freiwild!“

„Wir verstecken uns im Sand.“ Bei seinen Worten grinst er plötzlich, was bei ihm jedoch eigenartig aussieht, da die eine Hälfte seines Gesichtes taub zu sein scheint, sodass die eine Mundhälfte schlapp herunterhängt, während bei der anderen Seite der Mundwinkel nach oben verzogen ist. „Wir haben gesehen, dass ihr das könnt.“

Maggie starrt ihn fragend an und beginnt dann zu lachen. „Ihr habt uns gesehen, als wir euch eine Falle stellen wollten? Deshalb seid ihr also nie darauf reingefallen."

Ruby ist von ihrem Gelächter genauso genervt wie Finn. „Ich bin für einen frontalen Angriff! Wir haben das Überraschungsmoment auf unserer Seite!"

Maggie schüttelt den Kopf. „Nein, die Mutanten sind Künstler der Tarnung. Wenn wir auf sie hören, haben wir eine geringe Chance. Wenn das wirklich ein Trupp der Legion ist, der sich uns nähert, haben sie uns auch schon längst auf ihrem Radar gesehen."

Ruby wirkt beunruhigt bei der Aussicht, sich erneut unter die Erde begeben zu müssen, doch sie widerspricht Maggie nicht noch einmal. Ab jetzt übernimmt der Mutantenanführer die Leitung und teilt sie in Gruppen ein, die sich gemeinsam unter dem Sand verstecken. Die Mutanten graben schneller Löcher, als dass einer der Rebellen auch nur eine Schaufel holen könnte. In jede Grube kommen drei Rebellen sowie ein Mutant. Die Ebene gleicht nun einer Hügellandschaft.

Der Kämpfer mit dem Monitor teilt sich ein Loch mit Maggie und dem Anführer der Mutanten. Sie werden das Startsignal zum Angriff geben, wenn die Zeit gekommen ist. So lange bleibt ihnen nichts anderes übrig, als zu warten.

Finn und Ruby sitzen zusammen mit Lauren und Pep in der Grube. Sie wurde nur provisorisch mit Laurens Umhang abgedeckt, durch den immer wieder Sand rieselt. Obwohl Lauren die Größte von ihnen ist, hat sie die meiste Angst. „Was ist, wenn sie stärker sind als wir?", flüstert sie.

„Sind sie nicht. Wir sind mehr!", antwortet ihr Pep leise.

„Aber vielleicht sind sie stärker. Sie haben Laserwaffen!"

„Und wir haben euch", knurrt Finn, so als wären die Mutanten nur eine Waffe und keine menschlichen Wesen.

Lauren starrt ihn unsicher an.

„Wenn sie alle so vor Angst zittern wie die, sieht es schlecht für uns aus", unterstützt Ruby überraschenderweise Finns abweisende Haltung.

„Lasst sie in Ruhe!", faucht Pep wütend. „Sie hat dich nicht gezwungen, den Sizo umzubringen und auch noch sein Herz zu fressen. Es war deine Entscheidung!"

„Du bist verdammt undankbar! Er hat schließlich auch dein Leben gerettet", schlägt Ruby sofort zurück.

„Ich habe mich lange selbst gerettet. Glaubst du, mir hat es Spaß gemacht, das Blut zu trinken? Ich hätte es am liebsten direkt wieder ausgekotzt!"

Lauren zieht sich immer mehr zurück. Sie schaut scheu zwischen Pep und Ruby hin und her. Finn kennt diesen Blick. Es ist der Blick von jemandem, der sich völlig fremd und einsam fühlt. Cleo hat ihn oft auf diese Weise angesehen. Plötzlich tut ihm das Mutantenmädchen leid. Er unterbricht den Streit von Pep und Ruby.

„Hört auf! Weder Lauren noch ich brauchen einen Fürsprecher. Außerdem bin ich derjenige, der sich falsch benommen hat." Er blickt Lauren in die Augen. „Es tut mir leid."

Sie blickt ihn erst überrascht an, aber lächelt dann leicht. „Schon gut."

Ruby will etwas sagen, doch genau in diesem Moment hören sie das laute Motorengeräusch über ihren Köpfen: Ein Panzer.

Sie verstummen und lauschen, doch das Geräusch ist so laut, dass sie nicht ausmachen können, was dort noch ist. Schritte? Wie viele?

Sie können hören, wie sich die Feinde ihnen immer weiter nähern. Gerade als sie das Gefühl haben, dass sie nun direkt über ihren Köpfen stehen müssen, hören sie den machtvollen Schrei des Mutanten. Er erinnert an das Brüllen eines Löwen. Sofort brechen Finn und Ruby unter Laurens Umhang hervor und stürmen aus dem Loch, so wie alle anderen Rebellen. Zwischen ihnen befindet sich in der Tat ein Panzer, der von etwa fünfzig Kämpfern der Legion patrouilliert wird. Doch sie haben keine Chance. Die Rebellen brechen über sie herein wie eine Welle. Noch ehe sie einen Schuss abgeben können, werden sie von den Rebellen zu Boden gerissen. Die Mutanten erklimmen in der Zeit den Panzer und verschaffen sich Zutritt.

Der Kampf dauert nicht einmal zehn Minuten und die Rebellen gehen klar als Sieger hervor. Es gibt keine Toten auf ihrer Seite und nur wenige Verletzte.

Von den fünfzig Legionskämpfern sind zehn im Kampf gefallen, die restlichen Vierzig haben sie gefangen genommen. Sie haben nun die Chance, sich gegen die Legion und für die Rebellen zu entscheiden. Jedoch sind sie noch uneinig darüber, was mit ihnen passiert, wenn sie sich weigern.

Doch das Beste an dem Überfall ist zum einen der Panzer, dessen Tank noch voll ist, und zum anderen die Nahrungseinheiten, die in seinem Inneren gelagert sind. Nun haben sie nicht nur ein Gefährt, das viele von ihnen transportieren wird, sondern auch Laserwaffen und Nahrung für die nächsten Tage. Die Zentrallegion wird schwere Geschütze auffahren müssen, um sie abwehren zu können.

27. Cleo

Völlig unerwartet steht A5215 plötzlich in dem Tunnel vor mir. „Deine Arbeit sieht wirklich spannend aus, das muss ich schon sagen", grinst er mich frech an.

Ich stehe vom Boden auf. „Wir können gerne tauschen, wenn du magst."

„Du weißt nicht, als was ich arbeite", entgegnet er immer noch grinsend.

„Als was arbeitest du denn?"

Ich spüre wieder dieses seltsame Knistern zwischen uns. Es ist, als würden Funken sprühen, wie wenn man zwei Feuersteine aufeinanderschlägt.

Doch A5215 wird auf meine Frage hin ernst. „Meine Aufgabe ist die Totenpflege."

Ich starre ihn entsetzt an. „Was machst du da?"

„Nach jedem Generationenabschied werden die Körper verbrannt. Dafür bin ich zuständig."

„Aber das ist doch nur alle zehn Jahre", gebe ich zu bedenken, während ich mich daran erinnere, dass in der Zentrallegion bald wieder ein solcher Abschied bevorsteht.

„In der Zwischenzeit sorge ich dafür, dass niemand früher stirbt. Ich lasse die zweite Generation alle paar Monate testen, um Tumore oder andere Erkrankungen auszuschließen."

„Du bist also so eine Art Arzt?"

Er nickt und ich sehe etwas wie Stolz in seinen Augen.

„Das ist doch eine wichtige Aufgabe. Warum hast du dich überhaupt je den Freiheitskämpfern angeschlossen?"

„Ich habe mich ihnen nicht angeschlossen. Ich habe sie gegründet."

Meine Bewunderung für ihn steigt noch weiter. „Aber warum? Du konntest doch mit deiner Aufgabe sehr zufrieden sein."

„Als Arzt habe ich gesehen, wie unterschiedlich die Legion die Menschen behandelt. Wenn ein Legionsführer z.B. einen Gehirntumor hat, wird alles unternommen, um ihn zu retten. Wenn ein D-Klassifizierter krank wird, dann steckt man ihn nur für etwa eine Woche auf die Krankenstation, und wenn er in dieser Zeit nicht wieder gesund wird, schickt man ihn ins Exil. Ihnen ist das Leben der unteren Schichten egal. Das wollte ich mir nicht länger mitansehen."

„Du hast ein gutes Herz", erwidere ich anerkennend.

A5215 lächelt mich fast entschuldigend an. Offenbar bekommt er nicht oft Komplimente, was mich wundert. Ich bin sicher, viele Freiheitskämpferinnen blicken ihn mit derselben Bewunderung an wie ich. Er ist ein toller Mann.

Mir fällt nicht einmal auf, dass wir uns sekundenlang anblicken, ohne auch nur ein Wort miteinander zu wechseln. Und als ich es bemerke, ist es mir peinlich. Verlegen senke ich den Kopf.

„Warum bist du eigentlich hier?"

Auch er erwacht wie aus einer Starre und schlägt sich mit der flachen Hand gegen die Stirn. „Das habe ich doch glatt vergessen. Wir haben noch ein Treffen einberufen und ich wollte dich abholen."

„Jetzt?"

„Ja, wir müssen die anderen über die Fortschritte der Legionsführerkonferenz unterrichten."

„Wird sich denn nicht bald jemand wundern, wenn ständig Leute ihren Arbeitsplatz verlassen?“

„Wir haben Leute in allen Ebenen. Sie manipulieren Videoaufzeichnungen oder erfinden Ausreden für uns. Mach dir keine Sorgen.“

Er legt mir einen Arm um die Schulter und führt mich aus dem Tunnel.

„Warum ist Felix nicht gekommen?“

„Bist du etwa enttäuscht? Hättest du lieber ihn gesehen?“, fragt A5215 in dem dunklen Tunnel und ich kann sein schelmisches Grinsen dabei vor mir sehen, ohne auch nur den Kopf in seine Richtung zu drehen.

„Um ehrlich zu sein, nein!“, erwidere ich aufrichtig.

„Habt ihr euch gestritten?“

„Schon oft. Aber darum geht es nicht.“ Obwohl ich A5215 von Anfang an vertraut habe, weiß ich nicht, ob es gut ist, ihn in meinen Verdacht einzuweihen, immerhin ist es nur eine Vermutung. Ich habe keinerlei Beweise.

„Worum geht es dann?“

„Hast du schon einmal darüber nachgedacht, wer für die Morde verantwortlich sein könnte?“

Wir erreichen den Ausgang und A5215 bleibt stehen. „Du glaubst, dass er es war?“

„Ich weiß es nicht, aber es ist auffällig, dass beide Mitglieder der Führungsebene gegen unsere Pläne waren. Die Wahlen innerhalb der Konferenzen werden so manipuliert, dass sie immer zu unserem Vorteil ausgehen. Es muss doch jemand von den Freiheitskämpfern sein.“

„Oder jemand, der nichts von uns weiß und auf eigene Kappe handelt.“

„Das kann ich mir nicht vorstellen. Wie soll sich jemand alleine Zutritt zu der Führungsebene verschaffen. Es müsste ein Legionsführer sein."

„Wäre doch möglich, oder?"

Ich schüttele ungläubig den Kopf.

„Warum bist du dir so sicher, dass es Felix ist und nicht irgendjemand anderes?"

Sicher bin ich mir nicht, es ist nur so ein Gefühl. „Vielleicht weiß er auch nur, wer es ist."

„Vielleicht", schließt A5215 und steigt in das Flugschiff. „Kommst du?"

Ich zögere. „Was ist mit der Augenbinde?"

Er lächelt. „Die brauchst du nicht mehr. Alle vertrauen dir."

Über mein Gesicht legt sich ein breites Grinsen und ich steige ein. Auf diesen Moment habe ich nur gewartet. „Ich habe zwei Freundinnen. Sie gehören beide zu den Rebellen. Darf ich sie beim nächsten Mal mitbringen?"

„Wenn du ihnen vertraust, vertrauen wir ihnen auch."

Ich seufze erleichtert auf. Das wird Iris und vor allem Asha freuen. Sie brennen beide darauf, auch etwas zu dem Widerstand beitragen zu können.

Als wir bei dem Versteck der Freiheitskämpfer ankommen, welches sich unterhalb der Bildungsanstalt befindet, ist die Versammlung bereits in vollem Gange. Sobald wir zur Tür hereinkommen, drehen sich alle zu uns um und die Gespräche verstummen.

Felix, der offenbar die Versammlung leitet, starrt böse von A5215 zu mir. „Endlich sind wir vollzählig", kommentiert er unser Zuspätkommen und fährt mit seinem Bericht über die letzte Konferenz fort. Als er endet, kommen die ersten Fragen.

„Was wird mit den Rebellen passieren, nachdem die Legion sie von den Mutanten befreit hat? Wird die Legion sie dann nicht erst recht auslöschen?"

Ein guter Einwand!

„Werden wir uns mit den Rebellen verbünden, wenn sie sich in unserer Nähe aufhalten?"

„Was ist, wenn die Rebellen nichts mit uns zu tun haben wollen?"

Bei dieser Frage mische ich mich sofort ein. „Die Rebellen wollen nicht nur Freiheit für sich selbst, sondern für alle Menschen. Sie wären für jede Hilfe dankbar."

Ich weiß, dass es nicht immer so war. Als ich von ihnen entführt wurde, dachten sie nur an ihr eigenes Überleben. Doch jetzt haben sie auch die ehemaligen Bewohner der Sicherheitszone bei sich aufgenommen, sodass sie unsere Hilfe niemals ablehnen würden. Ich stocke und lasse mir meine eigenen Gedanken noch einmal durch den Kopf gehen. ‚*Unsere Hilfe*'… Ich zähle mich offensichtlich mehr zu den Freiheitskämpfern als zu den Rebellen. Vielleicht ist es unbedeutend, weil wir ohnehin irgendwann eins sein werden, aber es fühlt sich dennoch fremd an. Ich war mir nie sicher, ob ich wirklich zu den Rebellen gehöre. Ich wollte es immer, aber es gab zu viele Unterschiede zwischen ihnen und mir. Zudem gab es immer wieder Menschen, die mich nach wie vor als den Feind ansahen, egal, was ich für die Rebellen alles riskiert hatte. Bei den Freiheitskämpfern wurde ich noch nie als Feind angesehen. Ich gehörte sofort dazu.

Auf die meisten Fragen wissen weder Felix noch ein anderer Legionsführer eine Antwort. Es sind Befürchtungen, die keinem von uns bisher bewusst waren. Uns bleibt nichts anderes übrig, als die Fragen in unseren Köpfen abzuspeichern und sie selbst bei der Legionsführerkonferenz zu stellen.

Unser Treffen dauert nicht einmal eine halbe Stunde, bevor wir wieder auseinandergehen.

A5215 berührt mich leicht an meinem Oberarm. „Soll ich dich zurückbringen?“

Ich will bereits sein Angebot annehmen, doch Felix kommt mit zuvor.

„Nicht nötig, ich übernehme das!“

Seine Stimme klingt entschieden und schneidend, was sein wütender Blick noch untermalt.

A5215 hebt abwehrend die Hände. „Schon okay, ich wollte sie dir nicht wegnehmen.“ Schalk klingt in seiner Stimme mit, was meinen Bruder nur noch mehr aufbringt.

Er fasst mich grob am Arm und zieht mich mit sich zum Ausgang. Verärgert befreie ich mich aus seiner Umklammerung. „Du tust mir weh!“

„Du mir auch“, knurrt er leise, als er in das Flugmobil einsteigt. Ich folge ihm, obwohl sich alles in mir dagegen sträubt. Es wird Zeit, dass ich ihm die Wahrheit sage.

Ich versuche, das Thema zu wechseln. „A5215 hat mir euer Versteck gezeigt. Ich gehöre jetzt ganz offiziell dazu.“

„Das war nicht seine Entscheidung“, erwidert Felix verbittert.

„Hast du etwas dagegen?“, erwidere ich aufgebracht.

„Nein, aber ich hätte es dir gerne selbst gezeigt.“

Ich strecke meine Hand nach seiner aus, um mich mit ihm zu versöhnen. „Das weiß ich doch. Aber letztendlich macht es keinen Unterschied. Ich bin einfach nur froh, dass mir jetzt auch die anderen vertrauen."

Sobald meine Hand die seine berührt, beruhigt er sich sichtlich. Seine Schultern sacken runter und er atmet einmal tief durch. Erst da bemerke ich, dass das Flugschiff nicht zu den Tunneln unterwegs ist. Es fliegt höher als normal und steigt stetig weiter in den Himmel.

„Wohin fliegen wir?", frage ich misstrauisch.

„Ich will dir etwas zeigen."

„Jetzt? Ich muss zurück, sonst wird noch jemand etwas merken. In wenigen Stunden ist die nächste Konferenz."

„Ich habe mich um alles gekümmert."

„Was soll das heißen?"

„Niemand wird dein Fehlen bemerken, weil an deiner Stelle jemand anderes in den Tunneln sitzt. Eine D-lerin, sie war mir noch etwas schuldig."

Ich sollte beruhigt sein, doch stattdessen nervt es mich, dass er Entscheidungen über meinen Kopf hinweg trifft. Ich weiß, er wollte mich nur überraschen, aber er benimmt sich immer häufiger, als hätte er einen Anspruch auf mich.

Wir fliegen mittlerweile so hoch, dass ich die Schutzkuppel über uns erkennen kann. Das Flugschiff setzt jedoch langsam zur Landung an und zwar auf dem größten Gebäude der Stadt.

Felix steigt als Erster aus und reicht mir die Hand, um mir beim Ausstieg zu helfen. Ich ignoriere die ausgestreckte Hand und hüpfe alleine aus dem Mobil. Felix wirkt gekränkt, unterdrückt aber seine

Enttäuschung. „Das hier ist der schönste Ort in der Zentrallegion. Von hier aus kann man alles überblicken."

Gemeinsam treten wir an den Rand des Gebäudes. Trotz der Schutzkuppeln saust uns der Wind um die Ohren und weht den verbrannten Geruch der Wüste zu uns herauf. Ich schließe die Augen und träume mich in meinen Gedanken an einen anderen Ort und eine andere Zeit: Die Höhlen der Rebellen. Dort war dieser Geruch allgegenwärtig. Finn selbst roch danach. Er fehlt mir jeden Tag. Es fühlt sich an, als hätte er ein Loch in meinem Herzen hinterlassen.

„Öffne die Augen. Die Aussicht ist zu schön, um die Augen geschlossen zu halten", fordert Felix mich leise auf. Ich tue ihm den Gefallen und verlasse meine Gedankenwelt wieder, um der Realität ins Auge zu blicken. Obwohl die Aussicht beeindruckend ist, berührt sie mich nicht. Rund um uns herum erstrecken sich Berge, Hügel und Schluchten, geformt aus dem roten Sand der Wüste. Es gibt keine Seen, Wälder oder Wiesen. Alles ist rot und trostlos. Fast wie tot. Doch ich kann Felix nicht sagen, wie wenig mich diese Aussicht erfreut. Für ihn selbst ist es schließlich der schönste Ort in der Zentrallegion. Ich werde ihm eines Tages schönere Orte zeigen. Vielleicht sogar irgendwann einmal das Meer.

Er greift nach meiner Hand und zieht mich zu sich auf den Boden. Er lässt die Füße über den Abgrund baumeln. Ich mache es ihm nach.

Wir schweigen und blicken auf die anderen Gebäude der Zentrallegion hinab. Die Straßen sind zu dieser Zeit verlassen. Alle sind bei der Arbeit.

„Magst du A5215?"

„Ja", antworte ich schlicht. Ich will mich nicht dafür rechtfertigen.

„Mehr als mich?"

Ich stöhne genervt auf. Ein besserer Zeitpunkt als dieser wird nicht kommen.

„Nein! Du bist etwas völlig anderes für mich als er. Uns verbindet etwas, das uns niemals jemand wird nehmen können. Ich werde dich immer mehr lieben als ihn, weil…"

Er strahlt über das ganze Gesicht und legt mir seinen Zeigefinger auf die Lippen, um mich am Weitersprechen zu hindern. „Du brauchst nichts mehr zu sagen. Ich weiß genau, wie du dich fühlst."

Ehe ich mich versehe, presst er seinen Mund auch schon auf meinen. Ich weiche erschrocken zurück, aber komme gar nicht erst dazu, etwas zu sagen, denn das übernimmt N600 für mich, die plötzlich hinter uns aufgetaucht ist. Sie muss bereits im Flugschiff gewesen sein.

„Wie kannst du nur zulassen, dass er dich küsst?! Ich wusste, dass man dir nicht trauen kann", wirft sie mir aufgebracht vor, wobei ihr ganzer Körper zittert.

„Was tust du denn hier?", schnauzt ihr Felix wütend entgegen und steht auf.

Ich erhebe mich ebenfalls und blicke N600 entschuldigend an. „Ich wollte es ihm gerade sagen."

„Was wolltest du mir sagen?", fährt mich nun Felix an.

„Sie ist deine Schwester!", keift N600. „Du hast dich in deine eigene Schwester verliebt."

Felix wird noch bleicher, als er ohnehin schon ist, und starrt entsetzt von N600 zu mir. „Sag, dass das nicht wahr ist!"

„Doch ist es! Ich wollte es dir immer sagen, aber wusste nie, wie. WA350 ist unsere gemeinsame Mutter. Sie hat mir von dir direkt nach unserem ersten Kennenlernen erzählt."

„Seitdem weißt du es schon?!", ruft er verletzt aus. „Warum hast du nie etwas gesagt? Du wusstest doch, wie viel du mir bedeutest!"

„Sie hat mit dir gespielt!", mischt sich N600 erneut ein.

„Das ist nicht wahr!", rufe ich aus. „Ich mochte dich von Anfang an und ich werde dich immer lieben, weil du mein Bruder..."

Er unterbricht mich schreiend: „Hör auf! Ich will das nicht hören. Verschwinde!"

„Ich wollte es dir sagen, aber..."

„Hast du aber nicht und nun geh!", fällt mir nun auch N600 ins Wort, die sich neben Felix gestellt hat.

„Es tut mir wirklich leid!", sage ich noch einmal, bevor ich in das Flugschiff steige und die beiden alleine auf dem Dach zurücklasse. Es ist meine eigene Schuld, dass mein Bruder nun wütend auf mich ist. Ich weiß genau, wie er sich fühlen muss, da ich vor wenigen Wochen dasselbe durchgemacht habe, und trotzdem hat es mich nicht dazu gebracht, ihm früher die Wahrheit zu sagen. Meine Angst, ihn zu verlieren, war zu groß. Ich kann nur hoffen, dass er mir irgendwann verzeihen wird, so wie ich unserer Mutter verziehen habe.

Während der späteren Konferenz versuche ich immer wieder Blickkontakt zu meinem Bruder aufzunehmen, doch er ignoriert mich konsequent. N600 scheint das auch noch zu freuen, was ich an ihrem triumphierenden Grinsen ablesen kann.

Ich wende meinen Blick nun auch von Felix ab und starre auf das Podest, welches verlassen daliegt. Bisher gibt es noch keine Spur von N300 oder S300, den letzten beiden verbliebenen Mitgliedern der Führungsebene. Dabei ist der Konferenzsaal schon voll besetzt.

Ich wende mich an WA233 zu meiner rechten Seite. „Weißt du, was los ist?"

Sie schüttelt den Kopf. „Ich nehme an, die Führungsebene hat einfach mehr zu tun, als sie gewohnt ist."

„Warum?"

„Soweit ich weiß, gab es sonst nur einmal im Monat eine Konferenz und jetzt ist es an der Tagesordnung. Alles gerät durcheinander und die Führungsebene fürchtet mehr denn je, die Kontrolle zu verlieren."

In diesem Moment fliegt die untere Tür auf und N300 und S300 kommen hereingestürzt. Ihre beiden Gesichter sind rot und ihre Mienen verkniffen. Das hat nichts Gutes zu bedeuten. Konnte sich unsere Kampfeinheit etwa nicht gegen die Mutanten durchsetzen? Sind die Rebellen nun endgültig gefallen?

„Unser Vertrauen wurde missbraucht und die Menschlichkeit verraten", eröffnet N300 voller Wut die Konferenz. Seine Stimme bebt.

„Die Rebellen, denen wir bereit waren zu helfen, haben sich gegen uns gewendet. Sie haben sich mit dem Feind zusammengeschlossen und ein Massaker an unseren Kämpfern verübt."

Das ist nicht wahr! Niemals hätte Finn sich mit Menschenfressern verbündet. Unter keinen Umständen!

„Gibt es Kameraaufnahmen, die das beweisen?“, rufe ich in den Saal. N300 und S300 starren mich beide gleichermaßen verärgert an. „In der Tat, die gibt es.“

Wortlos schaltet S300 den Monitor über unseren Köpfen an. Es flackert ein Bild auf, das den Trupp unserer Kampfeinheit samt Panzer zeigt. Sie bewegen sich zügig über die rote Ebene. Plötzlich ist es, als würde die Erde zu beben beginnen, und rund um den Trupp brechen Menschen aus dem Boden hervor. Einige deutlich als Rebellen zu erkennen, andere unterscheiden sich sowohl durch ihre Größe als auch ihre körperlichen Missbildungen. Es müssen die Mutanten sein, mitten unter den Rebellen. Verschmolzen zu einer Einheit. Sie gehen rücksichtslos auf die Kämpfer los und schlagen einen nach dem anderen nieder. Ich halte die Luft an und starre gebannt auf das Bild vor meinen Augen. Ich kann kaum glauben, was ich sehe: Dass ich IHN sehe. Dort ist Finn. Ich erkenne ihn sofort. Nicht an seiner Kleidung oder seinem Haar, sondern an dem grimmigen Ausdruck auf seinem Gesicht. Der Hass lodert aus seinen Augen und jagt mir eine Gänsehaut über den Körper. Er schlägt gerade einen Kämpfer mit einem Stück Blech nieder. Selbst als dieser schon am Boden liegt, holt Finn noch einmal aus.

Ich merke nicht einmal, wie ich nach Luft schnappe. Das Bild erlischt und ich spüre WA233s Hand beruhigend auf meinem Arm. „Es tut mir leid“, flüstert sie. „Ich weiß, dass du an sie geglaubt hast. Das habe ich selbst.“

„Dieser Angriff beweist, dass die Rebellen sich an keine Regeln halten. Es sind Gesetzlose, die weder das menschliche Leben ehren, noch so etwas wie

Moral besitzen. Es ist unsere eigene Schuld, dass sie nun im Besitz von hoch technisierten Waffen sind, die sie bei der nächsten Gelegenheit gegen uns einsetzen werden. Bereits jetzt befinden sie sich auf dem Marsch zu uns. Sie werden nicht zögern, jeden einzelnen von uns auszulöschen. Ihr Bündnis mit den Mutanten kommt einer Kriegserklärung gleich."

Mir fehlen die Worte. Ich möchte die Rebellen verteidigen. Irgendetwas sagen, um ihr Handeln zu erklären, doch ich verstehe es selbst nicht. Stimmen die Gerüchte vielleicht nicht? Essen die Mutanten gar keine Menschen? Aber wie sollten sie dann die ganzen Jahrzehnte überlebt haben? Was haben sie den Rebellen versprochen, um sich ihre Unterstützung zu sichern?

„Sollte der Feind kommen, werden wir ihn, ohne zu zögern, dem Erdboden gleichmachen!"

Die Legionsführer toben. Sie verurteilen die Rebellen mehr denn je. Ich suche A5125 zwischen ihnen. Er sieht genauso ratlos aus wie ich. Es gibt für uns keine Chance mehr, irgendjemanden von einem friedlichen Wandel zu überzeugen.

Es vergehen einige Minuten, dann ergreift S300 das Wort. „Beruhigt euch! Ich verstehe eure Wut, aber wir dürfen uns nicht unterkriegen lassen. Es ist wichtig, dass wir weiter unseren Gesetzen folgen. Sie sind es, die uns bisher immer gerettet haben."

Langsam kehrt wieder Ruhe ein.

„Der Abschied der zweiten Generation steht kurz bevor..." Erneut brandet lautes Gemurmel auf, welches S300 wieder zum Unterbrechen zwingt. Ich spüre, wie WA233 neben mir erstarrt. In der westlichen Legion hätte sie noch mehrere Jahre bis zu ihrem Abschied, doch die Zentrallegion ist älter als die westliche Legion und somit ist auch die zweite Generation älter.

S300 schreit gegen das Gemurmel an. „Trotz des Krieges mit den Rebellen werden wir den Abschied feiern. Wir müssen gerade in schweren Zeiten an unseren Gesetzen festhalten!“

„Wir brauchen die zweite Generation mit ihrer Weisheit und Erfahrung mehr denn je“, ruft A5125 in die Menge. Er erntet Zustimmung, aber auch Widerworte. Alle reden wild durcheinander, sodass niemand das Wort des anderen versteht.

„Die zweite Generation hat uns alles gelehrt, was wir wissen müssen. Wir müssen sie in ein besseres Leben ziehen lassen. Das sind wir ihnen schuldig!“, entgegnet S300 aufgebracht.

„Was ist mit der zweiten Generation aus der westlichen und südlichen Legion? Sie haben ihr volles Alter noch längst nicht erreicht.“

„Wenn wir in Zukunft eine Einheit sein wollen, dürfen wir keine Unterschiede zwischen unserer Herkunft machen. Was für die Zentrallegion gilt, muss für alle gelten.“

„Warum darf die zweite Generation nicht selbst entscheiden?“

„Das kommt nicht in Frage! Es ist ein Gesetz der Legion!“

„Gesetze können geändert werden…“

„Falsch! Gesetze sind da, um sie zu befolgen!“, ruft S300 aus und duldet keinen Widerspruch.

N300 tritt zu ihr ans Mikrofon. „Ich möchte betonen, dass die Führungsebene sich in diesem Punkt einig ist.“

Offenbar haben sie ihren Streit begraben und treten nun wieder als Einheit auf. Das macht es noch schwerer, etwas gegen sie auszurichten.

WA233 erhebt sich. „Wann ist es soweit?“

„In drei Tagen!“, kommt die prompte Antwort.

Wortlos und ohne Erlaubnis verlässt WA233 den Raum. Ihr folgen nach und nach immer mehr Menschen. Auch ich erhebe mich und trete neben A5125 aus dem Saal. Hinter uns fordert die Führungsebene, dass wir uns wieder hinsetzen, doch wir ignorieren ihre Befehle. Das ist unser stummer Protest. Vielleicht können wir den Abschied der zweiten Generation dadurch nicht verhindern, aber wir können so zeigen, dass wir damit nicht einverstanden sind.

„Gehören Bewohner der zweiten Generation auch zu den Freiheitskämpfern?“, frage ich A5215.

Er nickt traurig. „Es sind nur drei, aber dennoch. Wir wussten alle, dass der Abschied bevorsteht, aber ich hätte nicht gedacht, dass sie es jetzt durchziehen würden.“

„Wir müssen irgendetwas unternehmen!“

„Ich weiß, aber ich bin ratlos. Hast du einen Vorschlag?“

„Nein“, gestehe ich niedergeschlagen. Als wir noch die Aussicht hatten, uns mit den Rebellen zu verbünden, war es leicht, an einen Sieg zu glauben. Doch jetzt würden wir zu hundert alleine gegen Tausende stehen. Unser Bestreben wäre ehrenvoll, aber völlig sinnlos, und würde nur zu unserem Tod führen.

„Kannst du mir sagen, warum die Rebellen uns in den Rücken gefallen sind? Wie konnten sie sich nur mit den Menschenfressern verbünden? Erklär´ es mir!“

„Ich weiß es nicht“, erwidere ich mit hängenden Schultern. „Offenbar hab´ ich mich in ihnen getäuscht.“ Ich will diese Worte nicht aussprechen, aber welche andere Erklärung sollte ich ihm liefern? Ich habe Finn mit eigenen Augen gesehen! Er war voller Hass! So habe ich ihn zuletzt gesehen, als er mich durch den Wald jagte, als ich versuchte, vor ihm und den Rebellen zu fliehen. Damals hat er mich gehasst, dessen war ich mir sicher. Was ist ihm widerfahren, dass er alles, was wir zusammen durchgestanden haben, offensichtlich einfach vergessen hat? Hat er auch mich vergessen? Zum ersten Mal zweifle ich an ihm und seiner Liebe.

A5125 bemerkt mein trauriges Gesicht und streckt den Arm nach mir aus. Ich lasse mich von ihm in eine Umarmung ziehen und vergrabe mein Gesicht an seiner Brust. Die Tränen fließen stumm.

28. Finn

Nachdem die Rebellen mit ihrer neuen Ausrüstung noch ein Stück marschiert sind, haben sie bei Einbruch der Dunkelheit Rast gemacht. Alle stehen wie unter Strom. Endlich gibt es so etwas wie Hoffnung für sie.

Die Kinder schlafen im Schutz des Panzers, während sich die übrigen Rebellen rund herum verteilt haben. Sie haben eine Nachtwache eingerichtet, die zum einen die Umgebung bewacht, aber auch ihre Gefangenen. Im Gegensatz zu den unwissenden Kämpfern der westlichen Legion sind die Kämpfer der Zentrallegion in viele Geheimnisse der Legionsführer eingeweiht, sodass es ihnen bisher nicht gelungen ist, auch nur einen von ihnen zur Aufgabe zu bewegen. Sie stehen treu hinter dem System.

Finn ist für das erste Drittel der Nachtschicht eingeteilt. Aber im Gegensatz zu Ruby spricht er nicht mit den fremden Kämpfern. Es ist ihm egal, was sie zu sagen haben, und er hat auch kein Interesse daran, sie von einer besseren Zukunft zu überzeugen. Obwohl alle anderen Zuversicht in sich tragen, fühlt er sich leer. Ihre Ziele erscheinen ihm plötzlich so unbedeutend. Was ändert sich schon groß, wenn sie die Legion besiegen? Es wird immer wieder zu Streitereien um Macht kommen und er will nicht mitansehen müssen, wie der Hunger nach Macht seine Freunde verändert. Sie hätten niemals einen Kampf gegen die Legion beginnen sollen. Er hätte Cleo niemals zurücklassen dürfen. Stattdessen hätte er sie bei der Hand nehmen und mit ihr weglaufen sollen. Die Welt muss aus mehr bestehen als der roten Wüste. Irgendwo muss das Meer liegen und dahinter erstrecken sich viele Länder, die sie gemeinsam hätten erkunden können. Sie wären frei gewesen. Sie wären zusammen gewesen.

Er bemerkt nicht einmal, wie die Zeit vergeht. Erst als Ruby ihn antippt, hebt er den Kopf. „Was ist?"

„Wir sind fertig. Komm, lass uns schlafen gehen!"

Sie nimmt seine Hand und zieht ihn mit sich, ein Stück von dem Panzer weg. Sie legen sich nebeneinander in den bloßen Sand. Die einzigen Decken haben die Kinder bekommen. Es ist ewig her, dass Finns Haut Wasser gesehen hat. Er muss mittlerweile riechen wie die Mutanten. Aber was macht das schon, wo er nicht ein Stück besser ist als sie? Warum sollte er dann anders riechen als sie?

Er starrt in den Sternenhimmel, nur um sofort wieder den Blick abzuwenden. Er erträgt den Anblick der Sterne nicht. Sie erinnern ihn an Cleo.

Ruby schmiegt sich an ihn und streichelt ihm sanft über die Brust.

„Du bist immer so nachdenklich und still. Stimmt irgendetwas nicht?"

Gar nichts stimmt! „Nein, ich mache mir nur Sorgen, was passieren wird, wenn wir auf die Zentrallegion treffen."

„Wir machen sie platt, das ist doch klar!"

„Träum doch nicht!", knurrt Finn. Er kann sich diese Zuversicht nicht länger anhören.

„Warum nicht? Unsere Chancen stehen nicht schlecht."

„Sie stehen aber auch nicht gut."

„Sei nicht so pessimistisch! Wir müssen nur daran glauben, dann werden wir das schon irgendwie schaffen. Und dann…“, sagt sie betont und lächelt ihn an, „…gehört die Welt uns.“

Sie streichelt ihm über die Wange und hält bei seinem Mund inne. Im nächsten Moment beugt sie sich zu ihm und küsst ihn. „Vergiss doch mal deine Sorgen!“, haucht sie ihm verführerisch ins Ohr und beginnt, an seinem Ohrläppchen zu knabbern. Finn lässt sie gewähren, ohne irgendetwas dabei zu empfinden. Er versucht etwas zu fühlen, aber in ihm ist ein großes schwarzes Loch, das alle Emotionen wie ein Schwamm aufsaugt.

Er dreht ihr sein Gesicht zu, legt seine Hände um ihre Wangen und zieht sie an sich. Ihre Küsse werden leidenschaftlicher und er kann ihren Hunger nach der jahrelangen Abstinenz förmlich spüren. Ihre Finger gleiten wie selbstverständlich unter seinen Pullover auf seine nackte Haut. Finn spürt das Verlangen nun ebenfalls und öffnet Rubys Anzug. Seine Hände schlingen sich um ihre nackten Hüften. Es wäre so leicht, sich hinzugeben und so vielleicht wenigstens für einen kurzen Moment vergessen zu können.

Sie übernimmt die Führung und setzt sich auf ihn, um ihm den Pullover nun endgültig vom Kopf zu streifen. Die Ärmel ihres Anzugs sind ihr von den Schultern gerutscht, sodass sie nun mit nacktem Oberkörper auf ihm sitzt. Er kann ihre straffen Muskeln unter seinen Fingern spüren. Sie riecht wie die Wüste. Obwohl er es nicht will, taucht Cleo vor seinen Augen auf. Er sieht sie, so bleich wie der Mond, vor sich liegen. Ihr Körper ist zierlich, fast zerbrechlich. Jede seiner Berührungen trifft er mit Bedacht, um ihr nicht weh zu tun. Er könnte ihr das Herz brechen.

Finn küsst Ruby noch härter. Er will nicht an Cleo denken. Er will nicht an die Frau denken, die ihn nie wieder mit denselben Augen betrachten wird, wenn sie erfährt, was er getan hat. Er will nicht an die Frau denken, die er nicht verdient.

Rubys Hände gleiten zu seinem Hosenbund und beginnen, am Knopf herumzunesteln. Finn schnappt nach Luft. Es ist, als hätte er eine unsichtbare Ohrfeige bekommen. Ein Teil von ihm wehrt sich gegen diesen letzten Schritt. Er packt Ruby grob bei den Oberarmen und hält sie fest.

„Das geht nicht!“

„Warum nicht?“, keucht Ruby, immer noch erregt. Sie beugt sich vor, um ihn erneut zu küssen. „Ich will dich und ich weiß, dass es dir genauso geht. Ich kann es spüren.“

„Nein!“, schreit Finn und stößt sie von sich. Er will nach seinem Pullover greifen, aber Ruby ist schneller. Sie hält ihn schützend vor sich.

„Sag mir, warum!“, fordert sie wütend. „Es ist so lange her, dass ich bei einem Mann lag. Warum willst du mich nicht?“

„Es hat nichts mit dir zu tun“, erwidert Finn und versucht, ihr den Pullover zu entreißen.

Sie gibt nach und sitzt mit nacktem Oberkörper vor ihm. „Gefalle ich dir nicht?“

Er hört das Zittern in ihrer Stimme und weiß, dass es zu spät ist, um sie nicht zu verletzen.

„Wir sollten einfach noch etwas warten“, versucht er sich herauszureden.

„Warum? Ich habe jahrelang gewartet. Ich bin bereit!“, fleht Ruby ihn an. Sie blickt verzweifelt zu ihm auf und er kann die Tränen in ihren Augenwinkeln glitzern sehen.

„Ich aber nicht“, entgegnet er hart, dreht sich um und lässt sie allein zurück. Er kann sie weinen hören. Es ist völlig egal, was er tut, am Ende macht er die Menschen, die er liebt, nur unglücklich.

29. Cleo

Iris klammert sich schüchtern an meine Hand, während Asha sich bereits unter die Freiheitskämpfer gemischt hat. Ich bin stolz auf sie, dass sie so gut auf andere Menschen zugehen kann, trotz der schrecklichen Erfahrungen, die sie gemacht hat. Ich kann ihr ansehen, dass sie sich unter den Freiheitskämpfern genauso zuhause fühlt wie ich.

Dankbar blicke ich zu A5125, der mir erlaubt hat, heute Asha und Iris mit zu dem Treffen der Freiheitskämpfer zu bringen. Endlich muss ich niemanden mehr belügen, aber die Erleichterung wird gedämpft von der Tatsache, dass Felix nicht gekommen ist. Er ist der Einzige, der fehlt. Offenbar lässt er, um mir aus dem Weg zu gehen, sogar ein Treffen der Freiheitskämpfer sausen.

Die anderen sind natürlich über die Entwicklung genauso entsetzt wie wir. Sowohl über den Verrat der Rebellen, als auch über den bevorstehenden Abschied. Wir sind ratlos, was wir nun unternehmen sollen. Es gibt zwar viele Vorschläge, aber die wenigsten würden etwas bewirken. So endet das Treffen genauso planlos, wie es begonnen hat.

Ich gebe Iris an Asha weiter und bitte die beiden, schon mal nach Hause zu gehen. Es gibt noch jemanden, mit dem ich reden muss, um mehr über Felix zu erfahren. Ich steuere direkt auf N600 zu und versperre ihr den Ausgang.

„Wo ist Felix?“, frage ich sie direkt.

„Müsstest du das nicht besser wissen als ich“, faucht sie genervt.

„Er redet nicht mehr mit mir!“, erwidere ich vorwurfsvoll.

„Was alleine deine Schuld ist", entgegnet sie kalt und versucht, sich an mir vorbeizudrängeln.

Ich halte sie am Arm fest. „Was hast du gegen mich? Ich will ihn dir doch nicht wegnehmen! Ich mache mir nur Sorgen um ihn. Er ist mein Bruder!"

Sie lenkt ein und blickt betroffen zu Boden. „Ich weiß nicht, wo er ist", gesteht sie mir zögernd.

„Hat er nichts zu dir gesagt?"

Sie schüttelt traurig den Kopf. „Nur, weil er dich nicht haben kann, heißt das nicht, dass er deshalb mehr Interesse an mir hätte."

Ihre Enttäuschung ist beinahe greifbar. Obwohl sie die meiste Zeit unfreundlich zu mir ist, tut sie mir in diesem Augenblick leid. Ich weiß, wie es ist, in jemanden verliebt zu sein, der nichts von einem wissen will.

„Hilfst du mir, ihn zu finden?"

Sie sieht mich überrascht an. „Und dann?"

„Wir müssen ihm klar machen, dass er nicht die Dinge, die ihm etwas bedeuten, schleifen lassen darf, nur weil er sauer auf mich ist. Du weißt selbst, wie wichtig ihm die Freiheitskämpfer sind."

Sie nickt. „In Ordnung, ich helfe dir."

Gemeinsam eilen wir aus der Turnhalle unter der Bildungsanstalt an die Oberfläche zum nächsten Flugmobil.

„Wo sollen wir mit der Suche beginnen?"

„Wie wäre es mit seinem Zimmer? Vielleicht hat er sich einfach nur in sein Bett verkrochen."

„Gut, das Einfachste zuerst", stimme ich ihr zu und bin froh, sie um Hilfe gebeten zu haben. Denn ohne sie hätte ich zu der Führungsebene gar keinen Zugang.

Wir steigen beim Palast der Legionsführer aus. Alle aktuellen, ehemaligen und zukünftigen Mitglieder der Führungsebene wohnen dort. Doch dieses Mal benutzen wir nicht den Haupteingang, sondern eine seitliche Tür, die sich nur von berechtigen Personen öffnen lässt. N600 gehört zu diesem Kreis. Die Tür öffnet sich durch ihren Fingerabdruck. Weißer Marmor bedeckt den Boden, während die Wände in Schwarz glänzen. Die Decke ist komplett mit Leuchtplatten bedeckt. Die grauen Stahltüren tragen Schilder mit der Bezeichnung ihrer Bewohner. Es beginnt bei der zweiten Generation und endet bei der neunten. Selbst die Kleinkinder sind hier schon untergebracht. Wir halten vor Felix´ Tür.

N600 klopft zaghaft dagegen, aber es kommt keine Antwort. Sie versucht es noch einmal. „Felix?"

Wieder nichts.

Dieses Mal schlage ich mit der Faust kräftig gegen die Tür. „Mach verdammt nochmal auf. Wir wollen mit dir reden!", schimpfe ich wütend.

N600 presst mir entsetzt ihre Hand auf den Mund. „Spinnst du? Hier sind auch S300 und N300. Wenn sie dich hier sehen, bin ich längste Zeit Mitglied der Führungsebene gewesen", faucht sie mir alarmiert entgegen.

Ich hebe entschuldigend die Hände. „Tut mir leid, ich habe nicht nachgedacht."

Ich blicke den Gang zurück bis zu den Zimmern der beiden. „Aber ich glaube, wenn sie da wären, hätten sie uns schon längst bemerkt."

„Vor allem S300 ist eigentlich immer sehr hellhörig", stimmt mir N600 nachdenklich zu.

„Es ist schon ziemlich spät. Wo könnte sie um diese Uhrzeit denn noch sein?“, überlege ich laut.

N600 scheint sich dieselbe Frage zu stellen, denn unsere Füße bewegen sich gleichzeitig zu der Tür von S300. Sobald wir sie erreichen, bleiben wir vor ihr stehen und beginnen zu lauschen. N600 fährt mit der Hand verwundert über das Türschloss. „Die Verriegelung ist gar nicht aktiv.“

„Was bedeutet das?“

„Jeder könnte die Tür öffnen…“

Plötzlich hören wir eine Art Wimmern. Erschrocken starren wir uns an und pressen gleichzeitig die Köpfe gegen den kalten Stahl der Tür. Nichts.

„Mach auf!“, fordere ich N600 dennoch auf.

Sie überlegt nicht lange und folgt, ohne zu zögern, meiner Aufforderung.

Die Tür gleitet auf und gibt den Blick auf ein völlig verwüstetes Zimmer frei. Das Bett ist zerwühlt und der Stuhl liegt zerschlagen am Boden. Vorsichtig treten wir ein und sehen uns um, während die Tür sich hinter uns lautlos schließt.

„Was ist hier passiert?“, flüstert N600 ängstlich, da hören wir einen Schrei aus dem Bad und im nächsten Moment stürzt S300 panisch ins Zimmer, dicht gefolgt von Felix, der eines der Stuhlbeine als Waffe in der Hand hält.

S300 schnappt sich N600 und hält sie wie ein Schutzschild im Schwitzkasten vor sich. Ihre Laserwaffe ist direkt gegen den Hals von N600 gepresst.

„Bleib, wo du bist, oder ich erschieße sie“, droht sie in Felix Richtung, der sofort innehält.

„Was ist hier los?“, rufe ich verzweifelt aus.

„Er hat versucht, mich umzubringen“, beschuldigt S300 meinen Bruder. Ich starre fassungslos zu ihm. „Ist das wahr?“

„Ich wollte es für unsere Freiheit tun!“, rechtfertigt sich Felix.

„Was ist mit W300 und O300? Bist du für ihren Tod auch verantwortlich?“, stoße ich aus.

Er zögert erst, aber dann nickt er schuldbewusst. „Sie sind im Schlaf gestorben. Keiner von ihnen musste leiden.“

„Du hast sie erwürgt!“, widerspreche ich ihm.

„Na und?“, schreit er zurück. „Wenn sie noch am Leben wären, hättest du nie erfahren, dass die Rebellen überlebt haben. Du würdest immer noch denken, dass der tolle Finn tot ist. Ich habe es auch für dich getan.“

Obwohl er nun weiß, dass ich seine Schwester bin, hat er die Abneigung Finn gegenüber noch nicht abgelegt. Aber nach den letzten Bildern der Rebellen kann ich es ihm nicht einmal verübeln.

„Ich wusste, dass du da mit drinsteckst!“, schreit S300 mich nun anklagend an. „Ihr werdet alle sterben!“

Wie um ihre Aussage zu untermauern, drückt sie N600 noch fester an sich, sodass diese kaum noch Luft bekommt. „Vielleicht sollte ich sie ersticken, so wie ihr den armen W300 umgebracht habt. Er hat euch von Anfang an misstraut und er hatte recht!“

N600 schnappt panisch nach Luft.

„Lass sie los!“, fordere ich sie auf und trete einen Schritt auf sie zu. Sofort richtet S300 ihren Laserstrahl auf mich. Diese winzige Ablenkung nutzt Felix und schlägt mit dem Stuhlbein nach ihrem Kopf. Als S300 ihn kommen sieht, feuert sie erschrocken einen Schuss ab, der an N600s Wange vorbeischießt und mich in die Seite trifft. Ich gehe sofort zu Boden und schreie vor Schmerz auf, genau wie N600. Aber auch S300 ist von dem Schlag noch nicht erledigt. Sie rollt sich elegant zur Seite und feuert einen weiteren Schuss auf Felix ab, der es gerade noch schafft, ihr auszuweichen. Ich krabbele auf meinen Knien zu N600, um nach ihr zu sehen. Doch noch ehe ich sie erreiche, verpasst mir S300 einen Tritt in die Magengrube. Felix will mir zu Hilfe eilen, aber bevor er auch nur in meine Nähe kommt, schießt S300 erneut. Ihr Schuss trifft ihn direkt an der Brust und er sackt sofort zusammen. Von Sorge um meinen Bruder überwältigt, schmeiße ich mich gegen S300s Beine und reiße sie so zu Boden. Ich springe auf sie und kralle meine Hände um ihren Hals. Sie versucht, sich nach Leibeskräften zu wehren, aber ich bin genauso stark wie sie. Mit ihren Händen schlägt sie nach meinem Gesicht und zerkratzt mir die Wangen. Ihre rechte Hand bohrt sich plötzlich in mein Auge und ich jaule vor Schmerz auf. Ehe ich mich versehe, hat S300 die Oberhand gewonnen und ich bin es, die unter ihr liegt. Sie hat es nicht nötig, mich zu würgen, stattdessen zielt sie mit dem Laserstrahl genau zwischen meine Augen. Ein tödlicher Schuss. Aber bevor sie ihn abfeuern kann, trifft sie ein weiterer Schlag auf den Kopf und sie sackt über mir zusammen. N600 hat mich gerettet. Sie hilft mir unter dem erschlafften Körper von S300 hervor und wir hechten beide zu dem reglosen Körper von Felix. Erleichtert stelle ich fest, dass sein Herz noch regelmäßig schlägt. Offenbar hat S300s Laserstrahl sein Herz knapp verfehlt und er ist nur bewusstlos.

Wir wollen gerade versuchen, ihn zu wecken, da öffnet sich die Tür und mehrere Kämpfer stürmen das Innere. Hinter ihnen tritt N300 ein, das letzte Mitglied der Führungsebene. Einer der Kämpfer stellt in diesem Augenblick S300s Tod fest. N300s Laserstrahl richtet sich anklagend auf uns.

„Wer ist dafür verantwortlich?“

Ich spüre mein Herz rasen und es setzt aus, als N600 plötzlich zu sprechen beginnt: „Sie war es.“

Sie deutet anklagend mit dem Finger auf mich, während Felix immer noch bewusstlos in ihren Armen liegt. „Wir haben sie auf frischer Tat ertappt und wollten S300 nur helfen. Dabei hätte sie uns beinahe direkt auch umgebracht.“

Ich will mich bereits wehren, aber da fällt mir ein, dass der wahre Attentäter mein Bruder ist. Ich kann ihn nicht verraten, also schweige ich und blicke N300 direkt in die Augen. Wird er mich nun töten?

30. Finn

Finn hat die Nacht auf der anderen Seite des Panzers verbracht. Dort, wo die Kinder und Verletzten schlafen. So weit weg wie möglich von Ruby. Es tut ihm leid, dass er ihr nicht das geben kann, was sie sich von ihm wünscht. Es ist nicht nur der Sex, sondern vielmehr die Gefühle, die damit verbunden sein sollten. Zwar spürt er, dass er sie sehr gern hat, aber reicht das?

In den ersten Strahlen der Sonne bemerkt er, wie auch langsam die Kinder wieder erwachen. Er stützt sich auf die Ellbogen und blickt zu ihnen hinüber. Florance ist deutlich zu erkennen. Sie ist die Einzige, die lange blonde Haare hat. Die Haare der Sizo-Frauen sind nicht länger als wenige Milimeter und viele Rebellinnen tragen ihr Haar ebenfalls kurz. Aber für Florance ist es wohl eine Art Protest, sich gerade nicht der Mehrheit anzupassen.

Doch zu seinem Unbehagen erkennt Finn, dass sie nicht mit den Kindern beschäftigt ist. Er hatte gehofft, dass sich dieses Problem in seiner Abwesenheit vielleicht von selbst geklärt hätte. Er stemmt sich auf die Beine und begibt sich zu Florance, die mit einem Becher Wasser vor einem Mann kniet. Bei dem Mann handelt es sich um A566 aus der westlichen Legion. Warum konnten die Mutanten ihn nicht holen?!

„Der lebt ja immer noch“, entgegnet Finn und bemüht sich, seinen Groll zu unterdrücken.

Florance fährt erschrocken zu ihm herum. „Erschreck mich doch nicht so!“

„Was ist los? Wen hast du erwartet? Hast du etwa doch mehr Angst vor den Mutanten, als du zugeben willst?!“

„Nein, ich dachte, du seist Paul.“

Finn runzelt überrascht die Stirn. „Paul ist dein Mann, was wäre schlimm daran, wenn er nach dir sehen würde?“

Florance´ Augen huschen zu A566. „Paul kann ihn nicht leiden.“

„Das wundert mich nicht!“

„Außerdem hat Judas Angst vor ihm.“

Finn hatte verdrängt, dass sie diesem Ungeheuer sogar einen Namen gegeben hatte.

„Der Kerl kann froh sein, dass er noch am Leben ist. Im Ernst, Florance, Paul hat es nicht verdient, dass du diesen Typen ihm vorziehst.“

„Ich entscheide selbst, was ich für richtig halte“, faucht sie wütend. Sie atmet einmal tief durch, bevor sie hinzufügt: „Paul hat keinen Grund, eifersüchtig zu sein.“

Obwohl Finn selbst nicht betroffen ist, tut es ihm weh, Florance und Paul im Streit zu sehen. Sie waren immer das Traumpaar der Rebellen. Zudem ist Paul sein bester Freund.

„Was tust du da eigentlich?“

„Ich versorge ihn mit den Nahrungstabletten der Legion. Die kennt er wenigstens.“

„Ich dachte, er erinnert sich an nichts…“

Florance rollt mit den Augen. „Tut er auch nicht.“

„Ist sein Zustand noch immer der gleiche? Keine Besserung?“

Florance blickt ihn scharf an. „Wenn ich dir jetzt sagen würde, dass er kleine Fortschritte macht, würdest du ihn doch sowieso umbringen.“

„Würde ich nicht. Wir haben eine Abmachung, schon vergessen? Ich halte mein Wort!"

Florance blickt ihm prüfend in die Augen. „Es sind Fortschritte, aber wirklich winzige. Bevor wir aufgebrochen sind, konnte er seinen Löffel alleine halten. Langsam kehrt, glaub ich, Gefühl in seine Muskeln zurück. Aber das Laufen klappt nach wie vor nicht. Wahrscheinlich wird er für immer gelähmt bleiben."

„Es ist eine Schande, dass er Platz in dem Panzer wegnimmt, während Verletzte von uns laufen müssen."

„Er gehört jetzt auch zu uns", erinnert ihn Florance und erhebt sich. „Lös Paul bei der Wache ab. Er muss ihm beim Pinkeln helfen."

„Wie bitte?", ruft Finn lachend aus.

Florance funkelt ihn böse an, während sie zusammen losgehen. „Wenn man Judas rechtzeitig daran erinnert, dass er Wasser lassen muss, dann nässt er sich auch nicht ein."

Finn schüttelt ungläubig den Kopf. „Weißt du überhaupt, was für ein großes Glück du mit Paul hast? Ich würde das niemals für dich tun!"

Sie ist ernst, als sie antwortet: „Ich liebe Paul. Daran wird niemals jemand etwas ändern können, auch nicht Judas. Paul weiß das und deshalb hilft er mir."

Selbst im Streit sind die beiden noch bewundernswert. Paul hätte Florance niemals alleine ziehen lassen, so wie er Cleo. Vielleicht haben sie deshalb auch ihr Liebesglück verdient und er nicht.

Paul sieht müde aus, als sie bei ihm ankommen. Florance muss nicht einmal etwas sagen. Er weiß schon Bescheid und klopft Finn freundschaftlich auf die Schulter. „Danke, Mann, dass du mich ablöst. Du solltest dich mal mit den Gefangenen unterhalten. Einige von ihnen kennen Cleo."

Finn starrt ihn fassungslos an. Paul hat sie nach Cleo gefragt? Auf die Idee ist er selbst nicht einmal gekommen.

„Jetzt guck nicht so geschockt. Sie ist auch meine Freundin, okay?!", grinst Paul ihn an, bevor er Florance zurück zu Judas folgt.

Finn folgt seinem Vorschlag und setzt sich direkt vor die gefangenen Kämpfer.

„Wer von euch kennt A518?"

Wenn er selbst nicht einige Wochen in der Legion gelebt hätte, würde er nicht einmal ihre Bezeichnung kennen.

„WA518", erwidert einer der Kämpfer leise.

„Was soll das heißen?", fragt Finn nach.

Der Kämpfer hebt den Kopf. „In der Zentrallegion heißt sie WA518, weil sie eine Legionsführerin aus dem Westen ist."

„Die Frage ist nur, wie lange noch", erwidert ein anderer und grinst dabei irgendwie gehässig. Das überrascht Finn, denn normalerweise mochten alle Cleo. Sie hat nie jemanden schlecht behandelt.

„Warum sagst du das? Hat sie etwas angestellt?"

„Ihr wird vorgeworfen, ein Mitglied der Führungsebene ermordet zu haben."

„Eins? Wenn du mich fragst, ist sie auch für O300 verantwortlich."

„Es ist eine Schande, dass sie ihr nichts nachweisen konnten", beteiligt sich ein Dritter. Soweit Finn sie richtig versteht, hält keiner von ihnen viel von Cleo. Aber er kann sich nicht vorstellen, dass sie jemanden umgebracht haben soll. Er selbst hätte bei keinem Legionsführer gezögert. Aber sie sieht, genau wie Florance, immer nur das Gute im Menschen und wäre überzeugt davon, dass sie jeden Legionsführer eines Besseren belehren könnte. Und das, obwohl A566 ihr das Gegenteil bewiesen hat.

„Geht es ihr gut?"

Ein weiteres Grinsen huscht über die Gesichter der Gefangenen. „Wie man's nimmt…"

„Kannst du dich bitte etwas deutlicher ausdrücken?"

„Sie arbeitet im Abfluss. Dort kommen alle Legionsführer hin, bevor sie in der Verwahrung landen."

‚Abfluss' hört sich nach einem dunklen, kalten und nassen Ort an. Cleo kann es nicht gut gehen. Wie konnte er nur glauben, dass er ihr einen Gefallen tun würde, indem er sie zwang, in die Zentrallegion zu gehen?

„Erzählt mir mehr über sie!", fordert Finn die Gefangenen auf.

Doch sie zucken nur ratlos mit den Schultern. „Da gibt es nicht viel zu erzählen. Niemand will mit ihr etwas zu tun haben, weil sie eine Verräterin ist. Und dass ihr uns ständig nach ihr fragt, bestätigt das nur."

Finn kann ihnen nicht einmal widersprechen. Wenn sie tatsächlich immer noch auf der Seite der Rebellen ist, kann man sie aus der Sicht der Legion nur als Verräterin beschimpfen.

„Aber vielleicht lebt sie schon gar nicht mehr", murmelt einer von ihnen, wobei er sich nicht ganz so feindselig wie die anderen anhört.

„Wie kommst du darauf?", will Finn alarmiert wissen.

„Seitdem auch noch O300 ermordet wurde, sind die Sicherheitsmaßnahmen in der Führungsebene deutlich erhöht worden. Wenn sie also noch einmal versucht haben sollte, jemanden umzubringen, wird man sie erwischt und kurzen Prozess mit ihr gemacht haben."

Obwohl Finn sich nicht vorstellen kann, dass Cleo damit irgendetwas zu tun haben könnte, wird im kalt bei dem Gedanken. Was ist, wenn er zu spät kommt? Was ist, wenn er sie verliert, nur weil sie zu lange gebraucht haben?

„Wie heißt du?", fragt ihn der Kämpfer plötzlich.

Die Frage überrascht ihn zwar, dennoch antwortet er ihm: „Finn."

Die Augen des Kämpfers weiten sich und er glaubt, so etwas wie Erkenntnis in ihnen zu lesen. „Ich muss mit dir reden. Alleine."

Finn mustert ihn kritisch. Ist das eine Falle? Aber was soll schon passieren? Sie befinden sich hier unter den Rebellen und er wird sich keine Angst von einem einzelnen Legionär einjagen lassen. Er hat die Mutanten überlebt, dagegen sind die Kämpfer harmlos.

Er blickt sich um und sieht, dass sich alle bereits im Aufbruch befinden. Viel Zeit bleibt ihnen nicht mehr.

Er geht zu dem Kämpfer und schneidet seine Fesseln los, die ihn an die anderen binden. „Komm mit!", sagt er und führt ihn ab, wobei ihm die misstrauischen Blicke der anderen Kämpfer nicht entgehen. Was immer der Kämpfer ihm zu sagen hat, die anderen verurteilen ihn dafür.

„Was hast du mir zu sagen?", fragt Finn ihn geradeheraus, als sie das Lager einige Meter hinter sich zurückgelassen haben.

„Ich kenne Cleo besser als die anderen."

Finns Herz setzt für einen kurzen Moment aus. Hat er sich in ihr getäuscht? Konnte sie sich doch schneller einem anderen öffnen, als er dachte?

„Woher kennst du sie?"

Der Kämpfer hadert mit sich. Es fällt ihm offenbar schwer, sich Finn anzuvertrauen. „In der Zentrallegion gibt es eine geheime Truppe, die sich die Freiheitskämpfer nennt. Ich gehöre seit Jahren zu ihnen und Cleo kam vor wenigen Wochen zu uns. Einer unserer eingeweihten Legionsführer hatte sie mitgebracht. Um uns ihr Vertrauen unter Beweis zu stellen, hat sie uns alles erzählt, was sie von den Rebellen wusste." Der Kämpfer lächelt scheu. „Es war jede Menge." Er sieht Finn in die Augen. „Sie hat auch viel über dich gesprochen."

„Was hat sie gesagt?", stößt Finn aus, wobei sein Herz rast.

„Sie hat gesagt, dass sie dich liebt." Das Lächeln des Kämpfers ist nun ehrlich, aber auch etwas mitleidig. „Fast immer, wenn ich sie gesehen habe, hat sie von dir erzählt."

Finn wusste es. Er hatte es die ganze Zeit gewusst. Egal zu welcher Zeit, er konnte sich Cleos Liebe gewiss sein. Und was hat er getan? Er hat sie betrogen. Sie wird ihm niemals verzeihen.

Obwohl Finn die Worte fehlen, erwidert er: „Ich danke dir."

„Steht der Deal noch, dass ich mich euch anschließen darf? Ich kann nicht zurück zu den anderen. Ich habe sie verraten."

Finn zögert. Der Mann war ehrlich zu ihm und in der Tat haben sie allen Gefangenen dieses Angebot unterbreitet, aber kann er diese Entscheidung alleine fällen? Er denkt an Florance und seine Mutter. Wenn Florance allein entscheiden kann, dass dieses Monster den Tod nicht verdient und seine Mutter sich ungefragt für die Mutanten entscheiden kann, dann kann er diesen Mann auch aus der Gefangenschaft befreien.

„Willkommen bei den Rebellen.“

31. Cleo

Ich war mir sicher gewesen, dass N300 mich erschießen würde. Aber stattdessen wurde ich von Wachen festgenommen und in die Verwahrung gebracht. Jedoch hielt dieses Mal der Aufzug nicht im zweiten Stockwerk, wo meine Mutter untergebracht ist, sondern fuhr zwei Etagen tiefer in das vierte Stockwerk.

Während im zweiten Stockwerk jede Zelle belegt ist, sitze ich hier unten völlig alleine. Zwar gibt es noch jede Menge andere Zellen, aber keine ist belegt. Sobald ich mich bewege, hallt jedes Geräusch von den Wänden wider. Zudem ist es nicht nur dunkel, sondern auch entsetzlich kalt und feucht. Mein Anzug ist bereits von dem eisigen Boden völlig durchnässt. Es gibt in den Zellen weder eine Schlafmatte noch eine Toilette. Auch wenn N300 mich nicht sofort erschossen hat, bin ich sicher, dass sie mich an diesem schrecklichen Ort nicht ewig festhalten werden. Es ist nur eine Unterbringung auf Zeit. Mein Tod steht kurz bevor, dessen bin ich mir sicher.

Es gibt keine Hoffnung für mich. Selbst wenn Felix rechtzeitig wieder zu sich kommt, um die Wahrheit zu sagen, werde ich weiterhin behaupten, dass ich es war, die S300 umgebracht hat. Sein Wort steht dann gegen das meine. Und wem werden sie wohl mehr glauben, einer Frau, die jeder ohnehin für eine Verräterin hält, oder einem heranwachsenden jungen Mann, der sich bisher nie etwas hat zuschulden kommen lassen und ein zukünftiges Mitglied der Führungsebene ist? Zur Not werde ich sogar erzählen, dass er mein Bruder ist und mich nur deshalb zu schützen versucht. Es ist nicht so, dass ich seine Taten gutheißen würde, aber er ist mein Bruder und es ist meine Pflicht, ihn zu schützen. WA350 tut schließlich dasselbe für mich. Zwar nicht freiwillig, aber ich bin sicher, dass es nicht anders wäre, wenn sie eine freie Wahl gehabt hätte. Obwohl ich ohne eine Familie aufgewachsen bin, weiß ich nun mehr denn je, was Familie bedeutet. Es heißt, füreinander einzustehen. Einen anderen Menschen mehr als sich selbst zu lieben. Wenn Finn noch lebt und später von den Umständen meines Todes erfährt, wird er es verstehen. Er würde für Zoe dasselbe tun.

Ein leises Knarren ist vom Ende des Korridors zu hören und lässt mich erschrocken aufhorchen. Ist es schon so weit? Kommen sie mich jetzt schon holen?

Die Tür öffnet sich und ein Legionsführer betritt das Innere. Wegen der Dunkelheit erkenne ich ihn erst, als er fast vor mir steht. Es ist A5125. Ich atme erleichtert auf und eile zu den Gitterstäben, die mich von ihm trennen. Seine Finger schließen sich automatisch um meine.

„Wie konnte das hier nur passieren?“, stößt er verzweifelt aus. Ich kann ihm seinen Kummer von den Augen ablesen. „Ich weiß, dass du nicht für die Morde verantwortlich sein kannst.“

„Wie geht es Felix?“, frage ich, ohne auf seine Frage zu reagieren.

„Er liegt auf der Krankenstation“, erwidert A5125 knapp. „War er es? Hat er S300 und die anderen umgebracht?“

Ich antworte nicht und blicke stattdessen zu Boden. Dieses Verhalten ist jedoch wie eine Bestätigung für A5125s Vermutung.

„Du musst die Wahrheit sagen, sonst werden sie dich töten!“

„Niemand wird mir glauben und außerdem will ich nicht, dass ihm etwas passiert.“

„Sei nicht dumm! Er würde nicht wollen, dass du dich für ihn opferst.“

„Das hätte er sich überlegen sollen, bevor er die Morde begangen hat“, sage ich leise und löse meine Hand von A5125.

„Es war nie sein Wille, dass dir etwas zustößt. Ganz im Gegenteil, er wollte dir und den Freiheitskämpfern helfen. Wenn man es genau nimmt, hat er das sogar.“

„Du kannst sein Verhalten doch nicht gutheißen!“, rufe ich empört aus.

„Tue ich auch nicht, aber es stimmt. Selbstverständlich war es nicht der richtige Weg, aber es hat seine Wirkung nicht verfehlt. Ohne ihn wüssten wir nicht einmal, ob die Rebellen noch leben.“

Ich stöhne verzweifelt auf. „Rebellen, die sich mit menschenfressenden Mutanten verbündet haben.“

„Du kennst die Rebellen besser als jeder andere. Du hast von ihnen gesprochen, als wären sie nicht nur deine Freunde, sondern sogar ein Teil deiner Familie. Gib sie nicht auf, nur weil du auf einem Video etwas gesehen hast, was du nicht verstehst. Wenn du am Leben bleibst, kannst du sie selbst zur Rede stellen.“

Ich schüttele traurig den Kopf und schlucke den dicken Kloß in meinem Hals hinunter.

„Denk an Finn“, fleht A5125 völlig verzweifelt. „Alles, was du wolltest, war, ihn wiederzusehen. Du bist so kurz davor. Du darfst jetzt nicht aufgeben!“

„Ich habe keine Wahl…“, schluchze ich mit gebrochener Stimme. Die Tränen quellen aus meinen Augen hervor. A5125 greift bestürzt erneut nach meinen kalten Händen.

„Man hat immer eine Wahl! Ich befreie dich und verhelfe dir zur Flucht. Noch heute Nacht!“

Ich schüttele sofort den Kopf. „Nein, sie würden wissen, dass mir jemand geholfen haben muss. Ich will nicht, dass du dich meinetwegen in Gefahr begibst. Du solltest nicht einmal hier sein.“

„Ich musste dich sehen!“

„Obwohl ich weiß, dass es falsch ist, bin ich froh, dass du gekommen bist“, erwidere ich, wobei ich nichts dagegen tun kann, dass ein schwaches Lächeln über mein Gesicht huscht. „Wie viel Zeit bleibt mir noch?“

„Zwei Tage. Sie werden dich vor dem Abschied exekutieren.“

„Wirst du mich davor noch einmal besuchen?“

Nun stehen auch in seinen Augen Tränen. Er nickt und wendet sich von mir ab. „Ich komme morgen wieder.“ Als er geht, blicke ich ihm nach. Mein Herz fühlt sich schwerer an als zuvor.

32. Finn

Zwischen Ruby und Finn herrscht Funkstille. Er kann ihre verletzten Blicke nicht ertragen. Er kann nicht einmal sagen, ob sie noch zusammen sind oder ob sie es überhaupt je waren. Er weiß nicht, was von beidem ihm lieber wäre. Nach der Aussage des übergelaufenen Kämpfers, den nun alle Mitch nennen, werden sie die Zentrallegion noch an diesem Abend erreichen. Überraschenderweise folgten seinem Beispiel noch fünf weitere Kämpfer. Sie gehören zwar nicht den Freiheitskämpfern an, aber sie vertrauen ihrem Freund Mitch.

Auf der einen Seite kann Finn es kaum erwarten, Cleo wiederzusehen, aber auf der anderen Seite fürchtet er sich auch davor. Er hat Angst vor seinen eigenen Gefühlen. Wie wird er reagieren, wenn sie vor ihm steht? Wird er sie in seine Arme schließen können, so als sei nie etwas passiert, oder werden sie sich wie zwei Fremde gegenüberstehen?

Plötzlich legen sich weiche Hände von hinten über seine Augen.

„Wer bin ich?“, brummt eine Frau mit verstellter Stimme. Finn erkennt seine Schwester dennoch. Durch ihre Zeit in der Legion hat sie die weichsten Hände von allen Rebellinnen. Den anderen hat die harte Arbeit Hornhaut und Schwielen beschert. Zoe ist davon verschont geblieben, wobei es ihr anders natürlich lieber gewesen wäre.

„Ich würde dich immer erkennen“, grinst Finn. Seitdem ihre Gefangenschaft vorüber ist, geht es Zoe täglich besser. Das freut auch Finn.

Sie tritt lachend neben ihn. „Du sahst so nachdenklich aus, das musste ich ändern.“

„Wie geht es dir?“

„Uns geht es gut“, erwidert Zoe glücklich und streichelt über ihren Bauch, der sich kaum merkbar unter ihrer Kleidung hervordrückt.

„Ich bin froh, wie gut du dich mit der Situation arrangierst.“

Sie macht es besser als Finn selbst. Denn ihm fällt es immer noch schwer, das ungeborene Kind als Zoes Baby und nicht als Fremdkörper anzusehen. Es ist falsch, dass sie auf diese Weise schwanger wurde.

Doch plötzlich wird auch Zoe ernst. „Es wird ohne Vater aufwachsen…“

„Dafür wird es die beste Mutter haben!“, erwidert Finn und stupst seine Schwester leicht an. Doch sie reagiert darauf nicht, wie er es sich erhofft hätte.

„Ich frage mich, was mit dem Vater passiert ist. Ich weiß nicht einmal, ob es einer der Sizos ist. Vielleicht ist er auch tot.“

„Ich wette, Clyde wird zu gern seinen Job übernehmen“, zieht Finn sie grinsend auf. Für Zoe schafft er es sogar, gute Laune vorzutäuschen.

Zoes Wangen färben sich rot. „Er ist toll!“, gesteht sie.

Finn dreht sich nach ihm um und entdeckt ihn einige Meter hinter ihnen. Ihre Blicke begegnen sich. „Er lässt dich nie aus den Augen“, sagt er zu Zoe.

Sie lächelt wieder. „Er hält mich jede Nacht in den Armen, damit ich nicht friere. Ich frage mich, ob er überhaupt noch schläft.“

„Seid ihr also zusammen?“

„Es fühlt sich so an, aber geküsst haben wir uns nicht, falls es das ist, was du wissen wolltest“, grinst sie frech.

„Worauf wartest du noch?“

„Ich weiß nicht, ob es richtig ist, ihn zu küssen, während ich das Kind eines anderen in meinem Bauch trage."

Finn stöhnt ungläubig auf. „Du hast es dir doch nicht so ausgesucht. Und wenn du darauf wartest, dass Clyde dich küssen wird, kannst du ewig warten."

„Ich wünschte, das Kind wäre von ihm", seufzt Zoe.

„Er wird es wie sein eigenes lieben, weil es von dir ist und er dich liebt", entgegnet Finn aufmunternd. Zoe sieht ihn hoffnungsvoll an. „Glaubst du das wirklich?"

Finn nickt. „Ich hätte nie gedacht, dass ich meine kleine Schwester kampflos einem anderen überlassen würde, aber Clyde ist wirklich etwas Besonderes. Ich mag ihn!"

Zoe lächelt zufrieden. „Und das, obwohl er ein Legionär ist!"

„Die Zeiten sind vorbei."

„Es liegt an Cleo, oder? Sie hat dich verändert!"

Die pure Erwähnung ihres Namens schmerzt. So sehr, dass er es nicht einmal schafft, Zoe zu antworten. Doch seine Schwester bemerkt sein Unbehagen sofort. Ihr kann er nichts vormachen.

„Was immer da zwischen dir und Ruby war, es bedeutet nichts. Du warst verzweifelt. Cleo wird dir verzeihen. Vielleicht nicht sofort, aber irgendwann."

Finn blickt einige Meter nach vorne, wo Ruby an der Spitze des Zuges marschiert. Obwohl sie nach außen die Starke markiert, kann er an ihren hängenden Schultern sehen, dass es nicht so ist.

„Es bedeutet doch nichts, oder?", hakt Zoe zweifelnd nach.

Bevor Finn ihr antworten muss, hält der Zug plötzlich an. Es ertönt der laute Ruf des Mutantenanführers. Sie haben die Zentrallegion gesichtet.

„Das muss ich mir angucken", sagt Finn zu Zoe und eilt davon. Eine Antwort bleibt er ihr schuldig.

Als er neben Ruby eintrifft, reicht sie ihm wortlos das Fernglas. Er hebt es an die Augen und erblickt etwas völlig anderes, als er erwartet hätte. In seiner Vorstellung glich die Zentrallegion der westlichen Legion mit der großen Legionsführerkugel. Doch die Zentrallegion unterscheidet sich komplett. Sie ist viel größer, als er gedacht hätte, und dazu eine richtige Stadt, die von einer flimmernden Stromkuppel umschlossen ist. Solange die Kuppel in Betrieb ist, haben sie keine Chance anzugreifen. Jeder Angriff würde von dem fließenden Strom abgewehrt werden.

„Was sollen wir jetzt tun?", fragt Finn in die Runde hinein.

„Wir haben uns diesbezüglich bereits etwas überlegt", antwortet ihm Ruby überraschend sachlich. „Wir werden die sechs Kämpfer, die sich uns angeschlossen haben, vorschicken. Sobald die Legion die Stromkuppel herunterfährt, um sie hereinzulassen, greifen wir an."

„Wir können sie unmöglich schlagen. Selbst mit den Mutanten sind wir zu wenige. Ich habe die Größe der Zentrallegion unterschätzt."

„Es geht nicht darum, sie zu schlagen, sondern erst einmal nur darum, sie zu schwächen", erwidert der Anführer der Mutanten. Einige ehemalige Techniker werden die Laserwaffen so umfunktionieren, dass sie als Bomben fungieren werden. Wir brauchen sie nur auf Gebäude zu werfen und sie werden von selbst explodieren."

„Was ist mit den vielen Unschuldigen, die wir dadurch mit in den Tod reißen werden?" Finn merkt selbst, dass er sich wie Cleo anhört. Ein Teil von ihr wird immer in ihm leben.

„Wir befinden uns im Krieg. Das sind Kollateralschäden", erwidert der Anführer ungerührt.

Maggie bestätigt seine Aussage. „Natürlich werden wir Unschuldige so gut es geht zu verschonen versuchen, aber wenn wir siegen wollen, können wir das nur, wenn wir genauso gewissenlos vorgehen wie die Legion."

Es kommt genauso, wie Finn befürchtet hatte. Die Rebellen verlieren bei ihrem Hunger nach Macht den Respekt vor dem menschlichen Leben. Aber er weiß selbst nicht, wie sie verhindern sollen, dass unschuldige Menschen sterben. Wenn sie nicht angreifen, wird die Legion sie töten, sobald sie sie gesichtet haben. Die Legion ist ihr Feind und für eine friedliche Lösung ist es schon lange zu spät.

„Seid ihr bereit?", wendet sich Maggie an die sechs Kämpfer der Zentrallegion.

Mitch, der die Truppe führt, nickt.

„Viel Glück!", erwidert Finns Mutter, bevor sich die kleine Gruppe in Bewegung setzt.

„Jetzt geht es los", sagt der Mutantenanführer.

„Es kann jedoch noch Stunden dauern, bis sie die Stromkuppel herunterfahren", erwidert Maggie. „Die Zeit sollten wir nutzen, um uns auszuruhen."

„Ich übernehme die erste Wache", bietet sich Ruby sofort an und blickt hoffnungsvoll zu Finn. „Hilfst du mir?"

Er muss zugeben, dass es ihn erleichtert, dass sie offenbar nicht länger wütend auf ihn ist. Deshalb nickt er.

Sobald die anderen sich zurückgezogen haben, ergreift Ruby Finns Hand. „Es tut mir leid, wie ich mich dir gegenüber verhalten habe. Ich weiß, dass du noch nicht über Cleo hinweg bist, aber ich kann warten. Vorausgesetzt, du willst mich überhaupt noch an deiner Seite."

Es ist eine unausgesprochene Frage und Finn weiß, dass er sich dieses Mal nicht vor einer Antwort drücken kann. Er streicht ihr über das kurze hellblonde Haar. „Jeder Mann könnte sich glücklich schätzen, dich an seiner Seite zu wissen."

„Andere Männer sind mir egal, ich will nur dich."

„Ich werde mir Mühe geben, deiner Liebe irgendwann gerecht zu werden."

Ruby erstrahlt bei seinen Worten. Sie schmiegt sich sofort an ihn und drückt ihm einen Kuss auf die Wange. „Solange du bei mir bist, bin ich glücklich."

33. Cleo

Ich habe mich in die hinterste Ecke der Zelle zurückgezogen und presse meine Knie eng an meinen Körper. Mein Hintern fühlt sich durch den eiskalten und nassen Boden mittlerweile taub an. Die Situation erinnert mich nur entfernt an die Zeit, als ich von den Rebellen zurück in die Legion kam. Damals hielt man mich in einem warmen Zimmer mit Bett, Dampfdusche und regelmäßigen Nahrungstabletten gefangen. Es war purer Luxus im Vergleich zu dem hier. Damals tat ich es für die Rebellen und aus Liebe zu Finn. Auch jetzt befinde ich mich in dieser Situation nicht durch meine eigene Schuld, sondern um einen Menschen, den ich liebe, zu beschützen: Meinen Bruder. Ich bereue es nicht.

Doch am meisten quält mich der Gedanke, dass meine Mutter nur zwei Stockwerke über mir sitzt und es nicht einmal weiß. Ich hätte gerne mehr Zeit mit ihr gehabt oder mich wenigstens von ihr verabschiedet. Aber vielleicht kann ich A5125 bitten, ihr ein paar Worte von mir zu übermitteln, genauso wie Felix, wenn er erwacht. Er soll sich nicht sein Leben lang mit dem Gedanken quälen, dass ich aufgrund einer Lüge von N600 gestorben bin. Er muss wissen, dass es meine eigene Entscheidung war und nicht ihr Versagen. Auch wenn sie mit schuld daran ist, dass ich nun hier sitze, hat sie es nicht verdient, dass er sie hasst. Sie hat schließlich nur gelogen, um ihn zu schützen.

Ein plötzliches Beben lässt mich zusammenzucken. Der ganze Boden vibriert und von der Decke regnet es Putz, sodass ich fürchten muss, dass im nächsten Moment alles zusammenstürzt. Ich springe schnell auf und presse mein Ohr gegen die Wand in der Hoffnung irgendetwas zu hören. Aber nur das Knirschen von aufeinandergepresstem Stein schlägt wie ein Echo zurück. Und dann ist auch schon wieder alles vorbei. Was war das? Ist es wirklich passiert, oder habe ich es mir nur eingebildet?

Es ist genauso totenstill wie zuvor, so als wäre nichts vorgefallen. Nur die grauen Putzreste, die auf den Schultern meines weißen Anzugs liegen, beweisen das Gegenteil. Wenn meine Zelle doch nur wenigstens ein Fenster hätte…

Es vergehen mehrere Stunden, bevor A5125 in meinem Korridor auftaucht. In seinem Gesicht liegt eine seltsame Mischung aus Furcht und Hoffnung. „Hast du das Beben heute auch gespürt?“, fragt er mich als erstes und ich bin froh, dass ich es mir nicht eingebildet habe.

„Ja, was war das?“

„Die Rebellen haben die Legion angegriffen. Sie haben die Stromkuppel zerstört.“

Ungläubig starre ich ihn an. Damit hätte ich nie gerechnet. Vor allem nicht so schnell. „Wie haben sie das geschafft?“

„Sechs unserer Kämpfer, die bei der Hilfsgruppe dabei waren, die von den Rebellen überfallen wurde, standen vor der Kuppel und baten um Einlass. Natürlich gab es deshalb wieder eine lange Konferenz, aber schließlich haben wir uns dafür entschieden, sie wieder aufzunehmen. Aus Sicht der Legion war das ein großer Fehler. Denn den Moment, in dem die Stromkuppel runterfuhr, haben die Rebellen genutzt, um mit einem Panzer genau auf eine der Sensorlinien zu fahren. Der Panzer hat verhindert, dass die Mauern wieder hochfahren konnten. Zwar wurde er bei dem Versuch gesprengt, aber die Stromkuppel auch außer Gefecht gesetzt. Es ist fraglich, wann die Techniker sie wieder reparieren können."

„Haben die Rebellen die Legion gestürmt?"

„Nein, aber wir rechnen jederzeit mit einem weiteren Angriff. Sie haben ihr Lager nicht weit von hier aufgeschlagen."

Ich weiß gar nicht, was ich denken oder sagen soll. Sein Angebot, mir bei der Flucht zu helfen, wirkt nun noch verlockender. A5125 scheint mein Zögern zu spüren.

„Einer der C-ler gehörte zu den Freiheitskämpfern. Er hat mir erzählt, dass er sich den Rebellen angeschlossen hat. Weißt du, mit wem er als erstes gesprochen hat?"

Ich schüttele den Kopf, spüre aber, wie mein Herzschlag sich beschleunigt.

„Finn. Er sucht nach dir. Du kannst ihm jetzt nicht einfach wegsterben."

„Ich kann nicht fliehen", beharre ich stur, wobei mir langsam die Argumente ausgehen.

„Warum nicht?"

„Nicht ohne meine Familie."

„Du meinst Felix?"

„Nicht nur, es ist auch wegen meiner Mutter und Asha und Iris."

„Tot nützt du ihnen am wenigsten."

Es fühlt sich feige an, ihm einfach zuzustimmen und abzuhauen. Ich würde meine Freunde mit einer ungewissen Zukunft zurücklassen. Asha und Iris sind nur meinetwegen in der Zentrallegion. Ohne mich wären sie bei den Rebellen geblieben.

„Wie geht es Felix? Ist er aufgewacht?“, lenke ich vom Thema ab.

A5125 wirft mir einen scharfen Blick zu, aber antwortet mir dennoch. „Bisher nicht. Der Schuss von S300 hat nur knapp sein Herz verfehlt.“

„Kannst du ihm und meiner Mutter etwas von mir ausrichten, wenn ich tot bin?“

„Nein!“

Ich starre ihn verzweifelt an. „Warum nicht?“

„Du musst nicht sterben. Dann kannst du es ihnen selber sagen.“

„Ich werde nicht einfach wie ein Feigling davonlaufen!“

„Es ist nicht feige, das eigene Leben zu retten!“

„Doch, wenn man andere dafür zurücklassen muss. Es wäre etwas anderes, wenn wir alle fliehen könnten.“

„So weit sind wir noch nicht. Während eines Angriffs der Rebellen vielleicht, aber wer weiß, wann es dazu kommen wird.“

„Vielleicht ist es morgen soweit.“

„Vielleicht aber auch nicht.“

„Ich gehe nur mit euch zusammen. Nicht alleine!“

„Ist das dein letztes Wort?“

„Ja!“, antworte ich und es hört sich entschiedener und stärker an, als ich mich fühle.

A5125 blickt mir gekränkt entgegen. „Ich hoffe, du bereust deinen Entschluss nicht. Es ist das letzte Mal, dass ich dich besuchen kann.“

„Die Rebellen werden angreifen“, versichere ich ihm, doch er wirkt nur wenig überzeugt.

„Die Ärzte der Legion kommen dich morgen früh holen. Sie werden dir eine Todesspritze geben. Wenn die Rebellen auch nur fünf Minuten danach angreifen, ist es für dich zu spät."

„Danke, dass du mich jeden Tag besucht hast. Ich wünschte, wir hätten uns länger gekannt. Ich…"

Er unterbricht mich wütend. „Lass das! Ich will keine Abschiedsworte hören!"

„Aber vielleicht sehen wir uns nie wieder…", erwidere ich leise, dabei habe ich ihm gerade noch versichert, dass die Rebellen schon kommen würden. Daran kann er erkennen, wie unsicher ich mir dessen bin.

„Verzeih mir, aber ich kann nicht dabei zusehen, wie du dich selbst in dein Unglück stürzt." Er kann mir dabei nicht einmal in die Augen blicken. Er dreht sich einfach um und geht, ohne auch nur einmal zurückzuschauen. Ich beiße mir auf die Lippe, um nicht erneut loszuheulen.

Ich presse meine Augen zusammen. ‚*Finn, wenn du mich irgendwie spüren kannst, dann greife an. Bitte! Ich brauche dich*', flehe ich verzweifelt. Wenn ich ihn doch nur irgendwie erreichen könnte. Ich bete seinen Namen wie ein Mantra vor mir her: *Finn, Finn, Finn, Finn, Finn…*

Ich weiß nicht, wie viele Stunden vergangen sind, als die Türen sich öffnen und eine Schar, bestehend aus Kämpfern, Ärzten und N300, in das Innere des Korridors strömt. Die Rebellen haben keinen Angriff gewagt und mir bleibt keine Zeit mehr. Diese Menschen sind gekommen, um mich zu holen. Sie werden mich in den Tod führen.

Ich lasse mich von ihnen ohne jegliche Gegenwehr festnehmen und zu dem Aufzug führen. Als wir das Gebäude verlassen, bin ich erschrocken über das große Aufgebot an Kämpfern auf den Straßen der Zentrallegion. Sie scheinen überall zu sein. Die Rebellen, die ich kannte, hätten keine Chance gegen sie. Wenn sie klug sind, werden sie fliehen.

Das Flugmobil hält vor der Krankenstation und die Wachen führen mich in das Untergeschoss. Es unterscheidet sich nicht von den anderen Stockwerken. Derselbe sterile Geruch liegt in der Luft. Es öffnen sich zwei große Schiebetüren zu unserer Linken und ich werde in einen gigantischen Saal geführt. Der gesamte Raum ist mit über tausend Liegen gefüllt, auf denen Menschen festgezurrt sind. Es ist die zweite Generation, die genau wie ich gezwungen wird, Abschied von der Welt zu nehmen. Nur mit dem Unterschied, dass ihnen kein Verbrechen vorgeworfen wird. Sie haben ihr Leben lang treu der Legion gedient und werden nun trotzdem gezwungen, frühzeitig zu sterben. Doch im Gegensatz zu mir sehe ich in ihren Augen keine Panik. Sie kannten ihr Schicksal und sind bereit, es wehrlos hinzunehmen.

Die Wachen schnallen mich auf eine Liege. Anschließend treten sie zurück, um N300 den Vortritt zu lassen.

„Du kannst dich glücklich schätzen, dass du mit vielen guten Menschen sterben wirst. Es ist mehr, als du verdient hast."

Meine Lippen beginnen zu beben und mein Körper zittert unkontrolliert. Ich habe Angst. Todesangst. War es dumm, A5125s Angebot nicht anzunehmen? Hätte ich einfach mit ihm fliehen sollen? Keiner meiner Freunde hätte es mir verübelt. Nicht einmal Asha. Sterbe ich jetzt nur wegen meines eigenen Starrsinns? Ist es falsches Heldentum? Durch meinen Tod wird sich nichts ändern. Warum kommt mir der Gedanke erst jetzt? Ist es meine Angst vor dem Tod oder die Wahrheit?

Mit Bestürzen sehe ich, wie N300 den Raum verlässt. Er ist der Einzige, der mein Schicksal noch hätte ändern können. Mein Urteil ist nun unveränderbar. Selbst wenn die Rebellen sich jetzt noch zum Angriff entschließen sollten, wird es mich nicht mehr retten.

Ich kann aus dem Augenwinkel sehen, wie die Ärzte die vielen tausend Spritzen vorbereiten. Eine nach der anderen füllt sich mit einer farblosen Flüssigkeit. Mein Herz schlägt so schnell, dass ich das Gefühl habe, es müsste jeden Moment zerspringen. Bis zuletzt habe ich gehofft, dass irgendetwas passieren würde, das mich rettet. Aber meine einzige Chance habe ich in den Wind geschossen. Ich hätte mit A5125 gehen sollen. Das weiß ich jetzt. Zu spät. Wenn ich die Zeit zurückdrehen könnte, würde ich sein Angebot annehmen. Dieses Mal würde ich nicht zögern. Warum habe ich nicht auf ihn gehört?

Die Ärzte sind fertig und verteilen sich an den Liegen. Einer von ihnen steht nur eine Liege von mir entfernt bei einer Frau der zweiten Generation. Es ist jedoch nicht WA233. Aber auch sie muss hier irgendwo sein. Weiß sie, dass ich auch hier bin? Weiß sie, dass ich mit ihr sterben werde?

Was ist mit meiner Mutter, die nicht nur ihre einzige Freundin, sondern auch ihre Tochter verliert? Ich hoffe, Felix und sie werden zueinander finden.

Die Spritzen sind gesetzt und das Gift bahnt sich bereits seinen Weg durch die Venen der Menschen. Als nächstes bin ich dran.

Ich starre panisch zu der Liege mit der Frau der zweiten Generation. Sobald die Spritze ihre Haut verlässt, weiten sich ihre Augen erschrocken. Schaum dringt aus ihrem Mund hervor und sie öffnet die Lippen zu einem Schrei. Dieser geht jedoch in unkontrollierten Zuckungen ihres Körpers unter. Sie hat Schmerzen! Die Legion hat uns immer erzählt, dass der Abschied etwas Ehrenvolles wäre. Doch jetzt erkenne ich, dass es auch nichts anderes als Mord ist. Ich will nicht sterben! Der Arzt tritt auf mich zu. In der Hand hält er die Spritze. Mein Arm ist gefesselt, sodass ich keine Chance habe, mich zu wehren.

„Bitte tun Sie das nicht!“, flehe ich ihn weinend an, aber er scheint mir nicht zuzuhören. Sein Mund und seine Nase sind hinter einer Atemmaske verborgen, sodass ich nur seine Augen sehen kann. Sie starren in kalter Konzentration auf die Spritze in seiner Hand.

„Bitte! Ich bin noch zu jung!“, schreie ich so laut, dass es alle hören können.

„Ich habe nichts getan“, schluchze ich verzweifelt. Die Spritze legt sich gegen meine Armbeuge. Mein Körper zittert so sehr, dass der Arzt mich mit der anderen Hand festhalten muss, um meine Vene treffen zu können. „Bitte!“

Ein ohrenbetäubender Pfiff ertönt, der sowohl die Ärzte als auch ihre Todeskandidaten zusammenzucken lässt. Das Licht geht aus und wird von einer roten Notbeleuchtung abgelöst. Eine dröhnende Sirene springt im Erdgeschoss an. Die

Ärzte tauschen untereinander verwirrte Blicke. Sie sind unschlüssig, ob sie ihre Arbeit fortsetzen oder unterbrechen sollen.

„Lassen Sie uns gehen“, flehe ich den Arzt an. „Das ist ein Angriff!“

Zum ersten Mal blickt er mich an.

„Die Rebellen greifen an. Wir müssen uns in Sicherheit bringen!“

In diesem Moment sind Schüsse direkt vor den Türen des großen Raums zu hören. Die Ärzte treten von den Liegen zurück und suchen am Ende des Raums Schutz, während sie uns wehrlos zurücklassen. Ich bäume mich gegen die Fesseln auf und fühle, wie sie mir in die Haut schneiden. Aber das ist jetzt egal. Mein ganzer Körper schreit nach Leben. Ich will nicht sterben.

Die Türen fliegen auf und es ist, als würde die Sonne diesen dunklen Ort fluten. Die Leute, die hereingestürmt kommen, sind weder Rebellen noch Legionäre. Es sind die Freiheitskämpfer, die von Felix angeführt werden. Sie sind gekommen, um mich und die anderen zu befreien. Ich kann sehen, wie Felix die Liegen nach mir mit den Augen absucht und stoße einen lauten Schrei aus. „Hier bin ich!“ Tränen rinnen mir über die Wangen und ich kann nicht aufhören, vor Erleichterung zu weinen.

Er rennt sofort zu mir, während die anderen die verbliebenen Menschen der zweiten Generation ebenfalls befreien.

Felix löst meine Fesseln und ich falle ihm um den Hals. Küsse ihn auf die Wange, die Stirn und sogar den Mund. „Du lebst und du hast mich gerettet.“

Er presst mich an sich. „Wie konntest du dich nur für mich opfern wollen?! Mach so etwas nie wieder!“

Er nimmt mich bei der Hand und zusammen mit den anderen stürmen wir aus dem Raum zu dem Treppengeländer. Die Aufzüge sind ausgefallen.

„Was ist passiert?“, frage ich besorgt.

„Die Rebellen haben angegriffen“, antwortet mir A5125, wobei ein Grinsen über sein Gesicht huscht. „Wie du es gesagt hast.“

Ich habe schon selbst nicht mehr daran geglaubt. Vor dem Gebäude stoßen Asha, Iris und meine Mutter zu uns, gefolgt von anderen Gefangenen der Legion. In den Straßen herrscht ein einziges Chaos. Kämpfer der Legion stürzen an uns vorbei in den Osten der Zentrallegion, von wo immer wieder laute Knallgeräusche zu hören sind.

„Was jetzt?“, fragt A5125.

„Es ist zu gefährlich, in das Geschehen zu rennen. Dort werden Freunde uns nicht von Feinden unterscheiden können“, ruft A350 aus.

In diesem Moment fährt eines der Flugmobile an uns vorbei. Ich hebe den Blick und sehe geradewegs in das vor Wut gerötete Gesicht von N300. Er deutet mit dem Finger auf uns und brüllt wütend in ein Funkgerät.

Ehe uns auch nur Zeit bleibt, weiter nachzudenken, kommt hinter einer Straßenabzweigung eine Gruppe Kämpfer direkt auf uns zugerannt. Ihre Laser sind schussbereit.

„Komm mit“, schreit Felix und zerrt mich bereits mit sich. „Erinnerst du dich noch an den Brief, den ich dir in den Abfluss geschickt habe?“, ruft er, während wir rennen.

„Ja, was ist damit?“

Hast du dich mal gefragt, wohin der Abfluss führt?

Noch ehe er antwortet, verstehe ich, worauf er hinauswill.

„Das ist unser Fluchtweg!"

Das Abwasser muss aus der Legion führen.

Wir rennen zu dem kleinen Gebäude, das zu dem Abwasserkanal führt. In unserem Rücken die Kämpfer, die immer wieder Schüsse auf uns abgeben. Der lange Tunnel erbebt unter dem Getrampel unserer Füße. Wir sind über tausend Menschen, die sich ihren Weg in die Freiheit bahnen. Und während ein Teil der Kämpfer uns verfolgt, fehlt genau dieser Teil bei der Verteidigung gegen die Rebellen.

Sobald wir den Abfluss erreichen, zögern Felix und ich keine Sekunde, in das stinkende Wasser zu springen und uns von ihm mitreißen zu lassen. Für einen Moment gerate ich unter die Wasseroberfläche und bekomme keine Luft mehr. Doch schon im nächsten Augenblick schnappe ich wieder nach Luft, während Wasser mir in Augen und Nase schwappt. Ich kann nichts von den anderen mehr sehen, spüre aber Felix' Hand in meiner. Rund um uns herum sind überall fliehende Menschen. Ich weiß nicht, wie weit wir schon gekommen sind und ob die Kämpfer immer noch hinter uns her sind oder die Jagd aufgegeben haben. Der Abfluss ist reißender, als ich gedacht hätte. Menschen krallen sich in Panik an mir fest und ziehen mich unter Wasser. Ich muss um mich schlagen, um mich befreien zu können. Dabei verliere ich dann auch noch Felix. Nun bin ich völlig auf mich gestellt. Gerade als ich es wieder an die Oberfläche schaffe, werde ich erneut von einem Sog runtergerissen. Ich fühle, wie ich falle. Wasser dringt gleichzeitig durch meine Nase und meinen Mund.

Ich huste, schlucke jedoch nur noch mehr Wasser. Der Sog lässt nach und ich schlage so fest auf, dass die letzte Luft aus meinen Lungen gepresst wird. Mein Kopf schlägt auf harten Untergrund und das Letzte, was ich sehe, ist ein grelles Licht.

Meine Kehle brennt wie Feuer und mein Körper fühlt sich steif an. Als ich meine Finger bewege, spüre ich, dass ich immer noch in etwas Nassem liege. Auf einen Schlag kehrt meine Erinnerung zurück und ich reiße panisch die Augen auf, nur um sie im nächsten Moment wieder zuzukneifen. Die Sonne steht direkt über mir. Ich öffne meine Augen erneut, dieses Mal vorsichtiger. Über mir ist der wolkenlose Himmel der Wüste und die Sonne neigt sich bereits dem Horizont zu. Es muss Nachmittag sein. Ich hebe die Hände vor mein Gesicht und strecke die Beine. Danach setze ich mich auf. Ich befinde mich in einem Meer aus bewegungslosen oder gerade erwachenden Körpern.

Ein Blick hinter mich zeigt das Abflussrohr, aus dem wir alle gespült wurden. Wir haben es geschafft. Wir sind der Legion entkommen.

Langsam erhebe ich mich aus der Pfütze, in der ich gelegen habe. Meine Beine fühlen sich wackelig an und mein Magen dreht sich von dem vielen Wasser, das ich geschluckt habe. Ich atme tief ein und aus und suche die Menschen nach mir bekannten Gesichtern ab. Nicht weit von mir entdecke ich meine Mutter. Sie ist bewusstlos.

Ich taumle ihr entgegen und lasse mich neben ihr zu Boden sinken. Sanft rüttele ich an ihrer Schulter, um sie zu wecken.

Prustend hustet sie Wasser aus und kommt wieder zu sich. Ich helfe ihr, sich aufzusetzen. Als sie mich erkennt, beginnt sie zu weinen. „Ich dachte nicht, dass ich dich je wiedersehen würde."

So viele Gefühle sind mir für meine Mutter noch fremd, dennoch halte ich ihre Hand. „Was wird jetzt aus uns?", fragt sie besorgt und blickt genau wie ich über die vielen bewegungslosen Menschen. Vielleicht sind einige von ihnen sogar tot. Plötzlich hält sie inne und starrt in die Ferne. Ich folge ihrem Blick. Eine kleine Gruppe Menschen bewegt sich auf uns zu. Noch sind sie zu weit entfernt, um sagen zu können, ob es Legionäre oder Rebellen sind. Aber wir haben ohnehin keine Möglichkeit, uns vor ihnen zu verstecken.

Wir stehen beide auf und machen uns daran, andere Flüchtlinge zu wecken. Unter ihnen finde ich auch Asha und Felix wieder. Sie liegen zufälligerweise direkt nebeneinander. Als sie zu sich kommen, ist die Gruppe schon so nah, dass wir Legionäre ausschließen können. Sie tragen keine Anzüge. Es müssen Rebellen sein. Ich halte in der Bewegung inne und starre ihnen entgegen. Sind sie gekommen, um uns zu helfen? Es ist traurig, dass ich mir dessen nicht mehr sicher sein kann. Aber ihr Bündnis mit den Mutanten lässt mich an ihnen zweifeln.

Ich trete aus dem Schlamm in ihre Richtung. Sie sind zu fünft.

Ich kenne keinen von ihnen, außer einen. Es ist Finn. Wie lange habe ich davon geträumt, ihn endlich wiederzusehen? Ich habe an ihn gedacht, bevor ich eingeschlafen bin, habe in den Nächten von ihm geträumt und mein erster Gedanke war er, wenn ich morgens erwachte. Sein Name war für mich wie ein

Gebet. Wenn ich nicht weiter wusste, habe ich mich gefragt, was er an meiner Stelle tun würde. Und nun steht er vor mir und ich bin wie versteinert.

Kein Wort dringt aus meinem Mund. Ich kann ihn nur anstarren. Kann das Wunder, ihn wiederzusehen, nicht fassen. Wir sind beide am Leben.

Ich strecke meine Hand nach ihm aus. Sie zittert und hängt in der Luft wie der letzte Ast eines sterbenden Baums. Tränen verschleiern meinen Blick. Als ich sic wegblinzle, sehe ich nur noch seinen Rücken.

Er geht.

Ohne mich.

Fortsetzung folgt…

Der nächste und letzte Band der „Radioactive-Reihe“ wird „Die Verurteilten“ heißen und im Sommer 2014 erscheinen.

Mein Dank geht an…

... meine Mutter, die nur selten meiner Meinung ist, aber mich stets wissen lässt, dass ich mir ihrer bedingungslosen Liebe gewiss sein kann. Du kannst für meinen Bruder und mich zur Löwin werden. Dafür und für vieles mehr liebe ich dich.

…Sabrina Stocker. Es wird kein Buch von mir geben, in dessen Danksagungstext nicht dein Name mit als erstes steht. Es gibt niemanden, der mich mehr ermutigt hätte, an mich und meinen Traum zu glauben, als du. Es gibt niemanden, mit dem ich dieses Glück lieber teile als mit dir.

…Robert Schäfer, Henny Schäfer-Einfinger, Lutz Einfinger, Reinhold Schäfer, Rebecca Rothenmeyer und Sabrina Keim. Eure lieben Worte bauen mich immer wieder auf, wenn ich kurz davor bin, mich selbst aufzugeben.

…Michaela Wiedau, Simone Möller und Anja Gollasch. Durch eure Korrekturen wird jeder Radioactive-Teil wie ein hübscher Stein erst zu einem Diamanten geschliffen. Ich bin so froh und dankbar für eure Hilfe, dass ich es kaum in Worte fassen kann.

…alle Leser meiner Romane. Ihr macht es mir erst möglich, meinen großen Traum zu leben. Ohne euch gäbe es weder Cleo noch Finn. Ich freue mich jedes Mal wie ein Honigkuchenpferd, wenn eine Nachricht von euch mich erreicht.

6505552R00217

Printed in Germany
by Amazon Distribution
GmbH, Leipzig